Liam Erpenbach

In Love with Adam

Das Buch

Alte Tagebücher, eine junge Liebe und der Mut, endlich zu sich selbst zu stehen

Sam ist ein Außenseiter. Seit er seinen besten Freund verloren hat, zieht er sich immer mehr in sich und seine Bücherwelt zurück. Seine Klassenkameraden geben ihm das Gefühl, dass er anders ist, und so fühlt er sich auch. Bis er Adam, dem gut aussehenden und beliebten Footballstar der Schule, in einer Buchhandlung begegnet und sich alles verändert. Adam weicht Sam nicht mehr von der Seite und in seiner Gegenwart hat Sam endlich das Gefühl, richtig zu sein, so wie er ist. Doch Adam darf niemals herausfinden, dass sein Herz etwas zu schnell schlägt, wenn er in seine grauen Augen blickt und er nachts von Adams weichen Lippen träumt ... Erst als Sam die Tagebücher seines Großvaters findet, versteht er, was es heißt, ein Leben lang ein Geheimnis zu hüten. Wird er den Mut finden, zu seinen Gefühlen zu stehen?

Der Autor

Liam Erpenbach wurde 1993 mit der Nase im Buch geboren. Sechs Jahre lang studierte er am Bodensee Germanistik und sammelte dort die ersten Ideen zu seinem Debütroman. Heute lebt er mit seinem Partner und zwei Katzen in Hamburg. Egal ob er zwischen den Regalen des Supermarkts oder im Getümmel des Hamburger Stadtverkehrs steckt, er kann es nicht lassen, sich neue Figuren und Geschichten auszudenken und ihnen Leben einzuhauchen.

Liam Erpenbach

In Love with Adam

Roman

FOREVER

Forever by Ullstein
forever.ullstein.de

MIX
Papier
FSC® C083411

Originalausgabe bei Forever
Forever ist ein Verlag
der Ullstein Buchverlage GmbH, Berlin
April 2019 (1)

Umschlaggestaltung: zero-media.net, München
Titelabbildung: © FinePic®
Innengestaltung: deblik Berlin
Gesetzt aus der Quadraat Pro powered by pepyrus.com
Druck- und Bindearbeiten: CPI books GmbH, Leck

ISBN 978-3-95818-435-0

Kapitel 1

Seite an Seite fuhren wir auf unseren Rädern durch die Allee. Die Vögel saßen auf den Ästen zu unseren Köpfen und rührten sich nicht. Die Straßen und Vorgärten waren wie leergefegt, nur ein paar Kinder spielten hier und dort. An einem Sonntag um diese Uhrzeit saßen die meisten Nachbarn auf ihren Veranden und traten nur ungern aus dem kühlen Schatten heraus.

Obwohl das Blätterdach so dicht war, stach uns die Sonne auf den Kopf und hinterließ ein Kribbeln auf meiner Haut. Lediglich ein paar schimmernde Insekten zuckten durch die windstille, schwüle Luft, die über dem Asphalt flimmerte.

Dieser Sommer war einfach unerträglich heiß, aber nahezu perfekt.

Tyler fuhr ein paar Meter vor mir und ich versuchte, mit seinem Tempo mitzuhalten. Die Speichen unserer Räder surrten leise, während sich die Reifen unablässig drehen. Wir hatten den Tag am See verbracht, nun trieb uns der Hunger nach Hause zurück. Die Spitzen seines Haars waren immer noch feucht, seine Haut von der brütenden Hitze gerötet. Er drehte den Kopf und warf mir diesen einen Blick zu, der mir jedes Mal das Gefühl gab, Teil von etwas Besonderem zu sein.

Er lachte immer noch über den lahmen Witz, den er eben erzählt hatte und steckte mich damit an.

»Wir sehen uns nach dem Essen«, versprach er und hob kurz die Hand, als wir auf die große Kreuzung zusteuerten, an der sich unsere Wege trennen würden. Als ich nach rechts abbog, verschwand er aus meinem Sichtfeld. Bei dem Gedanken daran, ihn bald wiederzusehen, schlug mein Herz schon jetzt ein paar Takte schneller.

Das ohrenbetäubende Hupen eines Autos ließ mich zusammenzucken. Reifenquietschen, ein dumpfer Aufprall, Stille.

Mit einem beklemmenden Gefühl erwachte ich aus dem immer wiederkehrenden Albtraum und versuchte, mein hämmerndes Herz zu beruhigen. Die Finger in das Laken gekrallt, zählte ich langsam bis zehn, bis sich meine Glieder entspannt hatten und ich einige tiefe Atemzüge tun konnte. Jedes Mal aufs Neue ließ mich der Traum mit einem tauben Gefühl und erdrückender Angst zurück. An Tagen wie diesen fühlte sich mein Körper so schwer an wie Blei. Ich wurde mit meinem ganzen Gewicht in die Matratze gedrückt und versank darin.

Es dauerte noch einige Augenblicke, bis ich tief durchatmete und dann die Beine aus dem Bett schwang. Das Tagebuch, in dem ich gestern Abend noch geschrieben hatte, fiel zu Boden und der Kugelschreiber rollte quer durchs Zimmer, blieb im Schein der ersten Sonnenstrahlen liegen. Die Stelle des Griffes, die von Zeigefinger und Daumen gehalten wurde, war mittlerweile abgegriffen und das goldene Metall stumpf geworden. Mein Name, *Samuel Baudelaire*, den mein Großvater dort für mich hatte hineingravieren lassen, war fast nicht mehr zu lesen.

Mit der Fußspitze räumte ich das Tagebuch aus dem Weg und warf einen kurzen Blick darauf. Ein paar Sätze, mehr hatte ich gestern nicht geschrieben. Mein Leben war ereignislos und ohne große Freuden. Nichts davon wollte ich festhalten und an nichts davon wollte ich mich, wenn ich erst einmal alt war, erinnern. Vielleicht behielt ich das Schreiben auch nur bei, damit sich irgendwann nicht eine Reihe leerer Tagebücher neben meinem Bett stapelte.

Eine Weile lang stand ich unschlüssig in der Mitte meines Zimmers und suchte nach einer Ausrede, den Unterricht ausfallen zu lassen. Mangelnder Elan wäre für meine Eltern aber noch lange kein Grund, wertvolle Unterrichtsstunden zu versäumen.

Gedankenverloren wanderte mein Blick aus dem Fenster in den Garten hinter dem Haus, wo das purpurne Heidekraut blühte. Wir hatten es schon vor Ewigkeiten aufgegeben, es zähmen zu wollen, und die einzigen Pflanzen, die meine Mutter gebändigt bekommen hatte, waren die Zypressen, die um den Brunnen herum wuchsen. Einige Goldfische schwammen darin. Nachdem ein paar von ihnen gestorben waren, hatte ich es mir zur Aufgabe gemacht, ihre Population im Auge zu behalten. Ich wusste nicht, ob Goldfische besonders gesellig waren und es vorzogen, im Schwarm zu leben, aber die Vorstellung, dass ein Zurückgelassener dort einsam und allein seine Bahnen ziehen musste, behagte mir nicht.

Ich beschloss, nach dem Duschen noch schnell nach ihnen zu sehen und rutschte in meiner Hast beinah auf den glatten Fliesen des Badezimmers aus. Wild mit den Armen rudernd, bekam ich noch den Duschvorhang zu fassen, an dem ich mich festklammerte. Ein ganz typischer Morgen für mich ...

Frisch geduscht fühlte ich mich zwar wie ein neuer Mensch, aber der Blick in den Spiegel zeigte, dass ich immer noch der Alte war. Ich entschied mich für meine Lieblingshose in schwarz und ein neues T-Shirt, das mir Grandpa bei seinem letzten Abstecher nach Charleston mitgebracht hatte. Ich hatte mich darüber gefreut, auch wenn ich wusste, dass meine Mitschüler den Print mit Van Goghs Gesicht und der Aufschrift *Let it gogh* nur halb so lustig fänden wie ich.

Nachdem ich die Tür meines Zimmers hinter mir zugezogen hatte, schlich ich auf Zehenspitzen die Flure entlang.

So früh am Morgen war ich nicht unbedingt scharf darauf, mit meiner Mutter zu plaudern. Vor allem morgens konnte ich ihre liebevolle Art kaum ertragen. Es fühlte sich an, als wollte sie mich mit ihrer Liebe ersticken. Ich wusste, sie meinte es nur gut, aber ich würde mir nicht schon wieder anhören, dass ein Jugendlicher in meinem Alter mit Freunden um die Häuser ziehen und sich betrinken, gegen elterliche Regeln verstoßen und aufbegehren sollte. So wie es alle anderen in meinem Alter taten.

Aber alle anderen waren nun eben auch so ganz anders als ich. Normal eben. Sie hatten Freunde, feierten die wildesten Partys und spielten Bierpingpong. Ich dagegen beobachtete die Welt lieber vom Rande aus.

Wie ein Vampir am Tage verengte ich die Augen zu Schlitzen, als ich vor die Tür trat, weil die Sonne so gleißend hell war. In den letzten Tagen war es so unsagbar heiß gewesen, dass die Pflanzen einige braune Brandstellen bekommen hatten, als hätte ein Feuer auf den Wiesen gelodert. Der Sommer war nichts für mich. In der stickig warmen Luft des Augusts fühlte ich mich stets wie eine labbrige Nudel auf zwei Beinen. Das Einzige, was ich ihm abgewinnen konnte, waren die hübsch anzusehenden Blumen im Garten. Durch die großen Fenster unseres Hauses betrachtete ich den Sommer mit einem Sicherheitsabstand ganz gerne. Ich mochte es, oben in meinem Zimmer zu sitzen und in den Garten hinunter zu sehen, das faszinierende Treiben der Natur zu beobachten.

Doch jetzt, während ich mir meinen Weg durch das Unkraut

und die traurigen Überreste einiger Blumen bahnte, kitzelte das hohe Gras meine Knöchel. Hier am Brunnen, umringt von den Bäumen, konnte ich immer ungestört sitzen, unbemerkt von den wachsamen Augen meiner Eltern. Meine Gedanken wandern lassen.

Meine Nasenspitze berührte beinah das Wasser, als ich mich tief hinabbeugte, um die übrigen Fische zu zählen.

Fünf, sechs ... Letzte Woche waren es noch eine Handvoll mehr gewesen.

Aber nicht nur die Hitze dezimierte ihre Anzahl. Seit Kurzem saß, wie ich von meinem Fenster aus beobachtet hatte, auch fast täglich ein Reiher am Brunnenrand und verharrte dort so lange in absoluter Starre, bis sich etwas unter den Seerosenblättern bewegte und zappelnd versuchte, seinem langen Schnabel zu entwischen.

Mehr als sechs Fische konnte ich nicht zählen, also würde ich wohl wieder in die Tierhandlung fahren müssen. Was würde ich tun, wenn eines Tages kein einziger Goldfisch mehr übriggeblieben war? Dann gab es keinen mehr, der einsam sein konnte. Würde ich es dabei belassen und mich damit zufriedengeben, dass der Brunnen von da an unbewohnt sein würde?

Mit einem Seufzer setzte ich mich an den Rand, wie es der Reiher zu tun pflegte, stützte die Hände auf die Knie und blickte zurück zum Haus, dessen Fassade zweihundert Jahre lang starke Witterung zu schaffen gemacht hatte. Mit der Zeit war aus dem ursprünglich blassblauen Anstrich ein schmutziges Grau geworden.

Moorland, wie es genannt wurde, war ein Haus, das vermutlich mehr Geschichte in sich barg, als ich jemals imstande wäre zu erzählen. Als kleiner Junge hatte mir meine Mutter erzählt, dass die Villa schon seit ewigen Zeiten in Familienbesitz war und ein Hochzeitsgeschenk von meiner Uroma an ihren Sohn, meinen Grandpa, gewesen war. Mittlerweile wusste ich nicht mehr genau, wieviel Wahrheit in der Geschichte steckte. Schwer vorstellbar, dass sich ein Franzose in dem kleinen Ravenswood von West Virginia niedergelassen hatte. Auch wenn das kleine Städtchen, so ruhig und beschaulich, recht schön war. Es hatte eine Zeit gegeben, vor ein paar Jahren, da war ich beinah täglich mit meinem Fahrrad unterwegs gewesen und hatte mit Tyler jeden Winkel der Stadt erkundet. Jetzt war mir alles davon zuwider und das Fahrrad setzte bereits Rost an. So war Moorland zu meiner Festung geworden. Nur hier war ich so gut wie unantastbar.

Ich rappelte mich auf und klopfte mir den Dreck von der Hose, um mich auf den Weg zu machen. Unweigerlich musste ich an meinem Fahrrad vorbei, das ich dort am Tor abgeschlossen und seit jenem Tag nicht mehr angerührt hatte.

Die Hände in den Taschen vergraben, stapfte ich die Straße entlang und hoffte darauf, keinem meiner Klassenkameraden auf dem Weg zur Schule zu begegnen.

Als die Ravenswood Highschool in Sicht kam, zog ich die Kopfhörer aus meinen Ohren und verstaute sie in meiner Hosentasche. Der flache, überwiegend in schwarz und weiß gehaltene Bau ragte bedrohlich vor mir auf und wirkte alles andere als einladend.

»Baudelaire!«, schallte es durch den Flur, kaum dass ich durch die Tür getreten war.

Instinktiv zuckte ich zusammen und versuchte, so zu tun, als hätte ich nichts gehört. Ich setzte den Weg zum Spind fort, um meine Bücher für die erste Stunde zu holen.

»Schickes T-Shirt hast du da an.« Die raue Stimme jagte mir jedes Mal einen eisigen Schauer über den Rücken. Ich spürte eine viel zu große Hand, die einzig und allein dafür gemacht war, Bälle zu fangen, in meinen Nacken fallen.

Das Gewicht, das der hochgewachsene, breitschultrige Quarterback auf mich verlagerte, ließ mich ein wenig einknicken, doch ich beklagte mich nicht.

Mason war es gewohnt, dass ich ihm nicht antwortete. Für ihn stellte das allerdings kein großes Problem dar. Er liebte es, sich reden zu hören. Ich versuchte, über seine Gemeinheiten hinwegzusehen, aber obwohl ich seine Schikane nahezu reaktionslos herunterschluckte, schien er den Gefallen daran nicht zu verlieren.

»Schönes Wochenende gehabt?« Der Griff um meinen Nacken verstärkte sich ein wenig und er lotste mich in eine bestimmte Richtung.

Vor meinem Spind angekommen, wartete nicht nur Mason gespannt darauf, dass ich wegen meiner beschmierten Schranktür toben würde. Eine Traube von Schülern hatte sich um uns herum gebildet und bestaunte die Kritzeleien und Beleidigungen, die er dort mit einem Permanentstift hinterlassen hatte. Worte, die mich tief treffen sollten, ich aber nicht zum ersten Mal hörte. Etwas quoll aus der Fuge hervor und ich vermutete Sprühsahne oder Rasierschaum hinter der weißen, fluffigen Konsistenz.

Unbeeindruckt las ich mir all die Beleidigungen und Kraftausdrücke durch. Die einzige Frage, die ich mir dabei stellte, war, warum sich Masons Handschrift seit der Grundschule nicht verändert hatte und seit wann man »*Trotel*« mit nur einem t schrieb. Wahrscheinlich kompensierte sein Körper die mangelnde Intelligenz mit Muskeln.

»Und, gefällt es dir?«

Ich ließ die Tasche zu Boden sinken, um die Zahlenkombination einzugeben, in der Hoffnung, Mason so schnell wie möglich loszuwerden. In einem kurzen Moment der

Unbedachtheit packte er mich grob am Hinterkopf und drückte mein Gesicht gegen das Schließfach. Meine Wange landete in der weißen Masse und der Duft von Seife stieg mir in die Nase. Eindeutig Rasierschaum.

»Du solltest meine Arbeit ein bisschen mehr schätzen, du Niete«, flüsterte er dicht an meinem Ohr. Ich spürte Masons breite Brust dicht an meinem Rücken, sein heißer, nach Zigarettenrauch riechender Atem schlug mir in den Nacken. Mir hämmerte das Herz bis zum Hals. Ich wollte mich gar nicht erst wehren, ich hatte es schon lange aufgegeben. Die Falle war schon zugeschnappt. Je mehr ich mich wehrte, desto mehr würde es mir schaden, desto enger würde sich die Schlinge um meinen Hals ziehen. Ich konnte nicht verletzt werden, wenn es nichts gab, das sie gegen mich verwenden konnten.

Die letzten Monate, die bis zum Abschluss noch vor mir lagen, wollte ich nur noch still ausharren, die Tage zählen und hoffen, dass es endlich vorbei sein würde.

Ich schloss für einen kurzen Moment die Augen, als das schrille Klingeln zum Unterricht durch die Gänge hallte, und war heilfroh, dass Mason endlich von mir abließ. Die feixenden Schüler um uns herum zerstreuten sich und stoben wie eine Schar aufgeschreckter Hühner in alle Himmelrichtungen davon.

Mason gab mir noch einen letzten Stoß, dann verschwand auch er, ein triumphierendes Lächeln auf den Lippen, in einem der Klassenräume.

Mit zitternden Fingern tastete ich nach der Formelsammlung für Algebra und wischte die letzten Reste des Rasierschaums, den Mason in den Spind gesprüht hatte, mit dem Ärmel vom Buch und rieb mir dann mit dem Handrücken über die Augen. Aber da waren keine Tränen, denn ich würde nicht weinen, selbst wenn mir danach zumute war.

Ich würde mich später um die Sauerei in meinem Schließfach kümmern, jetzt versuchte ich meine Beine aus Wackelpudding erst einmal in die richtige Richtung zu lenken. Im letzten Moment, bevor Mr. Brown die Tür hinter sich schließen konnte, quetschte ich mich durch den Spalt ins Klassenzimmer.

»´tschuldigung«, murmelte ich mit glühenden Wangen und schob mich an seinem dicken Bauch vorbei.

Er musterte mich mit einem besorgten Blick, aber wie die meisten Lehrer hatte auch er es schon vor geraumer Zeit aufgegeben, mich zu nötigen, ihm mein Herz auszuschütten.

Erst als ich mich auf meinen Platz am Fenster gesetzt hatte, beruhigte sich mein Herz wieder.

»Schlagen Sie bitte Seite einhundertfünf auf ...«

Den Rest von dem, was Mr. Brown zu sagen hatte, bekam ich nur noch am Rande mit, bannten mich die rauschenden Baumkronen des angrenzenden Waldes doch viel zu sehr.

Der Schultag verlief genauso wie auch die restlichen des Jahres. Die nächsten Stunden, die auf dem Plan standen, zogen sich kaugummiartig in die Länge. Gefesselt hätte mich heute vermutlich nur Literatur bei Mr. Green, aber wie es sich herausstellte, war dieser krank, und statt nach einem ihm würdigen Vertretungslehrer zu suchen, ließ man die Stunde ausfallen.

So machte ich mich, früher als erwartet, auf den Weg in die Stadt und war froh, dass ich es für heute hinter mir hatte. Bei dem Gedanken daran, dass Mason und sein Hofstaat noch in anderen Kursen saßen, schien eine zentnerschwere Last von mir abzufallen. Das hieß, ich würde keinem von ihnen über den Weg laufen. Ich wusste, dass sie nachmittags oft mit dem Rad durch Ravenswood fuhren und die Stadt unsicher machten, denn sie hatten mich schon das ein oder andere Mal abgefangen.

Der Wind blies durch die Büsche und Baumkronen und fegte die ersten roten Ahornblätter vor mir her. Ich bahnte mir meinen Weg durch die Straßen, den ich mittlerweile wohl auch mit geschlossenen Augen hätte gehen können. Ich bog rechts in die Washington Street ein und ging am Diner mit der großen Leuchtreklame vorbei. Unter der Woche zu solch einer Zeit waren kaum Leute unterwegs und so war es mir auch lieb. Niemand, der mir schräge Blicke zuwerfen konnte und mich nach meinen Eltern ausfragen würde. Anders als ich hatten meine Eltern neben ihren Jobs viele Freunde, die sie zum Golf oder Tennis trafen. Unzählige Male hatte mein Vater versucht, auch mich dafür zu begeistern, aber schließlich hatte er es aufgegeben, mir die Vorzüge eines durchtrainierten Schlagarms schmackhaft machen zu wollen. Während sie ihre freie Zeit auf dem Sportplatz verbrachten, saß ich lieber in meinem Zimmer, las ein spannendes Buch oder hörte Musik.

In meine Gedanken versunken, bemerkte ich gar nicht, dass ich mein Ziel schon erreicht hatte und beinah an der Zoohandlung vorbeigegangen wäre.

Der Inhaber, Mr. Aelfric Miller, war ein Mann, der wahrscheinlich so alt war, dass er die ersten Siedler von Ravenswood noch persönlich gekannt hatte. Die unzähligen Falten und der gebückte Gang, den er mittels eines knorrigen Gehstocks in die richtigen Bahnen zu lenken versuchte, ließen mich vermuten, dass er wahrscheinlich so zwischen achtzig und neunzig Jahre alt sein musste. Er war ein typischer Fensteropi wie er im Buche stand. Von morgens bis abends saß er, wenn er sich nicht gerade um die Tiere kümmerte, am Fenster, stierte nach draußen und motzte über jeden Passanten, der es wagte, sich auf der Straße blicken zu lassen. Ob es sich nun um spielende Kinder, bellende Hunde oder Leute handelte, die ihre Zigarettenstummel auf dem Gehweg entsorgten, niemand kam bei ihm ungeschoren davon. Und obwohl er ganz schön respekteinflößend und vielleicht ein bisschen seltsam war, konnte ich ihn trotzdem gut leiden.

Die kleine Glocke an der Tür bimmelte, als ich eintrat. Seine Augen mochten milchig sein, aber seine Ohren waren die eines Luchses.

»Jungchen. Schon wieder hier.«

Mir war es jedes Mal aufs Neue ein Rätsel, woher er wusste, dass ich es war, bevor er sich überhaupt erst zu mir umgedreht hatte. War ich etwa sein einziger Kunde?

»Was suchen wir denn dieses Mal?« Die Frage war überflüssig, das wusste er genauso gut wie ich, denn ich hatte hier in all den Jahren nie etwas anderes gekauft als Goldfische und Fischfutter.

»Ein paar neue Goldfische.«

Er wandte sich zu mir um und sah mich aus trüben blauen Augen an, die in tiefen Höhlen lagen. Weißes Haar stand vereinzelt von seinem Kopf ab, was ein bisschen so aussah, als wäre ein Federkissen darüber explodiert.

»Einen ganz schönen Verschleiß an Fischen hast du, Bursche.« Er tat regelrecht so, als wäre ich es, der am Brunnen sitzen würde und nicht darauf warten konnte, mit einem Goldfisch im Schnabel davonzufliegen. Ohne eine Antwort abzuwarten, winkte er mit seiner Hand und bedeutete mir, ihm zu folgen.

Er schlurfte in den hinteren Teil des Ladens zu den Aquarien, in denen teilweise ein paar Skalare schwammen und Guppys hinter die Zierpflanzen stoben, als sie von unseren Schatten aufgescheucht wurden.

Mr. Miller griff nach einem tassengroßen Köcher und tauchte ihn in das Becken mit den Goldfischen. Ich stand neben ihm und sah ihm schweigend zu. Sein Umgang mit den Tieren war achtsam und er kümmerte sich so gut um sie wie kein anderer. Er hatte alle Aquarien liebevoll gestaltet und mit genügend Unterschlupfen und Pflanzen ausgestattet, hinter denen sich die Fische verstecken konnten. Dort drinnen war es so bunt wie ich mir die Unterwasserwelten in der Karibik vorstellte.

»Die sehen anders aus als die, die Sie in der letzten Zeit hatten«, bemerkte ich, als einer von ihnen seinen weißen Kopf aus einer Höhle streckte, neben der sich die kleine Figur einer Hula Tänzerin befand, die ihre besten Tage schon hinter sich hatte. Aus großen, dunklen Augen starrte mich der Goldfisch an und sein runder Mund klappte auf und zu, als wolle er uns beschwören, ihn ja nicht von der einst so hübschen Hawaiianerin zu trennen.

»Das sind ja auch keine gewöhnlichen Goldfische, sondern Schleierschwänze«, erklärte Miller und fing den Fisch geschickt ein, der zu fliehen versuchte.

»Tüte.«

Das war mein Stichwort. Ich füllte einen der transparenten Transportbeutel mit dem Wasser aus einem der Aquarien auf und hielt ihn geöffnet unter den tropfenden Köcher, den er aus dem Wasser hob. Der Fisch zappelte um sein Leben und plumpste dann in den Beutel. Orientierungslos stob er hin und her, bis seine Runden in dem Plastikbeutel immer langsamer wurden und er sich wieder zu beruhigen schien.

Ich hob den Beutel dicht vor mein Gesicht und betrachtete den ungewöhnlichen Goldfisch. Seine weißen, großen Flossen schienen so dünn und durchschimmernd wie Transparentpapier, aus dem man im Winter Sterne bastelte, um sie ans Fenster zu hängen, und sie erinnerten mich an lange Wohnzimmervorhänge oder die Flügel einer Fee. Nicht, dass mir schon einmal eine begegnet wäre, schließlich war ich nicht Pinocchio. Auch wenn ich mir manchmal insgeheim wünschte, einfach ein normaler Junge sein zu können.

»Sie sind wirklich schön«, flüsterte ich ehrfürchtig und blickte zu Miller, der versuchte, den Zweiten aus dem Aquarium zu fischen.

Der Alte lachte kehlig bei meinen Worten und sein ganzer Körper schien dabei von einem Beben geschüttelt zu werden. Manchmal hatte ich Angst, dass er einfach zu Staub zerfallen würde, wenn er so lachte.

»In der Tat. Du hast einen Blick für schöne Dinge.«

Ich wusste nicht ganz genau, wie ich seine Worte auffassen sollte. Ich wusste, dass Mum und Dad den Eltern anderer Kinder schon damals Rede und Antwort stehen mussten und ihnen erklärt hatten, dass es auch kleine Jungen gab, die lieber Bilder malten, Bücher lasen und draußen im Garten Blumen pflückten. Wäre es nach ihnen gegangen, dann hätte ich mit Autos spielen und mich mit den anderen Jungs auf dem Ascheplatz wälzen sollen. Solche Dinge hatten mich allerdings nie im Geringsten interessiert.

Miller schien meinen besorgten Blick bemerkt zu haben, denn er zwinkerte mir zu und legte mir seine langen E.T.-Finger auf die Schulter. »Du solltest dich glücklich schätzen. Die meisten Menschen werden in ihrem Leben die Dinge um sie herum nie so betrachten, wie du es tust.«

Er machte einen festen Knoten in den Beutel, in dem mittlerweile drei Schleierschwänze schwammen, und drückte meine Schulter. Ich schnappte mir noch eines der Schutznetze für Teiche und Brunnen, die in einem der Aufsteller standen und von vielversprechenden Werbesprüchen angepriesen wurden. Seine schwarzen, ziemlich abgewetzten Lackschuhe schlurften über den Boden, als er zurück in den vorderen Teil des Ladens ging und ein paar Tasten auf der alten Kasse drückte. Sie schepperte und die Schublade sprang so ruckartig auf, dass ein paar Pennys hinaussprangen.

Ich kramte mein Portemonnaie heraus und zählte achtundzwanzig Dollar ab, die mir die Kasse anzeigte.

»Vielen Dank, Mr. Miller.«

Er nickte und lächelte mich an.

Die Türglocke verabschiedete mich mit einem Bimmeln und ich musste ein paar Mal blinzeln, damit sich meine Augen wieder an das grelle Sonnenlicht gewöhnen konnten.

In diesem Sommer war es wirklich unglaublich heiß. Meine Kehle brannte und ich entschloss mich kurzerhand dazu, noch einmal ein paar Meter zurückzugehen, um mir im Diner etwas zum Trinken zu kaufen. Wenn die Straßen so leer waren wie um diese Uhrzeit, fand ich es in der Stadt gar nicht so unerträglich. Anders als sonst überschlugen sich meine Schritte nicht selbst, sondern ich ging zur Abwechslung in einem Tempo, in dem wir früher immer durch den Wald spaziert waren. Unbeschwert und ohne Angst, jemand könnte mir ein Messer zwischen die Schulterblätter stoßen. Buchstäblich würde so etwas in Ravenswood natürlich nie passieren. Aber Mason hatte mich gelehrt, achtsam zu sein und mich auf den Schulgängen niemals in meinen Gedanken zu verlieren.

Ich überquerte den Parkplatz und entschied mich kurzerhand anders. Zielstrebig steuerte ich auf den neuen Coffeeshop zu, der vor einiger Zeit genau gegenüber vom Diner aus dem Boden geschossen war. Heute fühlte ich mich mutig genug, um das neue Habitat meiner Mitschüler zu inspizieren.

Kühle, klimatisierte Luft und der Duft von frisch gerösteten Kaffeebohnen stieg mir in die Nase, als die Tür automatisch öffnete und ich eintrat. Irgendein Song von Justin Bieber dudelte aus den Lautsprechern an der Decke. Ich ging auf die Theke zu, hinter der ein junger, gutaussehender Barista stand, der mir nur einen kurzen Blick zuwarf, während ich mich hinter einem vollbärtigen Mann einreihte, an dessen Brust in einem Tragetuch ein Baby schlummerte. Er trug eine bunte Stoffhose wie die Männer aus dem Orient und ging barfuß.

Mir blieb noch genug Zeit, um die große Kreidetafel an der Wand zu studieren. Eigentlich hatte ich gar keine Lust auf einen Kaffee und nur darauf gehofft, dass eine Fanta Ausrede genug war, um den Laden mal von innen zu betrachten. Normalen Kaffee schien es hier allerdings gar nicht zu geben, irgendwie war alles *iced* oder *flavoured*.

Eine Gruppe Mädchen in meinem Alter, die in den großen Ledersesseln um einen runden Tisch saßen, beobachteten mich und steckten dann tuschelnd die Köpfe zusammen. Ein wenig unbehaglich fühlte ich mich hier schon.

»Was darf´s sein?« Der Barista, der aussah, als wäre sein Hauptberuf Schauspieler am Broadway, zog fragend die Brauen hoch und musterte mich von oben bis unten. Er wusste vermutlich, dass ich zum ersten Mal so einen exklusiven Coffeeshop besuchte und absolut überfordert mit dem Angebot auf der Tafel war.

»Einen White Chocolate Caramel Frappuccino«, bat ich und nannte damit etwas, das mir am leichtesten über die Lippen kam. Er wandte mir den Rücken zu, um an die Kaffeemaschine zu treten, die größer war als unser Fernseher daheim.

»Und dein Name?« Er schraubte einen Deckel auf den durchsichtigen Plastikbecher, der bis zum oberen Rand mit Sahne gefüllt war. Der Rest bestand aus Eis, weißer Schokolade, einem Fingerhut Kaffee und noch mehr Sahne.

»Was?«

»Damit ich ihn auf den Becher schreiben kann.« Seine Stimme hatte einen leicht genervten Tonfall angenommen, aber er lächelte weiterhin.

Ich wollte fragen, warum er meinen Namen auf diese flüssige Mischung zwischen Kaffee und Karamell-Sahnebonbon schreiben wollte, da ich schließlich wusste, wie ich hieß und sich niemand die Mühe machen würde, den Becher, falls ich ihn verlor, zu mir zurückzubringen.

»Justin«, entgegnete ich und wunderte mich darüber, wie leicht mir die Lüge über die Lippen kam. Irgendwie hatte ich die Befürchtung, dass mein Name zu gewöhnlich und unspektakulär dafür war, um auf einen dieser Becher geschrieben zu werden. Vermutlich würde er mich zum Diner schicken, weil man als Samuel eher mit einem vor Fett und Käse triefenden Burrito kompatibel war.

Ich legte schmerzlich viele Dollar auf den Tisch, von denen ich mir vermutlich eine ganze Kiste voll Fanta hätte kaufen können und verließ, die Hand um den eiskalten Becher geschlossen, den Coffeeshop. Probeweise nippte ich an dem Strohhalm und sog Zucker, Kaffee und Sahne in mich auf. Sowas würde es zu Hause nie geben. Mum achtete auf eine weitestgehend zuckerfreie und gesunde Ernährung. Mit dem seltsam befriedigenden Gefühl, etwas Verbotenes zu tun, setzte ich meinen Weg fort.

Meine Füße trugen mich in den Buchladen, in dem ich, kaum dass ich ihn betreten hatte, die staubige Luft inhalierte und sie mit einem leisen, wohligen Seufzer wieder ausstieß. Hier fühlte ich mich genauso heimisch wie in unserer eigenen kleinen Bibliothek auf Moorland, deren Bücher ich bereits alle mehrere Male gelesen hatte. Ich warf der jungen Verkäuferin einen kurzen Blick zu und sie antwortete mit einem Lächeln.

Vor einigen Jahren war sie ebenfalls Schülerin auf der Ravenswood Highschool gewesen und vor ein paar Monaten hatte sie mir bei einem Smalltalk erzählt, dass sie jetzt auf die Universität ging und hier arbeitete, um sich ein paar Dollar dazuzuverdienen. Ihr Name war Ann und soweit ich das beurteilen konnte, war sie eines der hübschesten Mädchen, die in der Stadt lebten. Sie hatte kupferrotes Haar, das in Wellen ihr Gesicht umschmeichelte und ihr bis auf die Schultern fiel. Ihre Augen waren groß und grün wie die einer Katze. Ein wenig ehrfürchtig wurde ich bei ihrem Anblick schon.

Heute stand sie hinter der Theke und schien in ein Buch vertieft. Ich wollte sie nicht weiter stören und verschwand zwischen den Regalen, wo ich mir erst einmal einen freien Tisch suchte, auf dem nicht unzählige Bücher gestapelt wurden, um den Beutel mit den Fischen und meinen halb leeren Becher darauf abzustellen.

Mein Finger fuhr über die Buchrücken und ich spürte, wie mein Herz mit jedem Titel, den ich las, langsamer schlug und jegliche Last von mir abzufallen schien. Hier und da zog ich ein Werk heraus und las die ersten Zeilen durch, um etwas zu finden, auf das ich in diesem Moment Lust verspürte. Ich las eigentlich alles, was mir zwischen die Finger kam. Früher hatten mich sogar alte Lexika und Kompendien begeistern können. In dem Herbarium, welches mein Großvater vor Jahrzehnten angelegt hatte, hatten Tyler und ich so oft geblättert, dass die getrockneten Blätter und Blüten mittlerweile anfingen zu bröseln. Vor einiger Zeit hatte ich mir vorgenommen, Folie zu kaufen, die ich über jede einzelne Seite kleben konnte, um die zerbrechlichen Blütenblätter vor meinen Händen zu schützen.

Viele Bücher, die hier Seite an Seite standen, waren nicht mehr neu und aus zweiter Hand, daher gab es von den meisten nur ein einziges Exemplar und dieses sah meist recht ramponiert aus. Demnach enthielten die Bücher nicht nur ihre eigenen Welten, sie hatten eine persönliche Geschichte und das machte sie besonders.

Ich blätterte durch das ein oder andere Buch und stellte es sorgfältig zurück ins Regal. Ein dunkelblauer Buchrücken ohne Titel zog meine Aufmerksamkeit auf sich und ich zog das schmale Buch heraus. Es schien schon einige Jahre auf dem Buckel zu haben, aber anders als ich es erwartet hätte, befand sich kein Staub auf dem oberen Rand der Seiten. Erst auf der ersten Seite stand in geschwungenen Lettern der Titel. *Der andere Schlaf.* Ich hatte noch nie davon gehört.

Ein eigensinniger Geruch ging von den Seiten aus. Einen Moment lang hielt ich inne und versuchte ihn zuzuordnen, bis ich mich dazu überwand, den Kopf zu senken und unauffällig daran zu schnuppern. Es gab wohl selten jemanden, der in einer Buchhandlung an den Büchern schnüffelte, bevor er sich dazu entschied, sie zu kaufen.

Die Seiten rochen nicht nach altem Papier oder Staub, sondern nach verschiedenen Hölzern, Cashmere und Sandelholz, und in etwa so wie eine Kerze, die man gerade ausgepustet hatte. Es dauerte einige Augenblicke, bis ich eine weitere Note erkannte. Das konnte ich allerdings auch nur, weil Dad vor einigen Jahren unbedingt einmal mit mir Tontauben hatte schießen wollen. Ich hatte es schrecklich gefunden, auf etwas abzufeuern, auch wenn es nur ein Gegenstand war, und das Einzige, was ich an der ganzen Aktion gemocht hatte, war der Geruch, der von den Pistolen ausgegangen war. Schießpulver.

Irgendwo, so hätte ich schwören können, hatte ich diese Mischung von Düften schon einmal gerochen, aber vielleicht spielte mir mein Verstand auch nur einen Streich.

Ein Schatten, der am Fenster vorbeiglitt, zog meine Aufmerksamkeit auf sich und ich riss den Blick von den Büchern los. Die

Nachmittagssonne fiel durch die schmutzigen Scheiben und in dem rötlichen Licht tanzten winzige Staubflöckchen zwischen den Regalen. Minutenlang, so kam es mir vor, stand ich da und sah dabei zu, wie sie langsam zu Boden sanken. Nur am Rande bekam ich mit, dass wohl noch ein anderer Kunde über die Schwelle getreten war, denn ich hörte leise Stimmen an der Kasse und Ann ›Auf Wiedersehen‹ sagen. Dann war es wieder still im Laden.

Eine Weile lang bewegte ich mich vor den hinteren Regalen auf und ab, behielt das Buch aber in den Händen.

Ich griff nach meiner Tasche und hob den Beutel mit den Fischen vorsichtig an. Während ich nach vorne ging, war ich damit beschäftigt, meinen Geldbeutel herauszuholen, um nicht unnötig viel Zeit an der Kasse zu verbringen und mich Ann gegenüberzusehen. Smalltalk mit nahezu Fremden war nicht unbedingt mein Ding.

Ich legte das Buch auf den Tresen und versuchte es mit einem Lächeln, als ich den Kopf hob, welches mir dann aber gleich darauf wie heißes Wachs vom Gesicht tropfte.

»Ich dachte schon, du bemerkst mich gar nicht mehr«, brach Adam das Schweigen und sein Mundwinkel zuckte. Wie zuvor Ann stand er hinter der Kasse vor dem alten Fenster mit getönter Butzenscheibe und trug ein kleines Schild an sein T-Shirt gepinnt, auf dem sein Name stand. Er ging ebenfalls auf die Ravenswood Highschool und wir sahen uns hin und wieder in den Kursen, die wir beide besuchten. Jedenfalls sah ich ihn, ob er mich überhaupt einmal bemerkte, bezweifelte ich.

Viel zu überrumpelt, um etwas darauf zu erwidern, schwieg ich und schob ihm das Buch zu, während ich vermied, dass sich unsere Blicke kreuzten. Um meine Augen zu beschäftigen und nicht wie ein Wahnsinniger vor mich hinzustarren, betrachtete ich den Einband des Buches, und für einen Moment meinte ich aus meinem Augenwinkel zu sehen, wie ein Lächeln über sein Gesicht huschte.

Langsam streckte er den Arm danach aus und strich darüber, drehte es in den Händen, um es zu betrachten, als wäre es ein lang verloren geglaubter Schatz.

»Wieviel schulden ... ich meine, wie viel schulde ich dir?«, durchbrach meine holprige Frage die Stille. Warum um Gottes Willen war ich so nervös? Jetzt hielt er mich vermutlich für einen totalen Trottel, der deshalb nie etwas sagte, weil er total unterbelichtet war.

»Vier Dollar bitte, Justin.«

Ich hörte den belustigten Unterton in seiner Stimme und mein Gesicht glühte vor Schamesröte. Schnell ließ ich den Plastikbecher hinter meinem Rücken verschwinden. Adam öffnete die Hand und wartete, bis ich das Geld hineingelegt hatte. Die Kasse klingelte, als er den Schein einsortierte und mir das Wechselgeld herausgab. Er schwieg und wir sahen uns einen Lidschlag zu lang in die Augen. Ein ganz mulmiges Gefühl breitete sich in mir aus und ich wandte schnell den Kopf ab.

»Sind das Schleierschwänze?« Er beugte sich ein wenig vor, um den Inhalt des Plastikbeutels besser erkennen zu können.

»Ja. Ich habe sie eben bei Mr. Miller gekauft. Die alten ...« Meine Stimme versagte, als ich bemerkte, dass ich beinah ein Gespräch mit ihm angefangen hätte. Vielleicht hatte ich einen Zuckerschock? »Nicht so wichtig.«

Adam stützte sich auf die Ellbogen und betrachtete die Fische. Sein dunkelblondes Haar schimmerte in dem Nachmittagslicht golden und ein helles Leuchten umspielte seine Silhouette wie ein Nimbus.

»Wirklich hübsch«, erwiderte er und sah mir dabei fest in die

Augen. Während sich mein Herz beinah überschlug und ich verzweifelt nach meiner Stimme suchte, nickte ich langsam, um ihm beizupflichten. Ich räusperte mich vernehmlich und versuchte, seinem Blick standzuhalten.

Ich steckte das Buch ein und schob mein Portemonnaie in die Tasche.

»Ich habe mich schon gefragt, wann du mal hier auftauchen würdest. Ich habe dich in der Schule schon oft mit Büchern in der Hand gesehen, die ich einige Tage zuvor hier in die Regale sortiert habe. Es war nur eine Frage der Zeit.«

Ich wusste gar nicht, was ich dazu sagen sollte, denn die Tatsache, dass er mich wohl beobachtet hatte, machte mich unsicher.

Er warf mir ein unbefangenes Lächeln zu und ich spürte mein Herz, das in den letzten Stunden so ruhig geschlagen hatte, hart gegen meine Brust hämmern. Wie war es möglich, dass es durch so ein paar einfache Worte aus dem Takt gebracht wurde?

»Ich sollte jetzt besser gehen. Ich wollte dich nicht vom Lesen abhalten.« Erst jetzt fiel mir auf, dass auch er in ein Buch vertieft gewesen zu sein schien, denn neben ihm auf der Kasse lag ein dicker Wälzer mit dem Rücken nach oben, damit es nicht zuklappte. Die *Odyssee*.

Ich war niemand, der sich von allen Vorurteilen freisprechen konnte, das hatte ich nie behauptet. Ein solches Buch hätte ich ihm niemals zugetraut. Nicht, weil ich ihn nicht für klug genug hielt. Ich hätte nur nicht erwartet, dass ihn solche Werke oder überhaupt irgendeine Literatur fesseln konnte.

Er schien meinen verwunderten Gesichtsausdruck bemerkt zu haben, denn er lächelte verlegen und strich sich mit der Hand über den Hinterkopf. »Überrascht?«

»Nicht nur darüber«, gab ich zurück. »Ich wusste nicht, dass du hier arbeitest.« Seine Eltern waren schließlich wohlhabend genug und ich vermutete, dass er reichlich Taschengeld bekam. Nicht umsonst fuhr er einen rubinroten Chevy Impala, den er, wie ich sah, als ich meine Augen aus dem Fenster schweifen ließ, auf der anderen Straßenseite geparkt hatte.

»Mein Dad hat verlangt, dass ich mir einen Nebenjob suche und etwas zur Finanzierung des Colleges beisteuere. Kein Fleiß, kein Preis oder so etwas in der Richtung.«

Das hier war wahrscheinlich das längste Gespräch, das ich mit einem Schulkameraden seit Monaten geführt hatte und ich war nicht mehr besonders gut darin, Konversation zu machen. Sein Interesse und die Freundlichkeit, mit der er mir begegnete, machten mich nervös und meine gestammelten Antworten ließen mich wie ein Idiot dastehen. Und vor allem stellte ich mir die Frage, woher dieses Interesse kam.

Plötzlich dämmerte es mir und ein Kloß bildete sich in meinem Hals. Er war mit Mason befreundet, schließlich spielten sie beide Football bei den *Devils*. Sicherlich hatte der ihn angeheuert, etwas über mich herauszufinden, das er gegen mich verwenden konnte, oder Adam sollte mein Vertrauen gewinnen, damit ich gegen eine fiese Schikane nicht gewappnet war.

»Danke. Es war nett dich zu sehen«, kündigte ich mein Gehen an und wollte den Weg in Richtung Tür einschlagen, aber er trat hinter der Kasse hervor und stellte sich mir in den Weg.

Schützend hob ich den Beutel mit den Fischen vor die Brust, die mir im Zweifelsfall aber nur wenig hilfreich zur Seite stehen konnten, und machte mich aufs Schlimmste gefasst.

Er sah mich erstaunt an und hob die Hände, um mir damit zu bedeuten, dass er nicht vorhatte, seine Fäuste spielen zu lassen. »Ich würde dir niemals wehtun. Ich bin nicht so wie Mason.«

»Ach nein? Glaubst du, du seist ein Unschuldslamm, weil du

immer nur danebenstehst, wenn er mich verhöhnt und vor allen anderen bloßstellt?« Mein Atem stockte, als mir bewusst wurde, dass diese Worte gerade aus meinem eigenen Mund gesprudelt waren. Vielleicht hatte sich in der letzten Zeit so viel unterdrückte Wut in mir angestaut, dass ich nur darauf gewartet hatte, bis sich ein passendes Opfer anbot, dem ich sie entgegenschleudern konnte.

»Ich weiß.« In seinen Augen las ich etwas, das ich nicht so recht deuten konnte. »Es tut mir wirklich leid, Sam. Ich wünschte, ich …«

»Lass mich bitte einfach gehen.« Das klang selbst in meinen Ohren viel zu harsch und ich war erschrocken über mich selbst. Der Knoten in meinem Hals war in meine Brust gerutscht und schien immer größer zu werden, mir war plötzlich heiß und meine Augen brannten. Ich würde mir vor ihm ganz bestimmt nicht die Blöße geben und anfangen zu heulen. Das würde ihm wohl so gefallen. Spätestens morgen wüsste es Mason und durch ihn die ganze Schule. Lieber benahm ich mich wie ein gefühlloser Stein, als jemandem zu zeigen, dass ich auch nur ein Mensch war, verletzlich und verwundbar.

Er gab sich geschlagen und trat einen Schritt zur Seite, um mir den Weg freizugeben. Ich warf einen letzten Blick in seine stahlgrauen Augen, die mich unergründlich ansahen, und verließ fluchtartig den Laden.

Ich schnappte nach Atem und sog die schwüle Luft in mich auf, in der Hoffnung, mein hämmerndes Herz würde sich wieder beruhigen. Mir war ganz schlecht vor Aufregung.

Schnellen Schrittes machte ich mich auf den Heimweg und war froh, als ich kurze Zeit später auf Moorland angekommen war und das quietschende Tor hinter mir schließen konnte. So gut mein Ausflug in die Stadt angefangen hatte, so katastrophal hatte er geendet.

Ich stapfte die mit Löwenzahn bewachsenen Treppenstufen hoch und stieß die schwere Eichentür auf. Ich atmete den typisch muffigen Geruch eines alten Hauses ein und mein Herz machte einen letzten stottrigen Hüpfer, bevor es zur Ruhe kam.

»Bist du das, Sammy?« Die Stimme meiner Mutter erklang aus der Küche. »Setz dich an den Tisch, Liebling, das Essen ist fertig.«

Eigentlich war mir der Hunger gründlich vergangen und ich hätte mich am liebsten in meinem Zimmer verkrochen, aber ich wollte meine Mutter nicht enttäuschen und betrat gehorsam die Küche, um mich an den gedeckten Tisch zu setzen.

Ihre dunklen, gewellten Haare, die sie mir vererbt hatte, fielen in Kaskaden über ihre Schultern und bedeckten die Schleife der geblümten Schürze. Sie drehte sich herum und musterte mich eingehend, während ich den Transportbeutel mit den Fischen auf der Anrichte abstellte.

»Wie war es in der Schule?« Ihre warme Hand landete auf meinem Schopf und wuschelte mir durch die Haare.

»So wie immer.«

»Armes Kind. Iss erstmal etwas Vernünftiges, du bist noch im Wachstum. Dann kannst du dich immer noch um die Fische kümmern.« Sie schaufelte mir ein Berg von Spaghetti auf meinen Teller und stellte ihn mir vor die Nase.

Ich wollte ihr nicht widersprechen und meine Vermutung, dass ich die 1,72 m wohl nie übersteigen würde, aussprechen.

Sie setzte sich mir gegenüber und wartete wie immer darauf, dass ich ihr von meinem Schultag erzählte.

Darauf konnte sie wohl lange warten.

Ich schwieg und sah aus dem Fenster in den Garten. Noch mehr Gespräche würde ich heute einfach nicht ertragen. Nach dem Essen würde ich die Fische erst einmal in den Brunnen setzen und sie füttern.

»Dass wir schon fast Herbst haben ... Das heißt doch, dass in nächster Zeit der Homecomingball stattfindet. Wirst du hingehen, Sammy?« Mum war nicht so leicht abzuschütteln und gab sich mit meinem Schweigen meist nicht zufrieden.

Ich seufzte innerlich auf. Manchmal empfand ich ihre liebevolle Sorge als zu aufdringlich. Sie engte mich ein und nahm mir die Luft zum Atmen. Ich glaubte, ich war nicht das, was man einen guten Sohn nennen konnte. Dazu fehlte mir vermutlich die Fähigkeit ihre Gefühle zu erwidern, schließlich hatte ich sie schon vor Jahren versucht, abzulegen und sie in meinem Herzen hinter Schloss und Riegel versteckt. Damals, als noch alles anders gewesen war, hatte die Familie noch viel mehr Zeit miteinander verbracht. An den Wochenenden waren wir zum Beispiel immer ein Stück weit mit dem Auto in den Westen gefahren, um dort lange Spaziergänge durch den Wald zu machen. Manchmal hatten wir auch Tyler mitgenommen. Zusammen mit seinem Hund Milky Way waren wir dann durchs Dickicht gerannt. Nach seinem Tod hatten diese Ausflüge immer seltener stattgefunden.

Und dann gar nicht mehr.

»Ich weiß noch nicht.« Ihr würde es sicher gefallen, wenn ich für einen Abend am Leben teilnahm. »Ich werde es mir überlegen, wenn es soweit ist.« Das hieß ich würde versuchen, es so lange aufzuschieben, bis sich das Problem von selbst gelöst hatte und der Ball vorbei war.

Ihre Finger berührten meine und sie streichelte sanft über meinen Handrücken. »Du bist so ein guter Junge.«

»Ich bringe jetzt die Fische nach draußen und geh dann hoch. Ich muss noch Hausaufgaben machen. Danke für das Essen, es war lecker.« Ich gab mir einen Ruck und überwand mich dazu, kurz ihre Hand zu drücken, bevor ich den Stuhl zurückschob und aufstand, um den Teller in die Spülmaschine zu räumen. Während ich schweigend die Küche verließ, sah sie mir nach. Vielleicht fragte sie sich, warum ich nicht so sein konnte wie alle anderen.

Ich ging hinaus in den Garten, der bereits in kräftiges Abendrot getaucht war, und ließ die Fische behutsam in das Wasser hinab. Während ich das feinmaschige Netz um die Brunnensäule herum befestigte, zogen sie ihre Bahnen unter den runden Seerosenblättern. Stundenlang hätte ich sie dabei betrachten können, aber ich raffte mich irgendwann doch noch auf. Ich nahm den leeren Beutel und das Fischfutter mit zurück ins Haus, schnappte mir meinen Rucksack und ging hoch in mein Zimmer.

Laubgrüne Behaglichkeit empfing mich, als ich die Türe hinter mir zuzog und für einen Moment die Augen schloss, um den vertrauten Geruch meines Zimmers einzuatmen. Durch die Holzvertäfelungen an der Decke und am unteren Teil der Wand roch es holzig und ein wenig staubig. Sogleich spürte ich, dass die Ängste und Lasten, die ich dort draußen mit mir herumtrug, wie ein Schleier von mir abfielen.

Ich schaltete das Licht ein und warf mich aufs Bett, um noch die Hausaufgaben zu erledigen, die für morgen fällig waren. Meine Gedanken schweifte allerdings immer wieder ab und ich konnte mich nur schwer konzentrieren. Immer wieder ertappte ich mich dabei, wie ich an das Gespräch mit Adam dachte. Wenig zufrieden mit meinem Aufsatz über *Der Fänger im Roggen* klappte ich das Buch und mein Heft schließlich zu.

Um auf anderen Gedanken zu kommen, kroch ich unter die Decke und fischte das blaue Buch aus meinem Rucksack.

Ein Gefühl der inneren Ruhe und der Befriedigung überkam

mich, sobald ich mich in die ersten Seiten vertiefte. Die Literatur war schon immer mein geheimer Garten gewesen, in den ich mich hatte hineinflüchten können. Wenn ich in die Geschichten eintauchte, ferne Länder und fremde Welten besuchte, konnte ich mich selbst vergessen.

Am liebsten tat ich dies im Morgengrauen, wenn noch alles schlief oder in den Abendstunden, wenn die Ersten zu Bett gingen. Egal was ich las, woran ich dachte oder welche Geschichten ich mir in meinem Kopf zusammenspann: In der Dunkelheit erschien mir alles davon, jede Träumerei, jede Illusion wahrer. Abgeschottet in diesem grünen Zimmer konnte ich mich von der Welt lösen, die mein Herz gefangen hielt.

Kapitel 2

In aller Frühe wachte ich auf. Die ersten Strahlen der Sonne waren gerade erst am Horizont zu sehen und tauchten den Himmel in zartes Rosa. Nebel hing noch über den Baumkronen, der sich zum Ende der Morgendämmerung noch legen würde. Die ersten Vögel begannen zu zwitschern und durchbrachen die verschlafene Stille.

Ich schlug die Augen auf und fröstelte ein wenig. Kalte, feuchte Luft drang durch das offene Fenster ins Zimmer. Ich hatte einen so tiefen Schlaf gehabt, dass ich in der Nacht gar nicht bemerkt hatte, wie stark die Temperaturen gefallen waren.

Ich war es gewohnt, dass Mum mich nicht jeden Tag weckte. Manchmal hatte sie in aller Herrgottsfrühe einen kreativen Schub und verbarrikadierte sich in ihrem Atelier. Deshalb versuchte ich, leise zu sein, während ich das Haus verließ, um sie nicht zu stören. Als Künstlerin verbrachte sie viel Zeit in ihrem Atelier, aber so sehr sie auch von ihrer Berufung schwärmte, war mir klar, dass sie auch harte Tage hatte. Es dauerte oft Wochen, manchmal sogar Monate, bis sie eine der großen Skulpturen fertiggestellt hatte, die mit den buntesten Farben und wilden Mustern ihren Betrachter in den Bann zogen. Ihre Arbeiten waren meist Aufträge, und wenn etwas nicht nach Plan lief, machte ihr der Druck sehr zu schaffen.

Auch Dad, der als Polizist arbeitete, war nicht weniger gestresst. Er ging meist schon vor mir aus dem Haus, deshalb sahen wir uns erst nachmittags. Wenn man glaubte, die Kriminalitätsrate in Kleinstätten sei kaum erwähnenswert, täuschte man sich gewaltig. Es schien, je mehr der Ort zur Geisterstadt wurde, weil sich die meisten Leute dazu entschieden, in die Großstädte zu ziehen, desto eher dachten die übrigen, es wäre Zeit, die Anarchie Überhand gewinnen zu lassen. Besonders über Teenager und Jugendliche, die noch mit milderen Strafen zu rechnen hatten, klagte mein Vater und lobte mich im gleichen Atemzug, dass ich Gott sei Dank keiner dieser Hooligans und Kleinkriminellen war, die früher oder später auf die falsche Spur geraten würden.

Leise schloss ich die Türe hinter mir und setzte mir die Basecap auf den Kopf. Meine Knöchel wurden feucht, als ich durch den Vorgarten ging und sich der Tau der Gräser auf meinen Schuhen absetzte. Während ich am Fahrrad vorbeiging und das Tor hinter mir schloss, kaute ich nervös auf meiner Unterlippe und dachte fieberhaft darüber nach, ob ich mich für den heutigen Sportunterricht entschuldigen sollte. Ich war nicht unbedingt der Sportlichste und die Anwesenheit von Mason machte es nicht gerade besser. Aber nicht mehr lange und der ganze Spuk wäre vorbei, ich musste nur noch ein bisschen länger durchhalten. Ich freute mich auf den Tag, an dem mir meine Familie gratulieren würde, meine Mum eine Torte buk, mein stolzer Dad ein Foto machte und mir einen kräftigen Klaps auf den Rücken gab, der mich einige Schritte nach vorne taumeln lassen würde. Grandpa würde mir sicherlich wieder ein Tagebuch schenken. Denn dann würde der Ernst des Lebens beginnen und am Ende meiner Tage würde ich mir meine Erfahrungen, die ich in der Blüte meines Lebens gesammelt hatte, sicherlich noch einmal vergegenwärtigen wollen. Das wären wohl seine Worte.

Ein verhangenes Lächeln legte sich beim Gedanken an ihn auf meine Lippen. Ich hatte Grandpa wirklich sehr gerne und in seiner Gegenwart kam es mir vor, als müsste ich mich nicht verstellen. Er war liebenswert und charismatisch, vielleicht auch ein bisschen mysteriös. Und obwohl er schon an die achtzig war, zeigte er für alles Verständnis und hatte keine festgefahrenen Meinungen. Immer noch lehrte er an einer der nächstgelegenen Universitäten Kunst und Kunstgeschichte und nahm dafür auch in Kauf, jeden Morgen fast eine Stunde mit dem Auto unterwegs zu sein.

Schon lange hätte er in den Ruhestand gehen können, aber die Universität wollte ihn als Dozenten und langjährigen Freund nicht missen, und auch er hielt sich noch für keinen Rentner. Abgesehen von der Kunst und seiner Affinität zur Philosophie konnte man ihn für so ziemlich alles begeistern und er zeigte an den nichtigsten Dingen Interesse. Er war es gewesen, der mir schon früh beigebracht hatte, wie ich die Welt betrachten musste, um sie in all ihren Facetten erfahren zu können. »Geh langsam, Junge«, hatte er auf unseren Spaziergängen immer gesagt, »sonst wirst du die schönen Dinge gar nicht sehen.«

Wenn man ihn zum ersten Mal sah, hätte man ihn für einen waschechten Schauspieler aus einem historischen Film halten können. Er verstand es, sich zu präsentieren und im Mittelpunkt zu stehen, eine *bella figura* zu machen. Manchmal stellte ich mir insgeheim die Frage, ob er am Morgen im Bad länger brauchte als Mum. Sein Haar trug er zurückgekämmt fast bis in den Nacken, der ebenso weiße Bart war bauschig, der Schnurrbart akkurat gezwirbelt. Zum Lesen trug er eine schmale, ovale Brille hinter der seine hellblauen Augen, die er seiner Tochter und diese wiederum mir vererbt hatte, blitzten. Er hatte alles in allem mehr Stil im kleinen Finger als die meisten Leute im ganzen Körper. Jeden

Tag, ob nun Werk- oder Ruhetag, sah er dermaßen aus dem Ei gepellt aus, als würde man ihn auf dem Wiener Opernball erwarten. Er war vermutlich der einzige Mann seines Alters, der bunte Socken mit pinken Flamingos darauf trug.

Er hatte Moorland seiner Tochter überlassen und sich selbst am Rande der Stadt ein Haus nach eigenen Vorstellungen bauen lassen. Dieses hätte nicht in größerem Kontrast zu Moorland stehen können. Überwiegend aus Glas und Holz bestehend, mit klaren Mustern und Strukturen, hätte es auch in einen Katalog für moderne Architektur gepasst. Leute, die nichts zu verstecken hatten, wohnten für gewöhnlich in solchen Häusern. Leute, die andere Menschen an ihrem Leben teilhaben lassen wollten.

Ein roter Chevrolet fuhr gerade auf den Parkplatz der Schule und ich beschleunigte meine Schritte. Darinnen saß Adam und ich wollte vermeiden, ihm zu begegnen. Nach unserem Gespräch hatte er vermutlich ohnehin die Nase voll von mir.

Gerade als ich durch die Eingangstür trat, wurde ich daran erinnert, dass bald der Homecomingball stattfinden würde, denn in eben diesem Moment wurde ein großes Banner über der Tür aufgehangen.

Natürlich würde ich nicht hingehen und auch nicht zum Footballspiel, das einen Tag vorher stattfinden würde. Das Einzige, was mich an dem Ganzen interessierte, war, dass die ganze Schule komplett durchdrehen würde, so wie sie es jedes Jahr tat. Die Mädchen hatten vermutlich schon vor fünf Monaten das perfekte Kleid für sich gefunden und würden in den nächsten Tagen bis zum Ball letzte Schminktipps untereinander austauschen, damit eine von ihnen zur Homecoming Queen gewählt werden würde. Bei den Jungs schien alles etwas gelassener, auch wenn sie sich, wie ich fand, in dieser Zeit des Jahres noch brünstiger benahmen als sonst. Oberste Priorität war es, ein Mädchen zu begleiten, dass sie nach dem Ball in ein Motel bringen konnten, bei dem sie, romantisch wie sie waren, schon ein Zimmer reserviert hatten. Was folgte, kannte man aus Highschoolfilmen.

Ich holte meine Bücher für den Biologieunterricht und ging ins Klassenzimmer. Mr. Martin erzählte irgendetwas von einer Membran und Zellkernen, irgendwann driftete ich einfach ab. Das Kapitel hatte ich letzte Woche schon daheim gelesen.

Ich träumte noch vor mich hin und sehnte mich nach anderen Zeiten, nach anderen Orten, als ich spürte, wie ich von hinten angetippt wurde. Langsam drehte ich den Kopf und blickte über die Schulter. Dort begegnete ich einem Paar eisgrauer Augen und einem einnehmenden Lächeln, das eine Reihe perfekter Zähne zeigte. Jeder Zahnarzt wäre bei diesem Anblick dahingeschmolzen ... Oder hätte vielleicht auch geweint, wenn ihm bewusst geworden wäre, dass er an diesem Mund keinen Penny verdienen würde.

»Hey Sam. Ich habe die Hausaufgaben für Algebra noch nicht gemacht und wollte sie vor der Stunde noch schnell erledigen. Kannst du mir sagen, was wir aufhatten?«, fragte Adam leise.

Wortlos reichte ich ihm mein Hausaufgabenheft und legte den Finger auf die Aufgabe.

Er warf nur einen kurzen Blick darauf. Nachdem er keine Anstalten machte, mein Gekritzel abzuschreiben, wollte ich mich wieder umdrehen, da berührte er mich an meinem Handgelenk. Seine Hand fühlte sich anders an, als ich erwartet hatte, sie war warm und seine Haut ganz weich. Ich hielt inne und versuchte, dem Blick dieser grauen Augen, nach denen haufenweise Mädchen schmachteten, standzuhalten.

»Ehrlich gesagt weiß ich, was wir machen sollten, aber ich habe es nicht verstanden. Kannst du es mir vielleicht erklären?«

Was wohl hieß, dass er vorhatte abzuschreiben – und was hatte ich schon für eine Möglichkeit, als es zuzulassen?

»Von mir aus«, murmelte ich und er schien überrascht darüber. »Wir können uns ja vor der Stunde zusammensetzen. Ich warte dann im Klassenzimmer auf dich.«

Er lächelte sein Zahnpastalächeln und mein Magen schlug einen Purzelbaum. Schnell wandte ich den Blick ab, denn ich befürchtete schon, dass er das merkwürdige Gluckern, das mein Magen bei diesem Salto von sich gab, gehört hatte.

»Danke. Hast was gut bei mir.«

»Schon gut, Adam.« Sein Dank war rein oberflächlich, das war mir klar.

Er schien etwas geknickt über meine pampige Antwort, aber ließ sich nichts anmerken, als er mir mein Heft reichte. Ich griff eilig danach und stopfte es in meine Tasche. Beim Hinausgehen spürte ich seinen Blick in meinem Rücken.

In der Doppelstunde Geschichte konnte ich an nichts anderes als an seine Hand denken, die mich so beiläufig gestreift hatten. Seine Berührung kribbelte immer noch auf meiner Haut und das brachte mich ganz durcheinander. War das normal? Nähe ließ ich nur selten zu, die elterlichen Zärtlichkeiten von Mum und Dad versuchte ich, so gut es ging, zu meiden. Vielleicht war ich es einfach nicht mehr gewohnt, auf so eine Art und Weise berührt zu werden.

Ich lenkte mich damit ab, dass ich fleißig mitschrieb und mich das ein oder andere Mal meldete, um nicht die ganze Zeit daran denken zu müssen, was mir vor der nächsten Stunde blühte. Ich hatte schon eingewilligt; seinen Wunsch jetzt auszuschlagen, kam mir nicht richtig vor und es war auch nicht meine Art, nicht zu helfen, wenn ich konnte.

Nach der Stunde tauschte ich die Bücher in meiner Tasche gegen die im Spind aus. Den Worten, die Mason dort draufgekritzelt hatte, schenkte ich keine Beachtung. Irgendwann würde ich das Gekritzel schon entfernen. Ich wollte nicht jeden Morgen daran erinnert werden, dass ich ein *Loser* war. Der Rasierschaum hatte sich dagegen weitaus müheloser mit einem Taschentuch wegwischen lassen.

Bevor ich mich auf den Weg zum Klassenraum machte, in dem ich auf Adam warten wollte, holte ich mir noch rasch etwas am Snackautomaten, um meine nervösen Hände zu beschäftigen, und warf jedes Stück Kleingeld hinein, das ich in meinen Taschen finde konnte. Während der Schokoriegel quälend langsam von der Spirale nach vorne geschoben wurde, dachte ich darüber nach, wie der Tag bisher verlaufen war.

»Sam!«

Natürlich erkannte ich Adams Stimme gleich, aber ich drehte mich nicht um und starrte weiterhin auf den Riegel, tat so, als richtete sich meine gesamte Aufmerksamkeit auf die Besorgung meines Snacks. Angestrengt versuchte ich, mein klopfendes Herz zu beruhigen.

»Hast du nicht gehört, dass ich dich gerufen habe?« Adam tauchte an meiner Seite auf und legte mir die Hand auf die Schulter. Für einen kurzen Augenblick erstarrte ich zur Salzsäule, stand bewegungslos neben ihm und nuschelte etwas in meinen Kragen.

Er sah mich fragend an und zog die Brauen hoch.

»Ich war mir nicht sicher, ob du mich meinst«, log ich und schulterte meine Tasche.

»Steht dein Angebot noch?«

»Ich habe wohl keine andere Wahl oder? Du kannst gleich mein Heft haben, dann hast du noch genug Zeit sie abzuschreiben.«

Ein paar Mitschüler warfen uns fragende Blicke zu. Es kam nicht gerade oft vor, dass jemand wie Adam mit jemandem wie mir sprach.

»Ich möchte aber wirklich nicht nur die Lösungen abschreiben.« Wir betraten gemeinsam das Klassenzimmer und er legte seine Tasche an seinem Platz ab. »Du bist vielleicht nicht der Beste in Mathe, aber auf jeden Fall besser als ich. Bis zur nächsten Klausur möchte ich das Thema wirklich verstanden haben, deswegen würde es mir nichts bringen, einfach nur die Lösungen zu kennen ... Ich bitte dich, erklär es mir.«

Ich hielt dabei inne, meine Sachen auszupacken und fühlte mich dazu gezwungen, ihn nun doch anzusehen. Ich wollte nicht derjenige sein, der daran schuld war, wenn er durch die Prüfung fiel. Ich seufzte leise, nickte aber dann.

»Ich verstehe nicht, warum du nach gestern überhaupt noch mit mir reden willst.« Wenn er das Thema verstanden hatte, dann wäre mit Sicherheit alles wieder beim Alten und er würde vergessen, dass ich existierte. Vielleicht war es besser, es also einfach schnell hinter mich zu bringen.

Er setzte sich an seinen Tisch, der hinter meinem stand und ich drehte mich auf meinem Stuhl herum.

Ich war ihm plötzlich sehr nah und mir fiel auf, dass er einen leichten Bartschatten und ein kleines Muttermal zwischen Wangenknochen und dem äußeren Rand seines Auges hatte. Auf seiner Nase und unter den Augen tummelten sich ein paar Sommersprossen.

Er legte den Kopf leicht schief und beobachtete mich genau so offensichtlich wie ich ihn.

»Warum sollte ich mich über das ärgern, was du gesagt hast? Es war schließlich nur die Wahrheit.«

Bevor er weiterreden konnte, hob ich die Hand und unterbrach ihn. »Bitte lass uns nicht wieder davon anfangen. Wir haben nicht mehr so viel Zeit. Die restliche sollten wir wenigstens nutzen.«

Einen Augenblick lang sahen wir einander schweigend an und seine Augen bohrten sich dabei in meine, bis er eine Grimasse schnitt und darüber lachte. Ich mochte sein Lächeln, die Sommersprossen auf seiner Nase, die sich dabei kräuselte und das kleine Grübchen auf der linken Wange. Ich ertappte mich dabei, dass mein Mundwinkel zuckte und ich schmunzelte. Ich räusperte mich verlegen und ignorierte den Wunsch, einfach in sein Lachen miteinzustimmen. Mir war klar, dass ich einen Fehler machte, einen großen Fehler, wenn ich mich darauf einließ. Denn zu wie viel Prozent war es möglich, dass er keine bösen Absichten hatte? Es gab nur zwei Möglichkeiten wie das hier enden würde. Entweder ich hatte wirklich recht und er wollte mir für den Moment nur das Gefühl von Sicherheit vermitteln, bis er mit Mason zuschlagen würde, oder er würde mich ausnutzen und fallen lassen. Es würde mich beides verletzen, soviel war sicher.

Ich senkte den Kopf und klappte das Buch auf, legte es dann auf seinen Tisch. Mathematik war wohl das Fach, in dem ich die schlechtesten Noten schrieb, aber wenn er dachte, ich konnte ihm irgendwie helfen, dann wollte ich ihm mein gefährliches Halbwissen nicht vorenthalten.

Adam beugte sich über die Seiten des Buches, nachdem ich ihm Sinn und Zweck sowie den Weg zur Lösung erklärt hatte. Die Gleichungen aufzustellen war nicht meine liebste Tätigkeit, denn etwas in mir weigerte sich vehement dagegen, mich mit etwas zu beschäftigen, das ich wohl nie wieder gebrauchen würde. Ich wollte meine Zeit lieber mit Unterrichtsstoff füllen, der mich wirklich interessierte, wo es mehr Raum für Diskussionen gab und nicht nur eine einzige richtige Lösung.

Schweigend sah er ins Buch und ließ mir damit genügend Zeit, ihn zu betrachten. Mir juckte es in den Fingern, sein Haar zu berühren, nur um herauszufinden, ob es so weich war, wie es aussah. Er duftete nach einem herben Shampoo oder Aftershave.

Unversehens hob er den Kopf und ließ mich zusammenzucken. Er hatte mich so sehr in seinen Bann gezogen, dass ich gar nicht bemerkt hatte, dass unsere Gesichter nur noch eine Handbreit voneinander entfernt waren.

Noch nie zuvor hatte ich in solche Augen geblickt. Von Weitem konnte man denken, sie seien blau, aber eigentlich waren sie von einem strahlenden Grau. Ein wenig erinnerten mich diese Augen an den Winter und fallende Schneeflocken. Dabei wirkten sie ganz und gar nicht eisig.

Er ließ seine Augen ein wenig tiefer wandern. Es war mir, als könnte ich in diesem Moment, als sein warmer Atem auf meine Lippen fiel, das Herz in meiner Brust viel deutlicher schlagen spüren.

Die Tür zum Klassenzimmer wurde aufgerissen und dieser höchst eigenartige Augenblick war vorbei.

Ich hatte die Zeit ganz vergessen.

Eine Gruppe von Mädchen trudelte herein und ließ sich auf ihre gewohnten Plätze fallen. Rasch schnappte ich mir mein Buch und drehte mich auf meinem Stuhl herum.

Mir klopfte das Herz bis zum Hals. Was genau war das gerade gewesen? Und warum tat mein Körper Dinge, die er gar nicht tun sollte?

»Danke für deine Hilfe, Sam«, hörte ich Adams Stimme hinter mir, als der Rest unserer Klassenkameraden den Raum betrat, dicht gefolgt von Mr. Brown. Zu Beginn der Stunde kontrollierte er die Hausaufgaben und schrieb sich die Namen derer auf, die sie nicht gemacht hatten. Adams Name stand nicht mit auf der Liste.

Als es zum Ende der Stunde klingelte und ich meine Bücher in die Tasche räumte, kehrte das flaue Gefühl in meinem Bauch zurück. So ähnlich wie Lampenfieber. Was, wenn ich jetzt einfach nach Hause gehen würde und mich entschuldigen ließ? Aber ich hatte es auch die letzten Male über mich ergehen lassen, heute würde es wahrscheinlich weder schlimmer noch erträglicher werden.

»Du hast jetzt Sport, oder?« Adam folgte mir aus dem Raum und heftete sich wieder an meine Fersen. »Ich wollte mich noch dafür bedanken, dass du mir geholfen hast. Hast du Lust, nach der Schule was essen zu gehen?«

Hatte ich mich gerade verhört?

Ich runzelte die Stirn und stopfte meine Tasche in den Spind, um meine Sportsachen herauszuholen. »Ist schon in Ordnung, Adam. Es war eine Viertelstunde, die ich dir geopfert habe, und außerdem hatte ich ja gerade ohnehin nichts anderes zu tun. Bitte hör auf, so zu tun, als wärst du mir etwas schuldig. Das ist sicherlich nicht besonders gut für dein *Image*«, ich malte ein paar Gänsefüßchen in die Luft, »wenn du dich so oft mit mir blicken lässt. Es mag dir vielleicht nicht aufgefallen sein, aber ich bin nicht gerade der Beliebteste hier an der Schule.«

Just in dem Augenblick, als ich diese Worte ausgesprochen hatte, sah ich Mason, der mich fixierte und seine Lippen bewegte. Ich wollte gar nicht wissen, welche Worte sein Mund gerade geformt hatte. Seine Augen wanderten von mir zu Adam und er musterte ihn von oben bis unten. Es folgte ein spöttisches Grinsen, dann wandte er sich ab. Es war nicht so, als wären die beiden die dicksten Freunde, aber sie hatten seit Jahren den gleichen Freundeskreis und kannten sich wohl vom Training ganz gut.

»Bitte lass mich einfach in Ruhe«, sagte ich mit etwas mehr Nachdruck und ließ ihn dann einfach stehen. Wenn Mason jetzt auch noch dachte, dass ich einen Verbündeten gefunden hatte oder Adam gegen ihn ausspielen wollte, dann hatte ich keine guten Karten.

So schnell ich konnte, flüchtete ich in die Umkleiden und zog mich in Windeseile um, bevor die anderen Jungs kamen. Sie wurden nie müde, mir die Unterhose hochzuziehen und meine Kleider zu verstecken. Zweimal musste ich schon barfuß nach Hause laufen, weil sie meine Schuhe im Klo ertränkt hatten.

Gerade wollte ich zur Tür hinaus, als diese aufging und mir Mason den Weg versperrte. Breitschultrig baute er sich vor mir auf und brachte mich einmal mehr auf den Gedanken, dass seine Körperstatur viel zu massig für jemanden in unserem Alter war.

Ich wollte an ihm vorbeihuschen, doch er packte mich wie gewohnt am Nacken und gab mir einen Stoß zurück, dass ich mit dem Rücken an die Kleiderhaken stieß. Schmerzhaft bohrten sie sich in mein Fleisch und ich fluchte leise.

»Gefällt dir deine gemeinsame Zeit mit Lockwood?« Er warf seinen Turnbeutel auf die Bank und verschränkte die Arme vor der muskulösen Brust.

»Ich habe ihm bei Algebra geholfen, nichts weiter.«

»Glaubst du, so jemand wie er würde sich freiwillig mit dir abgeben wollen?«

»Nein?«, erwiderte ich. Nicht nur, um das zu sagen, was er hören wollte, sondern auch, weil ich selbst davon überzeugt war.

Ich hatte den starken Verdacht, dass das hier nicht besonders gut für mich ausgehen würde. Ich warf meinen Mitschülern hilfesuchende Blicke zu, aber sie waren alle damit beschäftigt, so zu tun, als würden sie von alldem nichts mitbekommen oder machten sich nicht mal die Mühe, zu verstecken, dass sie schaulustig waren.

Mason kam drohend einen Schritt auf mich zu und streckte den Arm nach mir aus.

»Mason!« Die durchdringende Stimme des Coaches hallte durch den gefliesten Raum. »Wie lange wird´s noch dauern, bis du dich umziehst?«

Der Coach baute sich mit verschränkten Armen vor ihm auf. Mit seinem breiten Kreuz und dem engen weißen Shirt, unter dem ich jede Muskelfaser erahnen konnte, war er jemand, dem man besser Respekt zollen sollte. Er klopfte mir im Vorbeigehen väterlich auf die Schulter und zwinkerte mir zu.

Nach der Stunde gab der Coach vor, mit Mason über einige Änderungen im Trainingsplan reden zu wollen, die zum Sieg beim Homecomingspiel führen sollten und gab mir damit genug Vorsprung, in die Umkleide zu hechten, mich in rasender Geschwindigkeit umzuziehen und in die Cafeteria, die mich von Zeit zu Zeit an eine Knastkantine erinnerte, zu flüchten. Dort setzte ich mich, nachdem ich mir das Mittagessen und einen Kaffee geholt hatte, in die hinterste Ecke am Fenster, gut geschützt durch eine Säule hinter meinem Rücken.

Missgelaunt schnitt ich mit dem Plastikmesser das Fleisch und stocherte in dem Kartoffelpüree herum. Ich würde lügen, wenn ich behauptete, dass es in irgendeiner Weise nach etwas schmecken würde. Selbst der Vanillepudding war kaum zu genießen. Besonders heute nicht.

Am liebsten wäre ich nach Hause gerannt, hätte mich in meinem Zimmer eingeschlossen und geheult wie eine Memme. Aber ich hatte seit Ewigkeiten nicht mehr geweint. Die Gefühle, die dafür nötig waren, hatte ich so tief in mir vergraben, dass ich nicht glaubte, sie jemals wiederzufinden.

Während ich auf dem zähen Stück Fleisch kaute, ließ ich meinen Blick durch den Raum schweifen und blieb an einem der unzähligen Plakate für den Homecomingball hängen. Ich war noch nie auf einer solchen Veranstaltung gewesen. Ich wusste nicht genau, was ich von solchen Events halten sollte, ob ich bedauerte, dass ich noch nie eine Verabredung gehabt hatte, die mit mir dorthin gegangen war, oder ob es nur eine reine Zeitverschwendung wäre. Aber ich konnte weder tanzen, noch hatte ich etwas zum Anziehen. Von einem Date ganz zu schweigen. Da ich ohnehin in der ganzen Schule verschrien war, wenn mich auch nicht jeder so sehr piesackte wie es Mason tat und die meisten mich in meinem Stillschweigen tolerierten, wussten sie, dass sie zu ebensolchen Geächteten werden würden wie ich, wenn sie sich mit mir sehen ließen.

Meine Gedanken wanderten bei dieser Feststellung wieder zu Adam. Warum sollte sich jemand wie er, der alles hatte, Freunde, Beliebtheit, Geld, mit mir abgeben wollen?

Ich ärgerte mich über mich selbst, dass meine Gedanken immer wieder zu ihm abschweiften. Für einen Moment hing ich dem Erlebnis in der Buchhandlung nach und dachte an den Geruch, den ich nun mit diesem einen Buch verband. Der Duft von Bäumen, Morgentau und Schießpulver, rauchig und holzig. Ungewollt dachte ich an Adams Hände, die die Zeilen der Odyssee entlanggefahren waren. In letzter Zeit stahl er sich immer wieder in meine Gedanken, mein Herz setzte dabei für ein paar Schläge aus und ich fühlte mich ganz eigenartig. Waren das diese besagten Schmetterlinge im Bauch, von denen alle ständig redeten? Wenn ja, warum mussten sie ausgerechnet beim Gedanken an Adam so wild in mir herumflattern?

Ich sah mich in der Mensa um und betrachtete die Mädchen, die in verschiedenen Gruppen saßen, sich unterhielten und lachten. Mein Blick fiel auf die hübsche Hannah und ich stellte mir die Frage, ob die Schmetterlinge auch bei ihrem Anblick flattern würden, wenn ich es nur genug wollte. Immerhin war sie von außergewöhnlicher Schönheit, hatte wallendes blondes Haar, strahlend blaue Augen und schöne, geschwungene Lippen, die zum Küssen einluden. Und sicherlich war sie ganz nett, ich hatte sie zumindest noch nie etwas Schlechtes über jemanden sagen hören. Hin und wieder hatte sie mir sogar ein Lächeln geschenkt. Ob all dies für Liebe ausreichte?

Wenn ich meine Eltern betrachtete, dann glaubte ich manchmal, dass sie etwas verband, das ich weder sehen noch verstehen konnte. Etwas, das mir klarmachte, dass ich Liebe nicht erklären konnte. Obwohl sie beide viel arbeiteten und oft gestresst von der Arbeit waren, wollten sie abends auf der Couch noch Zeit zusammen verbringen, sprachen stundenlang miteinander und tauschten zärtliche Worte.

In solchen Momenten wurde mir klar, dass ich niemals so mit einem Mädchen auf einem Sofa sitzen und mich dazu würde durchringen können, ihr durch die Haare zu fahren, wie es mein Vater bei meiner Mutter tat, und sanft ihre rosigen Wangen zu streicheln. Mich überkam ein kalter Schauer bei dem Gedanken. Es fühlte sich falsch an und es graute mir davor, solche Gefühle zuzulassen.

Der restliche Tag zog sich ebenso zäh wie das Mittagessen. Nach Schulschluss entschied ich mich, nicht nach Hause zu gehen, sondern endlich mal wieder Grandpa zu besuchen, sofern er selbst schon daheim war.

Vor einiger Zeit hatte er einmal behauptet, er würde nicht mehr so häufig in die Uni fahren, um sich etwas zu schonen. Er sei angeschlagen und hätte sich wohl eine langfristige Grippe eingefangen. Mum hatte sich ein wenig Sorgen gemacht, aber er hatte sie ihr genommen, indem er sich so unbeschwert wie immer gab.

Mein letzter Besuch bei ihm war schon viel zu lange her. Ich schrieb Mum noch eine kurze Nachricht, in der ich sie wissen ließ, dass ich ihn besuchen würde und sie bat, nicht mit dem Essen auf mich zu warten.

Bedacht darauf, dass Mason mir nicht folgte, verließ ich die Schule und überquerte den Parkplatz. Grandpas Haus lag in einem anderen Viertel, aber zu Fuß war es schnell zu erreichen.

Ein Motor schnurrte zu meiner Rechten und ich wandte den Kopf. Neben mir fuhr ein roter Chevy in Schrittgeschwindigkeit, aus dem Adam, während er ihn lenkte, ohne auf den Verkehr zu achten, den Kopf herausstreckte.

»Kann ich dich mitnehmen?« Er lächelte und sah zu mir auf, während er auf den freien Beifahrersitz deutete.

Ein wenig überrumpelt, warf ich ihm einen skeptischen Blick zu und schüttelte energisch den Kopf.

Drehte er jetzt völlig durch? Vielleicht war er ja auch ein Stalker. Man wusste es nicht.

»Nein.«

Er lachte, aber ich hatte das Gefühl, ihn gekränkt zu haben. Für ihn hatte es vermutlich patziger geklungen als es gemeint war.

»Tut mir leid. Aber danke ... «, ruderte ich zurück, blieb aber bestimmt. Irgendwie behagte mir die Vorstellung nicht, ihm wieder so nahe zu sein, auch wenn meine Haut bei der bloßen Vorstellung kribbelte. »Ich meine, warum sollte ich? Wir kennen uns kaum.« Ich war stehen geblieben und der Wagen neben mir kam zum Stillstand.

»Wir gehen schon seit Jahren auf dieselbe Schule.« Das klang aus seinem Mund schon beinah wie ein Protest, aber ich zuckte nur leicht mit meinen Schultern.

»Du sagst es. Und seit sechs Jahren haben wir nicht miteinander gesprochen. Warum also jetzt, wo wir bald unseren Abschluss machen werden.«

Er sah mich mit einem Ausdruck in seinen Augen an, den ich nicht deuten konnte.

»Weil es Masons Idee war, richtig? Dass du nett zu mir sein sollst, um mir dann eins auszuwischen«, fuhr ich fort und setzte mich dann wieder in Bewegung, um ihn nicht ansehen zu müssen. Es war wohl einfacher, meine Befürchtungen gleich auszusprechen und sie aus seinem Mund zu hören. »So ist es doch, nicht wahr?«

Eine Weile lang hörte ich nichts mehr außer dem leisen Schnurren des Motors. Er schien seine Worte genau zu wählen und die Situation abzuwägen.

»Sam ...«, fing er beschwichtigend an.

»Ich heiße Samuel.«

»Ja, das weiß ich. Samuel – Ist es denn so unvorstellbar für dich, dass ich mein Versprechen einlösen und mich für deine Hilfe revanchieren möchte?«

Das war es also? Es plagte ihn wohl das schlechte Gewissen, dass er sich von mir hatte helfen lassen und es nichts gab, womit er sich erkenntlich zeigen konnte.

»Na gut«, stieß ich etwas genervt aus und griff nach dem Türgriff. »Ich fahre mit, wenn du mich dann in Ruhe lässt.«

Ich zog die Tür auf und ließ mich auf den mit weichem Leder bezogenen Sitz fallen.

Er lächelte triumphierend und ließ den Motor aufheulen, während ich die Tür zuzog.

»Wo darf´s hingehen?«, fragte er erst, als er mit quietschenden Reifen an der nächsten Ampel zum Stehen kam.

»In die Hickory Ridge Road, bitte.«

»Da wohnst du aber nicht, oder?«

»Ich wollte zu meinem Grandpa. Aber ich weiß nicht, ob er überhaupt zu Hause ist.« Wenn dem nicht so war, dann würde ich es halt am morgigen Tag noch einmal probieren.

»Wenn nicht, dann gehst du was mit mir im Diner essen, okay?«

Aha, Adam war also eher der Typ, der ein zweitklassiges Diner mit Krümeln auf dem Boden besuchte. Ob er auch schon einmal in dem neuen Coffeeshop gewesen war und ob man ihn auch so angeschaut hatte, als wäre er fehl am Platz? Sicher nicht, schließlich war er einer von den Coolen.

»Nein, eher nicht«, gab ich trocken zurück und ließ meinen Blick durch das schöne Auto wandern, während er einen enttäuschten Laut von sich gab. Er beugte sich über mich, um das Handschuhfach zu öffnen und holte ein paar Tic Tacs heraus. Er kam mir dabei näher, als nötig gewesen wäre und ich hielt den Atem an.

»Magst du ein paar?«

Um nicht noch einmal Nein sagen zu müssen, nickte ich nur und schob mir die kleinen, weißen Dragées in den Mund, die er in meine Hand fallen ließ. Ohne sich selbst etwas davon zu nehmen, legte er die Schachtel auf dem Armaturenbrett ab.

»Nimm ruhig noch mehr. Du hast ja heute gar nichts von diesem leckeren Kartoffelpüree gegessen.« Er hatte wohl einen Scherz machen wollen, aber als er den Mund wieder schloss und mein Stirnrunzeln sah, wandte er den Blick schnell ab und starrte stur geradeaus auf die Straße. »Das soll nicht heißen, dass ich dich beobachtet habe.«

Also doch ein Stalker.

»Was heißt es dann?«

Während er sich seine Antwort genau zu überlegen schien, hatte ich genügend Zeit ihn zu mustern. Er trug eine schwarze

Hose, ein weißes T-Shirt, über das er ein blaues Blouson geworfen hatte, in dem er mich ein wenig an Marlon Brando oder einen der Kfz-Mechatroniker aus dem Musikvideo von Uptown Girl erinnerte. Mum stand total auf diesen Song.

Ich konnte es Hannah und all den anderen Mädchen, die ihn anschmachteten und ihn mit ihren Blicken auszogen, nicht verdenken.

»Dass ich dich zufällig gesehen habe und du wie immer nur aus dem Fenster gestarrt hast. Ich würde gerne einmal wissen, was du da draußen immer siehst.«

Ich wusste nicht genau, was ich darauf sagen sollte, also gab ich gar keine Antwort, bevor ich etwas Dummes oder Lächerliches von mir gab. Er würde es ohnehin nicht verstehen, warum also versuchen, es ihm zu erklären?

»Gehst du auf den Ball?«, stocherte er weiter, nachdem ich schon gehofft hatte, dass der Rest der Fahrt schweigend verlaufen würde. Er schien das, was ich erwidern wollte, schon zu ahnen und hob die Hand, damit ich ihn nicht unterbrechen konnte. »Du solltest wirklich kommen, es wird der letzte Homecomingball in unserem Leben sein.«

»Ich habe keine Verabredung und ich weiß nicht, was ich dort soll.«

Er nickte langsam und rümpfte die Nase, als würde er die Worte, die er über die Lippen bringen wollte, genau abwägen.

»Ich auch nicht. Aber ein Ball ist schließlich nicht nur etwas für Pärchen. Es gibt genug zu essen, um wehmütig am Rand der Tanzfläche zu stehen und die Verliebten zu begaffen, die zwanghaft versuchen, sich beim Tanzen nicht gegenseitig auf die Füße zu trampeln.«

»Ich dachte, du würdest mit Hannah dort hingehen.«

Es kam mir vor, als würde sich seine Miene für den Bruchteil einer Sekunde verdüstern und er ballte mit der Linken, die er auf seinem Schenkel abgelegt hatte, eine Faust.

»Ja«, murmelte er mit einem Unterton, den ich nicht zu deuten wusste. »Das werde ich wohl tun.«

Warum klang es so, als wäre er nicht sonderlich begeistert über diese Tatsache?

»Sie wird sicher hübsch aussehen. Mit Sicherheit wird sie auch dieses Jahr zur Homecoming Queen gewählt.«

Solche Neuigkeiten waren selbst bis zu mir durchgedrungen. Wenn man die Meinung anderer teilte, dann waren Adam und Hannah das Vorzeigepaar der Schule. Sie war der Teamcaptain der Cheerleader und er war ein herausragender Footballspieler, auch wenn ich nicht wusste, welche Position er besetzte. Von Football hatte ich nicht besonders viel Ahnung.

Mit ihren blonden Locken, blauen Augen und der Figur eines Bikinimodels sah Hannah dagegen aus wie eine Barbie, der einzige Unterschied war wohl, dass ihr Kopf nicht nur mit Plastik gefüllt oder sogar gänzlich hohl war. Jedenfalls vermutete ich das.

Sie gaben ein hübsches Paar zusammen ab. Hannah strahlte über das ganze Gesicht, wenn sie ihn sah und er verhielt sich wie ein Gentleman. Zog ihr den Stuhl zurück, wenn sie sie setzen wollte, trug ihr die schweren Bücher in den Klassenraum. Ich konnte mich noch ganz genau an den Tag erinnern, an dem Hannah in unüberhörbarer Lautstärke mitten auf dem Schulgang bekannt gegeben hatte, dass sie und Adam offiziell ein Paar waren.

Adam gab keine Antwort darauf und kurbelte das Lenkrad nach links, um in die Hickory Ridge Road abzubiegen, die nicht länger als hundert Meter war. Am Ende stand nur ein einzelnes Haus, das meines Grandpas. Der Schotter unter den Reifen knirschte, als er die Auffahrt hochfuhr und am Tor zum Stehen kam.

»Nettes Haus.« Er wandte sich mir zu und schien auf irgendetwas zu warten. Bevor die Situation unbehaglicher werden konnte, als sie ohnehin schon war, klaubte ich meinen Rucksack vom Boden des Wagens und öffnete die Beifahrertür.

»Danke fürs Fahren«, entgegnete ich nur, um mich schnellstmöglich davonmachen zu können. Ich schwang die Beine aus dem Wagen und wollte mich gerade erheben.

»Sam.« Seine Finger umschlossen mein Handgelenk und hielten mich zurück.

Ich wandte den Kopf und blickte über die Schulter in seine grauen Augen, in denen ein Ausdruck lag, der mich ziemlich nervös machte. Ich wollte ihm meine Hand entziehen, aber er ließ mich nicht los, stattdessen fuhr sein Daumen behutsam über meinen Handrücken.

»Ich verstehe dich«, fing er langsam an und schaute mich dabei unverwandt an.

Was wollte er damit sagen? Wie konnte er irgendetwas verstehen? Wir waren uns nicht im Entferntesten ähnlich und nichts, rein gar nichts verband uns miteinander. Niemand hätte unterschiedlicher sein können als wir beide.

»Du bist nicht sonderlich gesprächig, oder? Man sagt zwar Reden wäre Silber und Schweigen wäre Gold ...« Er zog an meiner Hand und ich musste mich unweigerlich etwas nach hinten lehnen, während sein Gesicht meinem so nah kam, dass ich die Luft anhielt. »Aber ich glaube, manchmal wiegt Gold schrecklich schwer.«

Für einen Moment verharrten wir so und ich spürte mein Herz hart in meiner Brust schlagen. Sein Griff um mein Handgelenk lockerte sich und endlich konnte ich ihm meine Hand entziehen. Mit wackligen Knien taumelte ich aus dem Wagen und hielt mich einige Atemzüge lang an der Autotür fest. Ohne ihn noch einmal anzusehen, schloss ich diese hinter mir und ging über den schmalen Pfad, der zum Haus hinaufführte. Ich hörte den Motor aufheulen und sah erst zurück, als das leise Summen hinter der nächsten Biegung verschwunden war.

Ich musste einige Male tief Luft holen, um mich wieder zu sammeln. Was zum Teufel war das gerade gewesen?

Bevor ich an die Tür klopfen konnte, stand Grandpa Charles im Rahmen und musterte mich von oben bis unten.

»Hast du etwas zu deiner Verteidigung zu sagen?«, begrüßte er mich und machte keine Anstalten, mich eintreten zu lassen.

Ich blickte in die hellblauen Augen, die meinen so ähnlich waren und wir sahen einander wortlos an, bis er seufzte und zur Seite trat.

Mir war bewusst, was er damit meinte. Ich hatte ihn schon seit einer gefühlten Ewigkeit nicht mehr besucht. Die meiste Zeit über verbrachte ich hinter verschlossener Türe in meinem Zimmer und vergrub mich in meinen Büchern, entfloh in andere Welten, um dem Hier und Jetzt zu entkommen.

»Es tut mir leid«, murmelte ich, als ich an ihm vorbeiging und meine Tasche im Wohnzimmer abstellte.

Die Frage, warum bei den Temperaturen, die draußen herrschten, ein Feuer im Kamin brannte, erübrigte sich. Grandpa liebte das Knistern der Holzscheite, um die die Flammen züngelten.

»Möchtest du etwas trinken? Wasser, Fanta, Kaffee ... Bourbon?« Hinter dem großen Schnauzer konnte man seinen Mund nur erahnen, aber seine Augen hinter den ovalen Brillengläsern lächelten, als er mir ein Glas reichte.

»Willst du mich zum Alkoholiker machen?« Ich setzte mich mit dem Glas in der Hand auf den Ledersessel und schenkte mir etwas von dem Wasser ein, das in einem Krug auf dem Tisch stand. Im Fernsehen lief ein alter schwarz-weiß Film und erst jetzt bemerkte ich, dass mein Großvater einen blaukarierten Flanellschlafanzug trug. Bisher hatte ich ihn noch nie in einer Jogginghose oder gar in seiner Nachtwäsche gesehen.

Er bemerkte meinen Blick und machte eine wegwerfende Handbewegung, während er nach der Fernbedienung griff, um den Flatscreen auf dem schmalen Sideboard aus Mahagoni auszuschalten.

»Ich habe mich in den letzten Tagen nicht sehr wohl gefühlt und mich für ein paar Tage krankschreiben lassen. Es gibt ein paar neue Dozenten in meinem Fachbereich, die an der Uni lehren. Alles junge und agile Menschen. Man wird meine Abwesenheit also kaum bemerken.«

»Sag das nicht. Deine Studenten lieben dich und du bist wahrscheinlich der beste Dozent im ganzen Staat«, widersprach ich und beobachtete ihn dabei, wie er sich mit einem leisen Seufzen auf der zum Sessel passenden Chaiselongue niederließ. Er antwortete mit einem Lächeln und blickte durch die große Glasfront, die vor uns lag. Holz und Glas, das waren die überwiegenden Bestandteile, auf die er beim Bau des Hauses gesetzt hatte. Der Blick, den man durch die riesigen Fensterfronten in den angrenzenden Wald hatte, war unbezahlbar. Er lebte alleine in diesem großen, offenen Haus, voller Designerstücke und unzähligen teuren Kunstwerken, die abstrakte Formen und kubistische Fratzen in grellen Farben zeigten. Es waren Bilder von Picasso, Chagall und ähnlichen Künstlern. Ich wusste nicht, ob mir die Werke gefielen oder nicht.

Meine Mutter war mit mir schwanger gewesen, als Großmutter starb. Bis dahin hatten die drei, Grandpa, Grandma und Mum, auf Moorland gelebt. Sie war schon einige Zeit lang mit Dad ausgegangen, allerdings hatte er bis zu diesem Tag noch nichts von ihrer Schwangerschaft gewusst. Als Grandma gestorben war, Dad von der Schwangerschaft erfahren und er Mum einen Heiratsantrag gemacht hatte, hatte sich Grandpa dazu entschieden, uns dreien Moorland zu überlassen und sich ein neues Haus zu bauen, in dem er von dort an alleine leben würde. Mum hatte mir erzählt, dass sie lange Zeit protestiert und versucht hatte, ihn von diesem Vorhaben abzubringen, doch ich kannte meinen Großvater. Wenn er sich einmal etwas in den Kopf gesetzt hatte, dann konnte man ihn von nichts anderem mehr überzeugen. Es war mir nie so vorgekommen, als sei er jemand, um den man sich sorgen musste, aber wenn ich ihn mir so ansah, dann schien er in letzter Zeit seinen Schwung verloren zu haben. Immerzu war er lebenslustig und fröhlich gewesen, hatte in allem etwas Gutes gesehen, hatte fest an etwas geglaubt, auch wenn andere schon die Hoffnung aufgegeben hatten. Aber heute schien es mir, als hätte ihn der Schatten der Zeit eingeholt, der ihn beherrschte und lethargisch machte.

»Wem gehörte der rote Impala, der vor dem Haus geparkt hat?«, unterbrach er meine Gedanken und nippte an dem runden Glas, in dem sich eine bernsteinfarbene Flüssigkeit befand, die nach schwerem und hochprozentigem Alkohol roch.

»Einem Jungen aus meiner Schule. Sein Name ist Adam.« Grandpa zog die Brauen hoch und sah mich mit überraschter Miene an.

»Ein Freund von dir?«

»Nein. Nur ein Klassenkamerad. Er wollte sich für meine Hilfe bei Schulaufgaben revanchieren und hat mich dafür hergefahren.«

Mit Sicherheit hatte sich damit die ganze Sache zwischen mir und Adam geklärt und jeder konnte wieder seiner eigenen Wege gehen. Schließlich hatte er jetzt keinen Grund mehr, das Gefühl zu haben, er wäre mir etwas schuldig.

Grandpas Neugierde schien geweckt zu sein, denn er beugte sich ein klein wenig nach vorne und stützte die Ellbogen auf den Schenkeln ab. »Was denkst du über ihn, diesen Adam? Ist er so wie die anderen Taugenichtse auf deiner Schule oder steckt mehr in ihm?«

»Er spielt Football. Und das wohl ziemlich gut. Er arbeitet in dem Secondhand-Buchladen in der Stadt und seine Freundin Hannah ist Cheerleaderin. Das ist alles was ich über ihn weiß.« Er war jemand, den ich in drei, vielleicht vier Sätzen beschreiben konnte. Diese Tatsache wurde mir gerade selbst zum ersten Mal bewusst und ich empfand sie als ziemlich traurig, schließlich gingen wir seit wir Teenager waren auf die gleiche Schule.

Grandpa drehte das Glas in seinen Händen und sah mich dabei unablässig an. »Und? Magst du ihn?«

Betont lässig lehnte ich mich zurück und schüttelte den Kopf. »Nein, ich denke nicht.« Es wäre einfacher, die Gefühle, die er in mir auslöste, zu leugnen, als sich mit ihnen auseinanderzusetzen. »Er ist mir egal.« Jedenfalls versuchte ich mir das einzureden.

»Samuel.« Er nahm seine Brille ab und legte sie vor sich auf den Tisch. Dies und sein Tonfall machten mir den Ernst der Lage klar.

Jetzt wollte er Klartext reden.

»Es gibt nichts Schlimmeres, das du hättest sagen können.« Er stand auf und ging die wenigen Schritte zu der Fensterfront hinüber, um in den dunklen Wald zu blicken. Eine Weile lang schwieg er und ich befürchtete schon, dass er nun überhaupt kein Wort mehr mit mir wechseln wollte, aber er schien das, was er sagen wollte, mit Bedacht zu wählen. »Als er dich im Auto zurückgehalten hat ... Wie hast du dich da gefühlt?«

»Du hast uns beobachtet?«

»Das hier ist mein Haus und ich bekomme nicht sehr häufig Besuch. Natürlich schaue ich aus dem Fenster, wenn ich den Motor eines Autos in der Auffahrt höre«, erwiderte er sachlich und strich sich über den bauschigen Bart. »Also, was hast du gefühlt?«

Ich seufzte und wusste, worauf das hinauslaufen würde. Er versuchte eines dieser Gespräche zu führen, von denen ich schon unzählige hinter mir hatte, mit meinen Eltern, mit Vertrauenslehrern, Therapeuten.

»Wie soll ich das beschreiben? Es fühlte sich an als hätte ich einen Stein im Magen, als wäre meine Kehle wie zugeschnürt. Mein Herz hat wie wild geklopft, aber ich war gleichzeitig wie erstarrt.«

»Das sind keine Gefühle, Samuel«, unterbrach er mich und runzelte die faltige Stirn. »Gefühle sind Angst, Trauer, Freude ...«

»Ich weiß, was Gefühle sind! Aber es ist meine Entscheidung, wem ich sie zeigen möchte und wem nicht ... Gefühle machen mich nur verletzlich und ich kann mir nicht erlauben, verletzlich zu sein.« Ich atmete schwer und senkte den Kopf. Ich hatte selten einmal ihm gegenüber dermaßen die Stimme erhoben.

Seine Pantoffeln schlurften über den Boden, als er zu mir herüberkam und mir unerwartet die Hand auf den Kopf legte.

»Gefühle machen dich nicht schwach, Sam. Sie machen dich stark. Der Versuch dagegen, sie zu unterdrücken oder sie beherrschen zu wollen, macht dich unglücklich, krank ... und einsam.« Es klang beinah so, als spräche er aus Erfahrung.

»Ist das so? Hast du dir etwa nicht gewünscht, dass du statt der Trauer am besten gar nichts fühlst, nachdem Grandma gestorben ist?«

»Es wird der Tag kommen, an dem du auf meinen Rat hören

wirst. Früher oder später ... Du bist ein kluger Junge, du wirst die Wahrheit erkennen.«

Ich gab einen zustimmenden Laut von mir, um ihm nicht noch einmal widersprechen zu müssen. Es war nicht seine Sache, was ich mit meinen Gefühlen anstellte. Schließlich war ich auch nicht hergekommen, um mit ihm zu streiten.

Das Klicken seines silbernen Feuerzeugs war zu hören und im nächsten Augenblick roch ich den vertrauten Geruch einer Zigarre.

»Du solltest nicht so viel rauchen, Grandpa.«

»Mach dir keine Sorgen um einen alten Mann.« Er zwinkerte mir zu und setzte sich wieder auf seinen angestammten Platz.

Eine Weile lang saßen wir noch zusammen im Wohnzimmer, tranken Tee und erzählten ein wenig über dies und das. Er wollte wissen, wie es Mum und Dad ging und lud sich selbst für ein Abendessen ein, dessen Termin noch nicht stand. Ich wusste, dass er einsam war und fühlte mich schuldig, weil ich ihn nicht öfter besuchen kam. Daher blieb ich wenigstens heute, bis es dunkel wurde und er schließlich einen überraschten Blick auf die Uhr warf.

»Meine Güte, schon halb neun! Ich werde dich nach Hause fahren, damit du nicht den ganzen Weg im Dunkeln gehen musst.«

»Nein, mach dir keine Mühe. Es macht mir nichts aus.« Wenn er sich nicht wohl fühlte, dann wollte ich ihn nicht daran hindern, sich auszukurieren.

»Keine Widerrede.« Er erhob sich mit einem schweren Seufzer und nahm den Autoschlüssel vom Haken. »Na komm.«

Ich schwang mir die Tasche über die Schulter und folgte ihm nach draußen.

In Pantoffeln und Schlafanzug setzte er sich in seinen alten

Renault. Als der Motor ansprang, hörte ich das Rauschen einer Kassette im Rekorder.

Die Lichter der Stadt zogen an uns vorbei und ich blickte aus dem Fenster, lauschte den Klängen von Blue Moon of Kentucky. Schlagartig fühlte ich mich wie in die Fünfziger zurückversetzt.

»Zu dem Song haben Adaline und ich auf unserem ersten Date getanzt«, brach er unser Schweigen und machte mich hellhörig.

Man hörte ihn fast nie über Grandma erzählen und wenn doch, dann endete das Gespräch meist mit einem Seufzer seinerseits, ohne dass er groß etwas preisgegeben hatte. Nie hatte ich es durchschaut, warum er so wenig über sie reden mochte, dabei war ihr Tod doch nunmehr fast zwei Jahrzehnte her. Schmerzte die Erinnerung an sie ihn immer so sehr, dass er nicht über ihre gemeinsame Zeit reden wollte?

»Wann war das gewesen?« Ich betrachtete Grandpa, wie er an der Zigarre zog und das Wageninnere mit weißem Rauch gefüllt wurde.

»1958 in Los Angeles«, antwortete er langsam.

»In Los Angeles?«, echote ich beinah ehrfürchtig und starrte ihn an. Ich hatte nicht einmal gewusst, dass er sich in den Fünfzigern dort aufgehalten hatte. »Wie ist es dort gewesen?«

»Es war die beste Zeit meines Lebens.«

Und mehr hatte er nicht dazu zu sagen, denn egal wie sehr ich versuchte, noch ein wenig mehr aus ihm herauszubekommen, schwieg er wie ein Grab und behauptete, irgendwann, wenn ich alt genug und bereit dazu war, dann würde er mir mehr erzählen. Ganz klar war mir nicht, warum man für solche Geschichten einen gewissen Grad an geistiger Reife besitzen musste, von der ich mir einbildete, sie schon jetzt zu haben. Wünschten sich andere Großeltern nicht einen solchen Enkel, denen sie ihre Lebensgeschichte ein Dutzend Mal erzählen konnten und dabei von alten Zeiten schwärmten?

»Danke. Willst du nicht noch kurz mit reinkommen?«

Er parkte den Renault vor der Auffahrt zu Moorland und würdigte dem Anwesen nicht einmal einen einzigen Blick. Gerade eben hatte er noch von Grandma gesprochen und jetzt konnte er das Haus, in dem er all die Jahre mit ihr verbracht hatte, nicht einmal ansehen?

»Sag deinen Eltern einen Gruß von mir.« Er wartete, bis ich ausgestiegen war und hob die Hand zum Abschied. »Danke für deinen Besuch, Samuel.«

Ich winkte ihm noch einmal, bevor er um die nächste Ecke bog und entschloss mich dazu, noch kurz nach den Fischen zu schauen, ehe ich ins Bett gehen würde.

Ich tapste durch den dunklen Garten, bis die Laternen mit Bewegungsmelder ansprangen und mir den Weg zum Brunnen erhellten. Das Einzige was zu hören war, waren die Zikaden und das leise Plätschern der Pumpe, die das Wasser in Bewegung hielt, das in der Dunkelheit tiefschwarz war.

Warum hatte Wasser überhaupt eine Farbe, wenn es doch eigentlich durchsichtig war? Vermutlich war es wie mit allen Dingen, denn meist war nichts so, wie es auf den ersten Blick erschien.

Mit Erleichterung stellte ich fest, dass sie noch vollzählig waren. Einige Minuten verharrte ich still in der Finsternis und hatte das Gefühl, mit ihr zu verschmelzen, einfach loszulassen.

Da zu sein, aber irgendwie auch nicht.

Goldgelbe Flecken zogen in ruhigen Bahnen ihre Kreise durch das kühle Wasser und für den Moment erinnerten sie mich, wie sie dort gemächlich und träge umherschwammen, an mich selbst. Das Einzige, was sie taten, war den nächsten Tag abzuwarten, an dem sie das Gleiche tun würden wie den Tag davor, und den Tag vor diesem Tag. Und mit jedem weiteren Tag würde ich das, was geschehen war, vielleicht ein bisschen mehr vergessen. Und mit den Erinnerungen diese erdrückenden Gefühle.

Doch ich hatte auch Angst.

Es hatte auch andere Zeiten gegeben, in denen ich nicht so verschlossen gewesen war. Und dann war Tyler gestorben. Ich hatte versucht, niemanden mehr an mich ranzulassen, um zu verhindern, dass es mich verletzte, falls ich ihn wieder verlieren würde. Ich fürchtete mich davor, dass die Gefühle von damals, die ich nach Tylers Tod verspürt hatte, wieder an die Oberfläche kommen könnten, und gleichzeitig hatte ich Angst davor, dass ich alle Gefühle so tief in mir begraben hatte, dass ich sie nie mehr finden würde.

Kapitel 3

Als ich heute Morgen aufgestanden war und mich für die Schule fertig gemacht hatte, ahnte ich noch nicht, was der Tag bringen würde. Erst als ich in der ersten Stunde Biologie bei Coach Martin besuchte und er mit einem verheißungsvollen Lächeln die Klasse betrat, beschlich mich ein ungutes Gefühl. Das flaue Gefühl in meinem Magen verschwand jedoch vorerst wieder, als er wie gewohnt mit dem Unterricht begann und die Klasse mit dem Aufbau von Zellorganellen bei Eukaryoten langweilte. Die meisten spielten Candy Crush auf ihren Smartphones oder unterhielten sich.

»Da euch das endoplasmatische Retikulum nicht im Geringsten zu interessieren scheint, möchte ich nun endlich über unsere Exkursion sprechen, die ich schon angekündigt hatte. Letzte Woche hatte ich euch ja versprochen, dass ich mir ein paar konkrete Gedanken dazu machen und sie euch heute mitteilen würde.«

Die Gespräche verstummten und die gesamte Aufmerksamkeit der Klasse galt nun ihm allein. Als er das Thema vor ein paar Wochen zum ersten Mal ansprach, hatte ich mir schon fieberhaft überlegt, wie ich mich am besten vor diesem Ausflug drücken konnte. Ich wollte nur ungern ein paar Tage meine vertraute Umgebung verlassen, um einen Lehrausflug mit meinen Mitschülern zu machen. Vermutlich hatten alle gehofft, dieses Thema würde einfach nie wieder zur Sprache kommen.

»Ich weiß, ihr habt momentan alle viel um die Ohren, seid im Prüfungsstress, fragt euch, wer euch zum Homecomingball einladen wird und was ihr anziehen sollt. Um euch einmal für einige Stunden auf andere Gedanken zu bringen, werden wir für zwei Nächte in den Shenandoah Nationalpark fahren. Übermorgen um neun Uhr wird ein Bus für uns bereitstehen.«

Diese Nachricht schien erst einmal sacken zu müssen.

»Das ist nicht Ihr Ernst, oder? In ein paar Tagen ist der Ball und wir sollen unsere wertvolle Zeit damit vergeuden, wie Neandertaler in heruntergekommenen Hütten im Wald zu leben? Das ist Nötigung!«, beklagte sich Rachel.

»Es sei dir versichert, Rachel, es ist nur zu eurem Besten. Wir werden eine Menge Spaß zusammen haben. Gemeinsam mit dem Ranger, der uns begleiten wird, habe ich tolle Aktionen geplant.«

Rachel lief puterrot an und knabberte nervös an ihren manikürten Fingernägeln, während sie den Worten des Coachs lauschte.

»Wir haben momentan andere Sorgen als mit Ihnen in die Pampa zu fahren! Ist Ihnen klar, was Sie uns damit so kurz vor dem Ball antun?«

»Ja, glasklar«, erwiderte er mit einem höhnischen Lächeln und schlug das dicke Schulbuch zu, in dem bisher wohl niemand hier auch nur ein einziges Wort gelesen hatte. »Uns werden circa zehn Hütten zur Verfügung stehen. Ihr werdet euch also in Gruppen aufteilen müssen. Alles Weitere werde ich euch erklären, wenn wir angekommen sind. Wir treffen uns Montagmorgen auf dem Parkplatz.« Seine Stimme wurde von der ohrenbetäubenden Klingel verschluckt und die meisten verließen wutentbrannt das Klassenzimmer.

Dad war von Coach Martins Vorhaben hellauf begeistert. Als Naturliebhaber und euphorischer Hobbyangler stattete er mich am darauffolgenden Tag mit dem aus, was er für drei Tage Waldausflug für unentbehrlich hielt. Darunter befanden sich ein Moskitospray, ein Schweizer Taschenmesser und ein Kompass. Nach einigem Kramen in den staubigen Kisten auf dem Dachboden fand er auch eine Stirnlampe. Ich nahm die Sachen mit schweigendem Einverständnis an und versuchte erst gar nicht, mit ihm darüber zu diskutieren, dass ich sicherlich nicht vorhatte, im Dunkeln wandern zu gehen und dass die Stirnlampe sich nur als unnötiger Ballast herausstellen würde. Mir reichte es zu sehen, dass er vor Elan sprühte und sich vermutlich mehr freute als ich mich selbst.

»Genieß die Tage. Das wird bestimmt der reinste Urlaub. Vor etlichen Jahren waren dein Großvater und ich einmal dort angeln, haben ein paar prächtige Fische gefangen. Und wer weiß – vielleicht gibt es in diesem ominösen Camp ja gemischte Duschen ...«

Wie sollte ich ihm am besten erklären, dass mir spontan eine Handvoll Dinge einfielen, die ich lieber tun würde, als mit einem Haufen nackter, kreischender Mädchen zu duschen? Klar, man stieß in frivolen Filmchen immer wieder auf solche Szenen, aber bisher hatte ich ihnen nicht sehr viel abgewinnen können. Vielleicht war ich auch einfach nicht der Typ für Pornos.

Er klopfte sich den Staub von der Hose und kletterte die wacklige Leiter vom Dachboden herunter. Ich wartete auf der unteren Sprosse auf ihn und nahm ihm die letzten Dinge ab, die er mit herunterbrachte. Eine rote Signalpfeife aus Plastik, eine Vakuumpumpe und eine Karte vom Shenandoah Nationalpark. Die Karte hielt ich für das einzig Nützliche, da ich nicht vorhatte, mich von einer Schlange beißen zu lassen und die Pumpe gewiss nicht brauchen würde.

»Sicher ist sicher«, waren Dads Worte und ich gab mich geschlagen. Er meinte es nur gut und ich wollte seinen väterlichen Rat nicht infrage stellen. »Dort oben sind noch eine Menge alter Sachen von Charles. Die Kisten sind bestimmt schon fünfzig Jahre alt, wenn nicht sogar noch älter.«

»Was ist denn drin?« Meine Neugierde war geweckt und ich fragte mich, warum Grandpa sein Hab und Gut dort oben verstauben ließ.

»Klamotten, Fotografien und so ein altes Zeug eben. Vielleicht wollte er sie nicht mehr haben oder hat sie einfach dort oben vergessen.«

Selbst wenn es mich in den Fingern juckte, die Dinge zu durchstöbern, würde ich keinen Fuß auf diesen Dachboden setzen. Ich hatte kein Problem mit Spinnen, aber es nisteten dort oben schon seit Jahren einige Fledermäuse, und obwohl Dad mir immer wieder versichert hatte, dass sie ungefährlich waren, grauste es mir vor einer Begegnung mit ihnen. In der Nacht zirpten und zwitscherten sie wie Spatzen und erinnerten mich mit ihrem braunen Fell, der kleinen Nase und den, im Verhältnis zu ihrem Kopf, viel zu großen Ohren, an den Mogwai Gizmo. Wenn man sie allerdings störte, verwandelten sie sich in Gremlings, abscheuliche kleine Biester mit wahnsinnigem Blick und weit aufgerissenen Mäulern, die eine Reihe spitzer Fangzähne entblößten.

»Danke, Dad.«

Er lächelte und Grübchen bildeten sich auf seinen Wangen, dann tätschelte er mir den Rücken, eine väterliche Geste, die ich über mich ergehen ließ.

»Wie läuft´s in der Schule? Ich weiß, deine Noten sind herausragend, aber fernab davon ... Und wie geht´s eigentlich Nicholas?« Ich fand es immer ein wenig merkwürdig, wenn er den Coach mit seinem Vornamen nannte. Dad und Nicholas Martin waren damals ebenfalls als Schüler auf die Ravenswood gegangen und, soweit ich wusste, gute Freunde gewesen.

»Gut, denke ich. Sein Sportunterricht ist ganz okay, für Biologie interessiert sich nur niemand.« Ich folgte ihm in die Küche und setzte mich an den Esstisch, als Mum mir schon einen üppigen Teller Lasagne servierte.

»Ich halte den Ausflug für eine gute Idee.«

Überflüssig, das noch einmal zu betonen.

»Solange er auf sich aufpasst.« Mum warf mir einen besorgten Blick zu und lud mir noch mehr von der Lasagne auf.

Ich zog den Teller an mich, bevor sie den Lasagneturm noch zum Einsturz brachte. Oft genug musste ich mir von ihr anhören, dass sie befürchtete, ich äße ihn der Schule nicht vernünftig. Um sie in ihrer Besorgnis nicht zu bestärken, erwähnte ich ihr gegenüber gar nicht erst, dass das Mensaessen wirklich *nur in Maßen genießbar* war.

»Was soll ihm schon passieren? Er ist mittlerweile alt genug, um auf sich aufzupassen. Und falls doch nicht, dann wird Nicholas ihn sicherlich im Auge behalten und darauf achten, dass ihm nichts passiert. Es wird ihm guttun, mal hier rauszukommen und ein bisschen was von der Welt zu sehen.»

»Ich werd´s überleben«, pflichtete ich Dad bei. Irgendwie würde ich die Sache schon schaukeln.

»Das weiß ich. Du bist doch mein Junge.« Mums Augen glänzten feucht und mir war nicht klar, wie dieses Gespräch eine solche Wendung hatte nehmen können.

Wann waren wir sentimental geworden und vor allem warum? Ich fühlte mich ein wenig überfordert mit der Situation und bekam gleich darauf wieder Gewissensbisse, weil ich mich nicht dazu durchringen konnte, ihr etwas Ähnliches zu sagen.

Dass ich froh darüber war, dass sie meine Mutter war zum Beispiel oder dass ich sie liebhatte. Nur wenn ich schon an solche Worte dachte, breitete sich ein Druck in meinem Solarplexus aus und ich spürte einen dicken Kloß in meinem Hals.

Sie schnäuzte lautstark in ihre Serviette und lächelte wieder. »Ich bin ein Weichei, tut mir leid. Manchmal ist es eben schwer, die einzige Frau im Haus zu sein. Sammy, es wird Zeit, dass du ein Mädchen mit nach Hause bringst.«

Selbst wenn Letzteres nur scherzhaft gemeint sein sollte, traf es mich dennoch ziemlich tief. Natürlich hatten die meisten Jungs mit siebzehn schon lange ihre erste Freundin gehabt. Ob ich jemals die Richtige treffen würde, wagte ich allerdings zu bezweifeln. In Ravenswood war sie mir jedenfalls noch nicht über den Weg gelaufen und ich befürchtete, dass sich auch auf dem College kein passender Deckel zum Topf finden lassen würde.

»Hetz ihn nicht. Er ist noch jung und vielleicht ist er da wie sein Vater. Sam wartet auf das richtige Mädchen, mit dem er alt werden kann.«

Eben war ich noch alt genug gewesen, um auf mich selbst aufzupassen, jetzt hieß es, ich war zu jung für solcherlei Dinge wie die Liebe. Verstehe einer die Eltern.

Dad beugte sich zu Mum hinüber und gab ihr einen Kuss auf die geschwungenen Lippen. Nach all den Jahren zeichnete sich immer noch ein blasses Rosé auf ihren Wangen ab. Ich betrachtete meine Eltern, wie sie sich verliebt in die Augen schauten, als wären sie selbst noch Teenager, und aß schweigend meine Lasagne. Ich war froh darüber, dass die beiden sich nach dieser langen Zeit immer noch so sehr liebten, wie sie es vermutlich in der ersten Zeit getan hatten. Vielleicht war ihre Liebe sogar mit den Jahren gewachsen. Ich wusste, dass die Eltern vieler anderer Mitschüler geschieden oder getrennt waren, sich immerzu stritten oder aneinander vorbei lebten. Mum und Dad jedoch waren hoffnungslos kitschig und unaushaltbar romantisch. Nichts auf der Welt, meinte ich jedenfalls, könnte sie trennen und sie würden sich an ihren Eheschwur, bis dass der Tod sie scheide, einvernehmlich halten. »Danke fürs Essen, Mum. Ich gehe jetzt hoch. Hab´ noch ein paar Hausaufgaben auf.«

Sie gab einen protestierenden Laut von sich, als ich aufstand und den Teller in die Spüle stellte. Alle Hausaufgaben, die wir aufhatten, waren erst nächste Woche fällig, aber ich wollte nicht ohne eine Erklärung einfach verschwinden und ihnen das Gefühl geben, vor dieser Gefühlsduselei zu fliehen.

In meinem Zimmer angekommen, schloss ich wie gewohnt hinter mir ab und packte die letzten Sachen für den morgigen Tag ein. Ein wenig Sorge bereitete mir, mit wem ich die Hütte teilen sollte und ob uns die Wahl freigestellt wurde.

Später zog ich die Fenster auf, löschte das Licht und warf mich aufs Bett, dessen Federn kläglich quietschten. Im Sommer liebte ich es, mit offenem Fenster zu schlafen, in die leichte Decke gehüllt, und den nächtlichen Geräuschen zu lauschen. Eine Weile starrte ich an die schwarze Decke und zählte die Schläge meines Herzens.

Der intensive Duft des Buches, welches auf dem Nachttisch lag, fand den Weg in meine Nase, benebelte meine Sinne und zwang meine Gedanken in eine bestimmte Bahn. Manchmal konnte ich nicht verhindern, dass diese Bilder eine bestimmte Richtung einschlugen, für die ich ein für mich sehr schwer greifbares Wort hatte.

Sinnlich.

Was ich damit verband war Lust, Leidenschaft, Begierde. Auch ich als siebzehnjähriger Junge hatte eine vage Vorstellung davon, was all diese Dinge zu bedeuten hatten und es war nicht so, als hätte ich mich nicht schon einmal aus Neugierde daran versucht. Bislang schienen sich mein Verstand und mein Körper allerdings nicht einig gewesen zu sein, denn egal welches hübsche Gesicht und wohlgeformten Proportionen irgendeiner Mitschülerin ich mir vor meinem inneren Auge hervorzurufen versuchte, meinen Körper beeindruckte diese ausgeprägte Fantasie kaum. Oft genug hatte ich mich gefragt, ob etwas falsch mit mir war und ich demgegenüber vielleicht blind war. Ich wollte auch all diese Dinge erfahren, die ich bei anderen Jugendlichen beobachtet hatte, sie ergründen, mich der Zärtlichkeit hingeben und in Leidenschaft ertrinken. Aber in einer solchen Situation wäre mein Körper wie auch mein Geist entblößt und völlig schutzlos.

Während ich hinabglitt, in einen angenehmen Dämmerzustand, der alles andere um mich herum vernebelte, machten meine Gedanken Sprünge, flatterten hier und dort hin, unstet wie ein Herbstblatt im Wind. Es waren Bilder, die sich verselbstständigten, ohne dass ich es verhindern konnte. Und ich konnte nicht leugnen, dass sie mir gefielen.

Ich dachte an starke Arme und graue Augen. Warme, sanfte Lippen liebkosten meinen Hals und meine Wangen. Die Vorstellung war so lebhaft, dass sein Parfum in der Luft lag, ich seinen heißen Atem auf meiner Haut spürte und der süße Geschmack seines Kusses auf meinen Lippen lag. Bartstoppeln rieben über mein Kinn, während ich in dem Kuss versank und seine Hände meinen Körper ergründeten, ihn zum Glühen brachte. Das Blut sammelte sich unterhalb meines Nabels, wo es zu kribbeln begann.

Mein Herz schlug höher vor Aufregung, gleichzeitig hatte ich das schrecklich beklemmende Gefühl, etwas Verbotenes zu tun.

Ich horchte noch einmal zögerlich auf, aber im ersten Stock war es totenstill, niemand würde mich hören, niemand würde durch diese Tür kommen, niemand konnte das sehen, was ich mir in Gedanken vorstellte.

Beklommen und unentschlossen wanderten meine Finger unter mein T-Shirt und tasteten sich vorwärts. Die Haut darunter war warm, elektrisiert von meinen Berührungen. Die Fingerspitzen streiften meine Brust, tiefer hinab zum Bauchnabel, kamen abrupt am Gummizug der Schlafanzughose zum Stillstand.

Momente lang verharrte ich so und hoffte, es würde der Augenblick kommen, in dem meine Gedanken vor etwas Halt machen würden.

Taten sie aber nicht.

Sein Gewicht drückte mich in die Matratze und er gab mich nicht mehr frei. Mit dutzenden stürmischen Küssen wanderte sein Mund tiefer und machte erst kurz vor meiner Mitte halt, wo es bereits fast schmerzhaft zwischen meinen Lenden zog. Seine feuchte Zunge glitt über meine erhitzte Haut.

Meine Handfläche war kalt vor Aufregung und erwartungsvoller Neugierde, als ich mich berührte. Erregung durchzuckte meinen gesamten Körper wie ein Blitzschlag und ein heiserer Laut kam mir über die geöffneten Lippen. Ich gab mich dem berauschenden Gefühl völlig hin, das mich absolut wehrlos gegenüber diesen lustvollen Fantasien machte, die über mich hereinbrachen wie eine Woge.

Es brauchte nicht viel Geschick von mir, denn mein Körper schien unter Strom zu stehen und die zunächst noch zaghaften Bewegungen meiner Hand ließen schon sämtliche Sicherungen bei mir durchbrennen. Mein Atem wurde zu einem hörbaren Keuchen, als es mich heftig durchfuhr und ich einen ekstatischen Sekundenrausch erlebte, in dem mein Körper von der Welle mitgerissen wurde. Mein Bewusstsein verschwamm und ich verlor jegliches Gespür für Raum und Zeit, dafür wer ich selbst war.

So unerwartet und heftig sie über mich hereingebrochen war, so schnell war die Welle auch wieder vorbei, und sie trug mich sanft an ein unbekanntes Ufer, an dem ich regungslos liegen blieb.

Danach schien die Welt für einen Moment lang stillzustehen. Ich hörte nichts außer meinem eigenen Atem, spürte nichts als meinen eigenen Körper, den ich selten einmal so ausgelaugt und leicht zugleich wahrgenommen hatte, fühlte mich, als wäre ich der einzige Mensch auf diesem Planeten.

Nur langsam kehrten meine Sinne zurück. Ich beugte mich hinüber zum Nachtschrank und griff nach einem Taschentuch, um meine Hände zu trocknen. Es war nicht nur Scham, die mich überkam, als ich das zerknüllte Tuch neben das Bett fallen ließ, sondern auch Angst. Das nächste Mal, wenn ich Adam sah, würde ich sicher daran erinnert werden, was ich gerade getan hatte. Wie würde er wohl reagieren, wenn er davon erfahren würde? Möglicherweise waren diese Fantasien nur eine Laune des Moments gewesen und hatten rein gar nichts zu bedeuten. Andererseits hatte es sich verdammt richtig und gut angefühlt.

Der nächste Morgen verlief hektisch. Mum hing an meinen Fersen und erinnerte mich noch an tausend kleine Dinge, die sie für unentbehrlich hielt. Sie bestand darauf, mich mit dem Auto zur Schule zu fahren, um mich noch anständig verabschieden zu können.

»Hast du auch alles?« Das fragte sie mich bestimmt zum hundertsten Mal.

»Ich denke, ich habe mehr als ich überhaupt brauche. Was soll ich denn mit einem Dosenöffner?«

Mum hatte darauf beharrt, dass ich einen mitnahm, denn sie befürchtete, ich würde mich an den Bohnendosen, die der Coach uns zu essen geben würde, schneiden und eine Blutvergiftung bekommen. Ich war vielleicht tollpatschig und ein bisschen hilflos, aber für eine komplette Katastrophe hielt ich mich nicht.

»Wirst schon sehen«, war ihre Antwort und ich war mir sicher, dass ich das ganz sicher nicht tun würde.

Als wir auf den Parkplatz fuhren, stiegen schon die Ersten in den gelben Bus, in dem wir die Tortur von über vier Stunden hinter uns bringen würden. Ich konnte mir Besseres vorstellen, als bei fast dreißig Grad mit zwanzig anderen eine mehrstündige Fahrt nach Timbuktu zu machen. Schon bevor ich überhaupt eingestiegen war, blickte ich dem Ende der Reise mit Euphorie entgegen.

Mum zog mich an sich und gab mir einen Kuss auf die Stirn. »Pass bitte auf dich auf. Ich hab dich lieb.«

Ich öffnete die Tür des Wagens und stieg aus.

»Ich dich auch«, antwortete ich gerade so laut, dass sie es hören konnte. Ich sah noch ihr Lächeln, bevor ich die Autotür schloss und meinen Rucksack aus dem Kofferraum holte.

Mr. Martin hakte die Namen derjenigen, die schon eingestiegen waren, ab und hob die Hand zum Gruß, als er den roten Toyota erkannte. Mum winkte zurück und schickte noch einen Luftkuss in meine Richtung, der wohl jedem Jungen in meinem Alter peinlich gewesen wäre. Ich schulterte die Tasche, die um einiges größer war als die meiner Klassenkameraden, und näherte mich dem Bus.

»Baudelaire«, begrüßte mich der Coach und strich meinen Namen ab. »Und? Sind wir ausgeschlafen?« Auf mein zaghaftes Nicken lachte er und gab mir einen Klaps auf den Rücken, der mich einige Schritte nach vorne stolpern ließ. »Scheinst ja bestens ausgerüstet zu sein!« Er machte den Eindruck, als sei er völlig aus dem Häuschen. Vermutlich war er der Einzige, der sich auf die Klassenfahrt im Freien freute.

Ich erklomm die Stufen des Schulbusses und sah Mason und seine Engsten, Jackson und Cole, schon in der hintersten Reihe sitzen, die stets für die Coolsten reserviert blieb.

Ein paar Plätze vor ihnen saß Hannah, die ihren blonden Schopf auf Adams Schulter abgelegt hatte und döste.

Er schien meinen Blick bemerkt zu haben, denn er wandte den Kopf, um mich anzusehen. Mein Puls schoss in die Höhe und ich drehte mich rasch um. Ich hatte das Gefühl, er konnte mir an der Nasenspitze ansehen, was ich gestern Nacht getan hatte.

»Ist hier noch frei?« Ich zeigte auf den Platz neben Stewart, der mit gerunzelter Stirn von seinem Heftchen aufsah und nickte.

Stewart war ein Junge, der genauso aussah wie man sich einen Stewart eben vorstellte. Er trug eine schwarze, rechteckige Brille, hatte glasig blaue Augen, strubbeliges rotblondes Haar und Sommersprossen auf dem Nasenrücken, auf den Wangen und auf der Stirn. Eigentlich überall. Sein hellblaues Hemd war an einigen Stellen ausgefranst und sah ausrangiert aus.

»Danke.« Ich stellte meine Tasche auf den Boden und setzte mich auf den Sitz, der mit schwarzem Leder überzogen war, auf dem jahrzehntelang hunderte Hinterteile Platz genommen hatten und der dadurch stark in Mitleidenschaft gezogen worden war. Mittlerweile wirkte es stumpf und die unzähligen Risse ließen das weiße Futter sichtbar werden.

Stewart nickte abwesend und vertiefte sich wieder in seinen Spiderman Comic.

Nach und nach trudelten auch die Letzten ein und um kurz nach neun waren wir endlich vollzählig, dementsprechend war die Lautstärke angestiegen und Mr. Martin konnte sich nur Gehör verschaffen, indem er in seine Pfeife blies und bei den vorderen Sitzreihen einen minutenlangen Tinnitus auslöste.

Er rieb sich die Hände und fuhr sich durch das kurze,

schwarze Haar. »Guten Morgen zusammen. Ich hoffe, ihr seid alle putzmunter und freut euch auf die kommenden Tage. Im Camp werde ich euch dann auch den Plan für die nächsten Tage erläutern.«

Er pflanzte sich auf den Platz hinter unserem Busfahrer Hank, der schon seit Jahren jeden Morgen die Route durch Ravenswood fuhr. Er startete den Motor und drückte kräftig auf die Hupe, als er den Bus vom Parkplatz fuhr und uns auf die Interstate brachte.

Ich ärgerte mich ein bisschen darüber, dass ich vergessen hatte, ein Buch einzupacken. Jetzt musste ich mich wohl damit begnügen, vier Stunden lang aus dem Fenster zu schauen, denn anders als jeder andere hatte ich keine Spiele oder Apps auf meinem Handy, mit denen ich mir die Zeit vertreiben konnte.

Tyler hatte mir damals einen kostenlosen Nachrichtendienst heruntergeladen, über den wir kommuniziert hatten, wenn wir in verschiedenen Kursen saßen. Heute hatte ich allerdings nur noch genau vier Kontakte darin gespeichert: Mum, Dad und Grandpa. Die vierte Nummer war von einer eigenartigen religiösen Gruppierung, der zwei junge Männer angehörten, die mich vor ein paar Wochen auf dem Heimweg angesprochen und mich dazu überredet hatten, meine Nummer rauszurücken. Wir möchten mit dir in Kontakt bleiben und uns über wichtige Themen wie Familie und Glauben mit dir austauschen, so der O-Ton. Irgendwie hatte ich mich bedrängt gefühlt und befürchtet, sie würden mich in der nächsten dunklen Gasse umlegen, wenn ich mich weigerte. Dreimal hatten sie mir geschrieben, aber ich hatte sie geflissentlich ignoriert.

Mittlerweile nutzte ich mein Handy kaum noch und meist lag es auf dem dunklen Grund meines Rucksacks, begraben unter schweren Büchern und Heften.

Ich beschloss ein wenig die Augen zu schließen und zu dösen.

Hinter geschlossenen Lidern erwachten die Erinnerungen an den gestrigen Abend wieder zum Leben und eine Welle von heißem Schamgefühl überkam mich. Ich sollte mich eigentlich nicht dafür schämen müssen, dass ich die Bedürfnisse meines Körpers stillte. Das, was ich getan hatte, war nichts anderes, als ihn mit Essen zu versorgen oder auf die Toilette zu gehen. Notwendig eben und manchmal unvermeidbar.

Schlimm war also nicht die Tatsache, *dass* ich mich befriedigt hatte, sondern an *was* ich dabei gedacht hatte. Was würden meine Eltern dazu sagen, was würde passieren, wenn Mason davon erfuhr? Schlimmer als es jetzt war, konnte es eigentlich gar nicht mehr werden, oder?

»Samuel!« Ich spürte einen Ellbogen in meiner Seite und wurde augenblicklich aus meinem Halbschlaf gerissen. Ich bemerkte, dass mein Kopf auf Stewarts Schulter gelegen hatte und richtete mich sofort kerzengerade auf.

»Entschuldige«, murmelte ich peinlich berührt und fuhr mir mit dem Ärmel über den Mund. Hoffentlich hatte ich nicht gesabbert oder komische Laute von mir gegeben.

Ich warf einen Blick aus dem Fenster, konnte aber nicht sagen, wie viele Kilometer wir schon hinter uns gelassen hatten, da die Landschaft unverändert geblieben war. Wir fuhren durch einige Kleinstädte und zogen an unzähligen Farmen vorbei. Die hintersten Sitze wurden nicht müde, die ersten Reihen mit feuchten Papierkügelchen zu bewerfen, bis der Coach ihnen drohte, er würde anhalten und sie einfach hier im Nirgendwo aussetzen, wenn sie nicht aufhörten.

Hank war gezwungen einen kurzen Stopp einzulegen, als eine Herde Schafe die Landstraße passierte. In der Zeit packte ich die Sandwiches aus, die Mum mir gemacht hatte. Gemächlich trottete die Herde, angetrieben von zwei Schäferhunden, über die

Straße. Der Farmer nickte Hank dankend zu und bugsierte zwei blökende Lämmer, die er sich unter die Achseln geklemmt hatte, auf die andere Straßenseite.

»Lockwood, alles in Ordnung?« Der Coach hatte sich auf seinem Platz umgedreht und warf Adam einen besorgten Blick zu.

Unauffällig drehte ich den Kopf leicht über die Schulter, um nicht allzu neugierig zu wirken und stellte fest, dass Adam etwas blass um die Nase geworden war.

»Alles gut«, murrte er und lehnte die Stirn an die kühle Scheibe. »Ich hasse lange Busfahrten.«

»Mach die Augen zu und sag Bescheid, wenn wir anhalten müssen.« Der Coach klopfte Hank auf die Schulter und bedeutete ihm, weiterzufahren.

Allmählich wurde die Gegend hügelig und ich vermutete uns im *George Washington and Jefferson National Forest*. Weit konnte es also nicht mehr sein, aber die Minuten zogen sich zäh dahin und mit jedem weiteren Kilometer, fing ein Zusätzlicher an, sich über die Hitze zu beklagen. Meine eigene Stirn war schon feucht vom Schweiß, aber ich wollte mich dem Gejammer nicht anschließen und dem Coach das Gefühl geben, dass sein bestens geplanter Ausflug schon miserabel begann. Die restliche Fahrt über versuchte ich, mir kühle Gedanken zu machen und mich auf die Bilder des Comics zu konzentrieren, den Stewart seit Anbeginn der Fahrt schweigend las. Ich musste bald jedoch einsehen, dass die Sätze in den kleinen Sprechblasen und weißen Kästchen in meinem Kopf keinen Zusammenhang ergaben, da ich mich nicht in geringster Weise konzentrieren konnte. Es war heiß, es war eng, es war laut und in mir begann es zu brodeln. Daher begnügte ich mich schließlich doch wieder damit, aus dem Fenster zu starren und erblickte einige Meter weiter ein Straßenschild, das das baldige Ende der Fahrt ankündigte.

Gott sei Dank.

Eine Weile später fuhren wir schon auf einen kiesbelegten Parkplatz am Rande des offiziellen Parkgeländes. Einige erleichterte Seufzer waren zu hören, als die großen Räder auf den Steinen knirschten und der Wagen endlich zum Stehen kam. Die Türen flogen auf und Hank drehte den Kopf nach hinten und grinste uns an. Mir schwante nichts Gutes.

»Raus mit euch. Den Rest müsst ihr laufen.«

Es gab einige klägliche Versuche des Protestes, die mit einem bösen Blick des Coaches im Keim erstickt wurden.

»Bis in zwei Tagen«, verabschiedete er sich von Hank, der wiederum nickte und den gelben Bus vom Parkplatz kurvte. Man schulterte die Rucksäcke, klemmte die Schlafsäcke unter den Arm und im Gänsemarsch folgten wir ihm den schmalen Pfad in den Wald hinein.

Hier unter den dicht belaubten, sattgrünen Baumkronen war es angenehm kühl, die Luft sehr feucht. Ich holte ein paar Mal tief Luft und sog den erdigen Geruch des Waldes in mich ein.

»Es ist nicht mehr weit«, versprach er nach einer guten halben Stunde und sollte recht behalten, denn einige Meter weiter erstreckte sich eine kleine Lichtung vor uns. Im Halbkreis waren hier ein paar Blockhütten aufgebaut, in dessen Zentrum ein Grillplatz errichtet worden war. Dort würden wir abends wohl unser Stockbrot und Marshmallows übers Feuer halten. Vielleicht würde auch mein Dosenöffner zum Einsatz kommen!

»Das kann nicht Ihr Ernst sein?« Rachel schien über die Tatsache, dass sie zwei Nächte lang in einer dieser Hütten verbringen musste, entsetzt zu sein. Dabei stellte ich es mir eigentlich ganz behaglich vor.

Wir traten einige Schritte auf die Lichtung, um unser Feriencamp für die nächsten Tage besser in Augenschein nehmen zu können.

»Matt«, begrüßte Coach Martin jemanden.

Erst jetzt bemerkte ich den Ranger, der aus einer der Hütten herausgetreten war und auf uns zukam. Mitnichten sah er so aus wie ich mir einen waschechten, eingefleischten Park-Ranger vorstellte. Er trug weder ein sandfarbenes Hemd mit Moskitoschutz und eine Hose in Tarnfarben, noch einen dieser lächerlichen Hüte.

Rachel verstummte und ihr Mund klappte in stummer Bewunderung wieder zu. Ihre Tage schienen in Anbetracht dieses Bilds von einem Mann gerettet zu sein. Im Gegensatz zu einem bauschigen Schnauzer, wie ich ihn erwartet hatte, trug er einen verwegenen Dreitagebart. Auf der Jeansweste, die er über dem rotkarierten Hemd trug, prangte die goldene Ranger Medaille. Ich fragte mich, ob es im Shenandoah Park üblich war, dass die Ranger hier einen Cowboyhut trugen, als würden sie später noch zum Bullriding gehen.

»Nicholas. Lang ist´s her.«

Sie schüttelten einander die Hände wie alte Freunde und mir wurde schlagartig klar, dass wir vermutlich nicht der erste Kurs waren, den der Coach hierherbrachte.

»Das sind sie also, deine Schützlinge.« Der Ranger wandte sich uns zu und musterte jeden einzelnen von uns als wollte er unsere Qualität prüfen. Als seine braunen Augen einen Augenblick lang auf mir verharrten, wurde mir flau im Magen und ich wandte den Blick ab.

Sein Lächeln war einnehmend und zeigte perfekte weiße Zähne.

»Mein Name ist Matt Johnson und ich bin der Ranger in diesem Teil des Nationalparks. Bevor ihr die Hütten bezieht und wir den Rest besprechen, möchte ich euch die Regeln klarmachen, die für die nächsten Tage gelten werden. Und glaubt mir, ich möchte nicht in eurer Haut stecken, wenn ihr gegen eine davon verstoßt. Also: Offenes Feuer ist verboten, abgesehen von dieser einen Feuerstelle, die wir hier angelegt haben. Das heißt, dass nur in Reichweite des Kies´ geraucht wird und die Zigarettenstummel ordnungsgemäß entsorgt werden. Wir zerstören keine Vegetation, also unterlasst es, Pflanzen zu beschädigen und Blumen zu pflücken. Und wagt es einer von euch, Abfall liegen zu lassen, dann will er mich nicht kennenlernen.«

Er meinte es ernst und er machte nicht den Eindruck, als würde er Gnade walten lassen, wenn man gegen eine dieser Regeln verstieß. »In den Hütten stehen jeweils vier Betten. Ihr dürft euch aufteilen wie ihr möchtet, dabei bleiben Mädchen und Jungs allerdings unter sich.«

Als wäre dies das Stichwort stürmten alle los, um sich eine Hütte zu sichern. Es gab einige Streiterei bei der Entscheidung wer mit wem in einem Raum schlafen sollte, nur Stewart und ich hatten keinerlei Probleme. Es war ohnehin von vorneherein klar gewesen, dass wir die beiden sein würden, die übrigblieben und uns zu zweit eine Hütte teilen mussten. Niemand, der es verhindern konnte, würde sich uns anschließen wollen.

Er warf mir einen kurzen Blick zu und ich folgte ihm mit stummem Einverständnis. Die Holzstufen unter meinen Füßen knarzten, als ich sie erklomm und durch die Tür der Hütte trat. In der nicht allzu großen und sehr übersichtlich eingerichteten Hütte roch es wie bei alten Leuten daheim, ein wenig muffig und verstaubt. Zwei Standarthochbetten standen dort links und rechts an die Wand geschoben, dazwischen ein kleines Sofa, das seine besten Tage schon hinter sich gelassen hatte und ziemlich oft geflickt worden war. Dem Teppich darunter war es nicht anders ergangen. Ein paar verstaubte Bilder mit Jagdszenen hingen an den sonst kargen Wänden. Strom schien es keinen zu geben, jedenfalls konnte ich keine Steckdosen entdecken und die einzige Lichtquelle war eine Öllampe, die auf dem wackligen Couchtisch stand. Alles in allem schien es aber für zwei Nächte komfortabel genug, denn die meiste Zeit, so vermutete ich, würde uns Coach Martin ohnehin unter freiem Himmel wissen wollen.

»Immerhin müssen wir uns so keines der Betten teilen«, meinte Stewart und legte seine Sachen auf der rechten Seite ab. Er klang ein wenig betrübt. Wahrscheinlich hätte er die Tage auch gerne so wie die anderen verbracht. Sich mit Freunden eine Hütte teilen, sich die Nächte um die Ohren schlagen, sich Geheimnisse und Gruselgeschichten erzählen. Aber er gehört genauso wenig dazu wie ich.

Nicht *mehr* jedenfalls, denn es hatte eine Zeit gegeben, in der alles anders gewesen war. In der *ich* anders gewesen war.

Besonders beliebt war ich nie gewesen. Tyler hingegen hatte jeder gemocht. Vor einigen Jahren war er mit seiner Familie nach Ravenswood gezogen. Gleich am ersten Tag, als er uns als neuer Mitschüler vorgestellt wurde, hatte ich gewusst, dass er einer dieser Menschen war, mit dem jeder befreundet sein wollte. Er hatte sich auf den freien Platz zu meiner Linken gesetzt und mich angelächelt. Von diesem Augenblick an waren wir unzertrennlich gewesen. Ich hatte etwas erlebt, das man wohl als Bilderbuchfreundschaft beschreiben konnte. Er schien der einzige Mensch auf der Welt gewesen zu sein, der mich wirklich verstanden hatte, der die Dinge so gesehen hatte wie ich.

Ein paar Erinnerungen stahlen sich in meine Gedanken. Wie wir im Sommer manchmal allein, manchmal mit der ganzen Familie im Garten gesessen und gegrillt hatten. Wir waren beide so froh darüber gewesen, dass sich unsere Eltern gut leiden konnten und einander gerne einluden. Auch Grandpa hatte Tyler sehr gemocht. Wenn wir nicht gerade auf den Gartenliegen gelegen hatten, waren wir durch die Stadt gefahren und hatten stundenlang im See gebadet. Dort hatte auch Ann den Großteil ihres Sommers verbracht und mir war klar gewesen, dass Tyler nur deswegen zur Wasserratte geworden war. Ich hatte ihn dazu ermutigt, sie nach einem Date zu fragen, aber er konnte sich nie dazu überwinden. Insgeheim war ich froh darüber gewesen, denn so hatte er mehr Zeit für mich gehabt, aber ich hätte es ihm natürlich auch gegönnt, wenn sie sich ineinander verliebt hätten. Auf unserem See waren wir dann in den Wintern Schlittschuhlaufen gewesen. Einmal hatte er sich dabei die Hand gebrochen. Daraufhin hatten wir die meisten Abende damit verbracht, irgendwelche Filme zu schauen. Weder in der Schule, noch in unserer Freizeit war es leicht gewesen, uns zu trennen. Wo der eine war, war auch der andere.

Ich wünschte mir, er wäre jetzt hier. Ich hätte nicht die ganze Busfahrt über geschwiegen und aus dem Fenster gestarrt, sondern wir hätten gequatscht und gewitzelt und hätten uns darauf gefreut, uns die Nächte um die Ohren zu schlagen. Er hätte diese Exkursion zu einem dieser unzähligen besonderen Momente gemacht, die ich mit ihm erlebt hatte.

Rachels durchdringende Stimme riss mich aus meinen Gedanken. Sie keifte hysterisch und der Coach versuchte, sie zu beruhigen. Sein Geduldsfaden bestand aus dicken Drahtseilen, aber seine Stimme hatte bereits einen genervten Tonfall angenommen.

Ich warf einen Blick aus dem kleinen Fenster, an dem eine Spinne ihr Netz gewebt hatte, und sah Mr. Johnson, der beschwichtigend auf sie einredete und ihr zu erklären versuchte, dass sie in einem Nationalpark mit Tieren rechnen musste und ein paar Mäuse ihr geringstes Problem sein würden.

Während sie minutenlang zeterte, hatte ich genug Zeit, in Ruhe meine Sachen abzustellen und meinen Schlafsack auszurollen, bevor der Coach in seine Pfeife blies und wir dies als unser Zeichen erkannten, uns draußen zu sammeln.

Ich folgte Stewart aus der Hütte und warf Rachel einen kurzen Blick zu, um ihren Zustand einzuschätzen. Ihr braunes Haar stand ein wenig zerzaust vom Kopf ab, ihr Gesicht war vor Wut gerötet und sie knabberte nervös an ihren Fingernägeln. Wahrscheinlich hätte sie sich am liebsten in einem hermetisch abgedichteten Quarantänezelt eingeschweißt, um in diesem Wald mit nichts in Berührung kommen zu müssen, was sie angreifen, beißen oder auch nur schmutzig machen konnte.

Wir sammelten uns wieder im Halbkreis um den Coach und Mr. Johnson, währenddessen beobachtete ich Hannah, die aus ihrer Hütte kam und schnurstracks auf Adam zuging, um sich an seine Seite zu heften, als würde sie magnetisch von ihm angezogen werden.

Meine Gedanken machten sich wie so oft selbstständig und ich musste mir vorstellen, wie es zwischen den beiden ablief, wenn sie alleine waren. Hannah war meist die, die um seine Aufmerksamkeit buhlte und ihn mit Küssen und Zärtlichkeiten überschüttete. Adam schien in der Hinsicht zurückhaltend zu sein. Vielleicht war er keiner von diesen aufdringlichen Typen.

Er schien bemerkt zu haben, dass ich sie betrachtete und löste sich mit sanfter Bestimmtheit von Hannah.

»Damit ihr nach der langen Busfahrt wieder etwas in Schwung kommt, unternehmen wir eine kleine Wanderung«, begann der Coach und die meisten stöhnten auf. »Jaja, ich weiß, euer Leben ist hart, aber ich verspreche euch, es wird nicht allzu lang werden. Und am Ende der Route wartet eine Überraschung auf euch.«

Ich war ganz und gar kein Freund von Überraschungen. Zumindest würden wir gleich einen Waldspaziergang machen und darauf freute ich mich dann doch ein wenig.

»Nehmt euch etwas zu Trinken und eine Kleinigkeit zum Essen mit, wenn ihr für ein paar Stunden nicht darauf verzichten könnt und dann treffen wir uns dort vorne.« Er zeigte in eine Richtung, in der der Wald dichter wurde.

Bevor wir uns am Sammelplatz zusammenfanden, holten wir unsere Trinkflaschen, um nicht verdursten zu müssen, falls wir uns verlaufen würden. Ich bezweifelte zwar, dass uns das mit einem Ranger passieren würde, aber Vorsorge war bekanntlich besser als Nachsorge.

»Auf geht's. Schön zusammenbleiben, kein lautes Geschrei und nicht trödeln. Das Einzige, was euch zur Gefahr werden könnte, sind Schlangen und Bären. Haltet die Augen offen und lauft nicht ins Gebüsch. Die Wahrscheinlichkeit, dass wir einem Bären begegnen, ist gering, denn meistens ergreifen sie schon die Flucht, wenn sie Menschen wittern.« Mr. Johnson schien jedenfalls zu wissen, wovon er sprach. Er wollte sich schon umdrehen, da bedachte er Mason, Jackson und Cole mit einem kurzen Seitenblick. »Kommt nicht auf die Idee, euch irgendwelche wilden Beeren oder Nüsse in den Mund zu stecken.«

Der Coach nickte mit einem langen Seufzer, als würde er sich an ein solches Ereignis erinnern und dem Ranger zustimmen, dass die drei genau dem Typ Schüler entsprachen, die unbedacht genug waren, etwas aus dem Buschwerk zu naschen.

Die Gruppe marschierte mit der Dynamik einer Schildkröte durch das Gehölz und besonders die weiblichen Mitglieder schienen bedacht darauf, jedes Getier zu meiden.

Je weiter wir kamen, desto mehr blieb ich hinter den anderen zurück. Keinen der anderen schien das zu stören und mir war es recht, dass ich die Ruhe ein bisschen genießen konnte. Mr. Johnson und der Coach gingen am Kopf der Gruppe und hatten sich wohl einiges zu erzählen. Wie alte Freunde unterhielten sie sich und scherzten miteinander.

Ich genoss die Schönheit des Nationalparks und versuchte, diesen Ausflug mit all meinen Sinnen zu genießen. Seltsam war, dass mir überhaupt die Gelegenheit dazu offenstand, denn Mason hatte bisher noch keine Anstalten gemacht, mich peinigen zu wollen. Dabei war hier, fernab der sozialen Regeln der Schule und dem Büro des Rektors, die beste Möglichkeit dazu.

Ganz koscher war mir das nicht, aber ich sollte die Situation so lange genießen, wie ich nur konnte.

Je weiter sich das Murmeln der Gruppe entfernte, desto besser konnte ich den Geräuschen des Waldes lauschen. Genau diese Ruhe und Friedlichkeit war es, die ich an unseren Waldspaziergängen vermisst hatte. Zwischen den Bäumen fühlte ich mich wie an den Ursprung der Welt zurückversetzt, wo ich niemandem Rechenschaft ablegen musste und ich der Sam sein konnte, den ich in mir verbarg.

Für einen kurzen Augenblick blieb ich stehen und legte den Kopf in den Nacken, um in die Baumkronen zu blicken, die hoch über uns aufragten. Weit dort oben zwitscherten hunderte von Vögeln und ließen die Blätter rascheln. Ein kleiner Bach rauschte zu unserer Linken vorbei.

Als ich die Augen wieder öffnete, huschte etwas über meine Füße und zog meinen Blick in seinen Bann.

Eine braune Eidechse, in etwa so groß wie eine Hand, ließ sich neben dem Bach auf einem Stein nieder, auf den durch die Baumkronen ein paar Sonnenstrahlen fielen. Dort saß sie wie erstarrt und ließ sich auch noch von mir betrachten, als ich in die Knie ging und etwas näher heranschlich. Sie reckte ihren schuppigen Kopf in meine Richtung und entblößte einen königsblauen Hals, der in einem scharfen Kontrast zu ihrem sonst so unauffälligen Äußeren stand.

»Sam.«

Ich erschrak beinah zu Tode und zuckte zusammen. Ein Schatten ragte hinter mir auf und trieb die Eidechse in die Flucht. Es war Adams Stimme, das erkannte ich gleich. Langsam drehte ich mich um und richtete mich auf, während ich mir den Dreck von den Knien klopfte.

»Johnson meinte doch, wir sollen zusammenbleiben und uns nicht von der Gruppe entfernen.«

Das konnte doch nicht wahr sein. Was wollte der Kerl von mir? Vor einigen Tagen hatte er sich noch keinen Deut für mich interessiert und nun fiel es mir schwer, mich von ihm fernzuhalten. Und obwohl ich mich ein bisschen über ihn ärgerte, konnte ich nicht verhindern, dass die Schmetterlinge in meinem Bauch einen kleinen Tornado aufwirbelten.

Ich setzte mich wieder in Gang, um die anderen einzuholen, die immer noch in Sichtweite waren. »Danke für deine Fürsorge, aber ich kann selbst auf mich aufpassen. Mich würde keiner vermissen, aber nach dir sucht vermutlich schon Hannah.«

Er stapfte mir nach und holte mich schneller ein als mir lieb war. »Warum redest du immer nur von Hannah? Bist du in sie verliebt?«

Schon war das Schnauben, das ich im letzten Moment zurückhalten wollte, draußen. »Nimm es mir nicht übel, sie sieht toll aus und scheint nett zu sein, aber sie ist nicht mein Typ.«

Adam schien überrascht über meine barschen Worte zu sein und zog die Brauen hoch.

»Ja, sicher«, erwiderte er und lachte leise. Wir wussten beide, dass Hannah mit ihrem blonden Haar, den großen blauen Augen und der makellosen Haut so ziemlich jedermanns Typ war.

Ich straffte die Schultern und stakste weiter durch das Dickicht. Er machte nicht den Eindruck, als würde er sich abschütteln lassen.

»Warum versuchst du immer vor mir wegzurennen?«

»Das habe ich dir schon einmal erklärt. Ich verstehe einfach nicht, was du von mir willst. Kannst du mich nicht einfach in Frieden lassen?«

Adam schwieg und schien nachzudenken, eine Antwort gab er allerdings nicht, dabei war er sonst alles andere als schweigsam.

Wir schlossen wieder zu den anderen auf und es schien nicht so, als wäre überhaupt aufgefallen, dass wir uns entfernt hatten. Wie hatte Adam überhaupt bemerkt, dass ich hinter den anderen zurückgeblieben war?

»Zu allererst möchte ich, dass du nicht mehr so abweisend zu mir bist.« Er sprach sehr leise, denn Mason der etwas weiter vor uns ging, warf einen Blick über die Schulter und musterte uns.

»Ich ...« Ein Seufzen kam mir über die Lippen, als ich nicht weiterwusste. Mittlerweile war ich es leid geworden, ihm zu erklären, dass ich an derlei Dingen kein Interesse hatte und ich nicht aus meiner Haut kommen würde, egal wie sehr er es versuchte.

»Schön«, murmelte ich. »Dann werde ich versuchen etwas netter zu sein, wenn dir das lieber ist.«

»Ich möchte nicht, dass du *netter* bist, sondern dass du du selbst bist. Ich möchte den Sam kennenlernen, der du wirklich bist.«

Bisher war nur ein einziges Mal jemand daran interessiert gewesen, wer ich war.

Es blieb mir erspart, etwas darauf erwidern zu müssen, denn der Wald lichtete sich und vor uns lag ein grünes Tal mit ein paar Häusern hinter einem Holztor, das die weiße Aufschrift *Shenandoah Höhlen* trug.

Natürlich fand Rachel einen weiteren Grund, um sich über den Ausflug zu echauffieren, aber sowohl der Coach als auch Mr. Johnson schafften es, sie gekonnt zu ignorieren, bis wir die Eintrittskarten gekauft hatten, die uns eine bebrillte Blondine mit einem starken Dialekt verkaufte.

»Auf den Wegen bleiben und nichts anfassen«, erklärte sie jedem und strafte uns mit einem strengen Blick, der mich glauben ließ, ich sei an der Misere schuld, dass sie ihre Zeit in dem kleinen grauen Häuschen verbringen musste, um uns Einlass zu gewähren. Wie Cerberus schien sie den Eingang zu dem Tor zu bewachen, das tief ins Erdreich hineinführte und von gelben Laternen flankiert war.

»Ich hoffe, hier gibt es keine Fledermäuse«, murmelte ich mehr zu mir als zu Adam, der die Augenbraue hob und mir einen fragenden Blick zuwarf.

Kaum hatte ich den Fuß der Treppe erreicht und meine Augen an das dämmrig gelbe Licht gewöhnt, fühlte ich mich von einer eigenartigen Aura umgeben. Rasch war es kühl um uns herum geworden und man konnte kaum glauben, dass draußen die Sonne schien. Es war, als würden wir in eine Anderswelt abtauchen. Erst als Mr. Johnson die Stimme erhob, um einige Dinge zu erklären, wurde mir bewusst, dass diese Grotten mehrere Millionen Jahre alt sein mussten. Sie steckten also voller Geheimnisse aus uralten Zeiten.

Immer tiefer wurden wir von schmalen Treppen geführt und

bahnten unseren Weg durch hohe, aber sehr enge Gänge, die von glatten Felswänden flankiert wurden und kaum mehr Platz als für eine Person ließen.

Während die Stalaktiten wie Eiszapfen von der Decke hingen und mich befürchten ließen, ich würde von einem von ihnen aufgespießt werden, ehe wir die Höhle wieder verließen, schossen die Stalagmiten wie Kerzen aus dem Boden, die schon viel zu lang gebrannt hatten.

Meine Schritte hallten an den hohen Wänden wider und ich fragte mich, wie Musik in einem solchen Gewölbe klingen würde. Sicherlich hatte es eine ähnliche Akustik wie eine Philharmonie, denn selbst der Klang meiner Schritte wurde bis in den letzten Winkel transportiert und so konnte ich auch hören, was in den ersten Reihen geflüstert wurde.

Erst Rachels laut ausgesprochene Erkenntnis, dass sie an der Decke einige schwarze, flatternde Punkte entdeckt hatte, quittierte nicht nur ihre Freundin Susan mit einem leisen Schrei, sondern jagte auch mir einen Schauer über den Rücken. Solange ich sie nicht ansehen musste oder sie vorhatten, in Schwärmen meinen Kopf zu umschwirren, musste ich mir keine Sorgen machen. Außerdem ging Adam immer noch ein kleines Stückchen vor mir und machte mich zwar einerseits mit seiner Anwesenheit tierisch nervös, andererseits strahlte er eine angenehme innere Ruhe aus, die sich auch auf mich übertrug.

Er schien meinen Blick, den ich fest zwischen seine Schulterblätter gerichtet hatte, um nicht an die Decke zu sehen, gespürt zu haben, denn er drehte den Kopf um neunzig Grad und warf mir einen kurzen Blick zu. Mit einem zufriedenen Lächeln drehte er sich wieder nach vorne.

Jetzt dachte er sicher, ich würde ihn beobachten. Dieses Mal war es wirklich keine Absicht gewesen, auch wenn ich mich zugegebenermaßen wirklich oft dabei ertappte. Das war natürlich eine reine Vorsichtsmaßnahme. Sei deinen Freunden nah, aber deinen Feinden noch näher. Das sagte man doch so. Und da ich keine Freunde hatte, blieb mir umso mehr Zeit, mich meinen Feinden zu widmen.

Als ich um die nächste Biegung trat, befanden wir uns in einer gut begehbaren Halle voll von freistehenden Stalagnaten, die große Schatten an die Wände warfen. Einmal mehr fühlte ich mich wie in einer Kirche, deren steinerne Säulen bis zur gewölbten Decke ragten. Selbst bei den weniger Naturbegeisterten löste der kleine See von leuchtender Farbe, der nun vor uns lag, ein wenig Ehrfurcht und Faszination aus.

Damit wohl niemand auf die Idee kam, hineinzuspringen und ein spontanes Bad zu nehmen, hatte man ihn ringsum mit einem hüfthohen, eisernen Geländer versehen. Ein derartiger Anblick hatte sich mir bisher noch nie geboten und er war zu schön, als dass ich die richtigen Worte dafür hätte finden können. Wollte man an mystische Kreaturen wie Sirenen oder Meerjungfrauen glauben, hätte es mich nicht im Geringsten gewundert, eine solche hier anzutreffen.

Ich begegnete Adams Blick und sah, dass seine Augen leuchteten. In ihnen spiegelte sich das kristallklare Wasser. Ich mochte, dass er die Schönheit dieses Ortes andächtig bewunderte.

Wir hatten uns einander gegenüber auf dem feuchtkühlen Eisengeländer mit den Ellbogen abgestützt und schauten hinab in das klare Wasser. In einem kräftigen, karibischen Blau-Grün funkelte der See wie der Körper einer Libelle und war genauso durchscheinend wie ihre Flügel. Ich hätte nicht nur jede einzelne Münze auf dem Grund zählen können, ich erkannte sogar, dass es nicht nur Pennys, sondern Münzen aus aller Welt waren, die dort unten lagen.

Es war ein besonderes Gefühl, eines das ich nicht zu erklären wusste, hier zu stehen in dieser sonderbaren, märchenhaften Umgebung und auf der Wasseroberfläche die verschwommenen Umrisse meines Spiegelbildes zu erkennen. Blaue Augen blinzelten mir entgegen, doch ich fühlte mich nicht so, als würde ich mich selbst betrachten. Für einen Moment war mir, als wäre ich weit entfernt von allem und ganz für mich allein. Die Stimmen der anderen, die an den hohen Decken widerhallten, wurden mit der Zeit leiser und verstummten allmählich völlig.

Erst als mir ein vertrauter Duft meine Sinne reizte, hob ich den Kopf und blickte in Adams Augen, die wohl die ganze Zeit über auf mir geruht hatten. Er war näher an mich herangetreten und ich nahm jetzt sein Parfum deutlich wahr. Der Geruch nach Laub und Schießpulver kitzelte meine Nase.

Ich war peinlich berührt, als ich mir vorstellte, dass es Adam war, der dieses Buch in das Regal der Buchhandlung gestellt hatte. Nun lag es immer neben mir auf dem Nachttisch und war ein heimlicher Beobachter dessen, was ich so in den dunklen Abendstunden trieb.

Unter seinem durchdringenden Blick fühlte ich mich nackt und entblößt, als wäre er in der Lage, all meine Gedanken zu lesen.

»Was ist los?« Er blickte mich an und sein Lächeln verschwand.

»Hast du es gelesen?«, sprach ich meine vage Vermutung aus. »*Der andere Schlaf*? Dieses Buch mit dem blauen Einband, meine ich, das ich vor einiger Zeit im Laden gekauft habe.« Vielleicht hatte er an diesem Tag deswegen so komisch geguckt.

»Schon möglich.«

Schon möglich? Schämte er sich für eine konkrete Antwort?

»Hat es dir nicht gefallen?«

Es dauerte eine Weile, bis er sich dazu entschied, ob er mir antworten sollte oder nicht. Offenbar gab es etwas an der Sache, über die er nicht so gerne reden wollte.

»Doch schon ... Daheim habe ich nur nicht sehr viel Privatsphäre. Meine Eltern, besonders mein Vater, mag es nicht sonderlich, wenn ich meine Zeit mit unnützem Zeug wie Lesen verschwende. Er meint, ich solle mich auf die wichtigen Dinge des Lebens konzentrieren.«

»Und was genau sollen das für Dinge sein?«

Wenn Literatur nicht dazugehörte, was denn dann?

»Keine Ahnung. Das weiß ich selbst manchmal nicht so genau. Ein guter Uniabschluss und eine erfolgreiche Karriere wahrscheinlich.« Er betrachtete mein Gesicht und ich versuchte mir nicht anmerken zu lassen, dass ich mir gerade ein bestimmtes Bild von seinem Vater malte. Sicher ein toller Vater. »Bücher, Musik, Kunst oder Kochen sind für ihn Frauensachen und interessieren nur Männer mit ... gewissen Tendenzen.«

»Tendenzen?«, echote ich.

»Männer, die Männer mögen. Jedenfalls ist mein Vater dieser Überzeugung.« Seine Antwort klang nicht so, als würde er diese Meinung ebenfalls vertreten, aber nur weil er es nicht tat, hieß das nicht, dass der Rest der Gesellschaft das nicht genauso sah.

Ich schluckte und mied seinen Blick. Hatte er mich damit gerade abgestempelt und in eine Schublade gesteckt? »Wow, dann weiß ich ja jetzt, was du über mich denkst.«

»Ich denke viel über dich, Sam.« Tat er das wirklich? »Es kann schon sein, dass du nicht so bist wie die meisten Jungs in unserem Alter und es deshalb einige gibt, die das genauso sehen wie mein Vater, aber ich bin keiner von denen. Und selbst wenn es so wäre

…« Er zuckte leicht mit den Achseln und schenkte mir ein Lächeln, das mich gerade allerdings eher wenig aufmuntern konnte.

Vielleicht wollten die meisten deswegen nichts mit mir zu tun haben und hielten es für besser, so zu tun, als würde ich nicht existieren. Ich wusste selbst, dass ich manchmal etwas seltsam und komisch auf andere wirken musste, aber erfüllte ich damit gleich ein Klischee? Das musste ich erst einmal sacken lassen.

Ich stieß mich von dem Geländer ab und hatte vorgehabt, ihm den Rücken zu kehren, um das Gespräch für beendet zu erklären, doch er hielt mich auf.

Er hob den Arm und legte mir eine Hand auf die Schulter, um mich zurückzuhalten. »Tut mir leid. Vergiss was ich gesagt habe, okay?«

Leichter gesagt, als getan. Wie sollte ich mit der Tatsache umgehen, dass andere sich schon eine Meinung über mich gebildet hatten, bevor ich selbst wusste, was ich wollte und wer ich war. »Ich versuch's.«

»Du willst doch nicht gehen, ohne dir etwas gewünscht zu haben.« Adam deutete auf den See mit den Münzen.

Vielleicht war das gar keine schlechte Idee. Wenn das kein Platz war, um sich etwas zu wünschen, wo war er dann?

Ich kramte in meinen Hosentaschen und in der Innenseite meiner Jacke, in der ich nichts weiter fand als ein Loch im Futter. »Ich habe aber gar kein Geld dabei.«

Kurz entschlossen griff er in seine Hosentasche und ich hörte das Klingeln von Münzen. Er holte eine ganze Hand voll Kleingeld heraus und drückte mir einen Penny in die Hand.

»Ich bin ein wandelndes Sparschwein«, kommentierte er mit einem Zwinkern, hielt eine der Münzen fest, während er die anderen zurück in die Tasche gleiten ließ. »Also wünschen wir uns was.« Er sah mir fest in die Augen, als er die Münze ins Wasser schnipste und sie mit einem dumpfen Geräusch auf dem Grund landete.

»Was hast du dir gewünscht?«, fragte ich neugierig und betrachtete die vielen verschiedenen Gesichter auf den Münzen.

»Kann ich dir nicht sagen. Sonst geht es ja nicht in Erfüllung.« Er steckte die Hände in die Hosentaschen und machte eine Kopfbewegung, die mich animieren sollte.

Ein wenig fühlte ich mich unter Druck gesetzt, denn ich wusste überhaupt nicht, was ich mir eigentlich wünschte. Sollte ich ihn dafür beneiden, dass er keine Sekunde lang gezögert hatte und zu wissen schien, was er wollte?

Materielle Dinge hatten für mich keinen großen Stellenwert und es gab im Grunde nichts, was ich nicht schon besaß. Meiner Familie ging es gut und sie schien glücklich zu sein und somit fiel auch ein solcher Wunsch weg.

Und was war mit mir? Zwar machte ich mir selbst vor, dass ich mit der derzeitigen Situation zufrieden war, aber ich wusste, dass es nicht so sein musste. Adam zeigte mir, dass es anders sein konnte und es gab mir ein gutes Gefühl, gemocht zu werden. Vorausgesetzt das tat er wirklich, denn ein kleiner Teil in mir hatte immer noch Zweifel daran, dass seine Aufmerksamkeit, die mir galt, aufrichtig war.

»Und?«, durchbrach er das Schweigen.

»Ich weiß nicht, was ich mir wünschen soll.« Ich zuckte leicht mit den Achseln und sah zu den anderen hinüber, die versuchten, ein paar Bilder mit ihren Digitalkameras zu schießen. Das, was ich mir wirklich wünschte, würde nie in Erfüllung gehen, außer dieser Ort hatte die Fähigkeit, Tote wieder lebendig zu machen.

»Es muss doch irgendetwas geben, dass sich ändern könnte, gerade bei jemandem ...« Er unterbrach sich selbst und fuhr sich verlegen durch die Haare.

Mir war klar, was er hatte sagen wollen. Ausgesprochen klang es vielleicht hart, aber ich war ihm deswegen nicht böse. Er fand mich bemitleidenswert und glaubte, es gäbe nichts, was ich mir sehnlichster wünschte als eine Veränderung der Situation. Aber ich war nicht wie Stewart, der sich darum bemühte, dazuzugehören und alles dafür tun würde, um einer von ihnen zu werden.

»Ich zähle bis drei und dann wirfst du die Münze endlich ins Wasser. Eins.«

Fieberhaft dachte ich darüber nach, ob es etwas gab, was ich mir für meine Eltern und Grandpa wünschen konnte, aber bis auf Glück und Gesundheit wollte mir nichts einfallen.

»Zwei.«

Würde es sich lohnen, mir das Glücklichsein für mich selbst zu wünschen? Dafür müsste ich mir erst einmal darüber im Klaren sein, was dieses Wort für mich bedeutete und was ich mir von der Zukunft erhoffte.

»Drei!« Adam griff nach meinem Handgelenk und schüttelte meine Hand bis die Münze ins Wasser fiel. Und bevor ich meine Chance auf einen Wunsch verpasste, schloss ich die Augen, um mir das Erstbeste zu wünschen, was mir einfiel.

Ich hörte das leise Geräusch, als das Metall die Wasseroberfläche durchbrach und unterging, mein absurder Wunsch auf den Grund sank, zu den tausend anderen, die vermutlich nie in Erfüllung gegangen waren.

»Jetzt habe ich meinen Wunsch vergeudet«, murmelte ich mit einem langen Seufzen.

»Mach dir nichts draus.« Seine Antwort sollte wohl tröstend klingen, hatte aber einen belustigten Unterton. »Es war doch nur ein Spaß ... Solange mein Wunsch wahr wird«, fügte er mit gespieltem Ernst hinzu und machte sich dann auf, um wieder zu den anderen aufzuschließen.

Eine Weile lang blieben wir unterirdisch, um uns von Johnson die verschiedenen Arten der Tropfsteine und deren Entstehung erklären zu lassen. Vermutlich hatte er diese Rede schon mehrere dutzend Mal gehalten, aber sein Lächeln vermittelte, dass er ihrer in keiner Weise überdrüssig geworden war.

Als wir uns wieder an die Oberfläche wagten, wurde ich fast von der Hitze erschlagen. Alles um mich herum war weiß und meine Augen brauchten einige Sekunden, um sich an die Helligkeit zu gewöhnen. Das, was ich dort unten gesehen hatte, fühlte sich auf einmal seltsam unrealistisch an, beinah so als wäre ich aus einem Traum erwacht.

»Bist du böse auf mich?« Hannah tauchte wie aus dem Nichts neben Adam auf, der neben mir stand, als wir uns am Eingang sammelten und darauf warteten, zurück zu den Hütten marschieren zu dürfen. Mittlerweile hatten wir sicherlich schon bald sechs Uhr und langsam begann mein Magen zu knurren. Ich hoffte wirklich, dass es im Camp mehr als nur Bohnen aus der Dose geben würde.

Hannah warf ihr blondes Haar zurück und musterte mich mit gerunzelter Stirn. Wahrscheinlich stellte sie sich die gleiche Frage wie jeder hier. Was Adam von mir wollte und warum er überhaupt mit mir sprach.

»Nein, aber wir müssen ja nicht jede Sekunde unseres Lebens aneinanderkleben, oder?« Seine Antwort klang in meinen Ohren unwirsch und dass sie Hannah ganz schön traf, stand ihr ins Gesicht geschrieben. Sie tat mir in diesem Moment sogar ein wenig leid und ich fühlte mich schuldig, weil ich derjenige war, der Adam davon abhielt, Zeit mit ihr zu verbringen.

»Na gut«, erwiderte sie in pampiger Tonlage und drehte sich auf dem Absatz um, um zu ihren Freundinnen zu flüchten. »Dann brauchst du aber auch nicht später zu kommen.«

Er schien meinen entsetzten Blick bemerkt zu haben, denn er zuckte leicht mit den Schultern und zog die Brauen hoch. »Lass dich davon nicht beeindrucken.«

Das war wohl etwas, was mir bisher nicht aufgefallen war, denn ich hatte immer geglaubt, die Beziehung zwischen den beiden wäre harmonisch. Jedenfalls so harmonisch wie eine Highschoolliebe eben sein konnte. Aber allem Anschein nach gab es da etwas, was zwischen den beiden unheilvoll brodelte.

»Ich habe dich vorgewarnt.« Das, was ich zu ihm gesagt hatte, war mein Ernst gewesen und schon jetzt zeigten sich die ersten Resultate unseres seltsamen Bundes. Egal wie nett Hannah auf den ersten Blick schien, sie war eine von ihnen. Eine von den beliebten, sorglosen Kindern, die sich nicht darum scherten, wenn andere schikaniert wurden. Und sie würde es sicherlich nicht dulden, wenn ihr Freund sich zu dem Teil der Menschheit gesellte, mit dem sie absolut nichts zu tun hatte und der für sie, aller Wahrscheinlichkeit nach, überhaupt nicht existierte.

»Es ist mir egal, was andere denken, Sam. Wir wissen doch beide, dass die Highschool nur ein Ort ist, an dem man vorgibt, jemand zu sein, der man gar nicht ist. Hannah und ich, wir mögen uns sehr. Unsere Familien sind schon lange befreundet und wir sind zusammen aufgewachsen. Es fällt mir schwer, in ihr meine Freundin zu sehen und nicht eine Schwester.« Letzteres schien weniger an mich als an ihn selbst gerichtet zu sein.

So viel Ehrlichkeit konnte ich fast nicht ertragen. Warum erzählte er mir sowas überhaupt?

»Adam, ich denke nicht, dass das Dinge sind, die du mir anvertrauen solltest. Ich möchte nicht, dass du in irgendetwas hineingezogen wirst ... und ich möchte auch nicht Teil deiner Welt werden. Ich habe es dir schon erklärt, aber anscheinend willst du es gar nicht wahrhaben.«

Entgegen aller Logik wandte er leicht den Kopf in meine Richtung und lächelte. »Schon zu spät.«

Ich wollte nicht schon wieder mit ihm über dieses Thema diskutieren, also beließ ich es bei einem Seufzen und versuchte mir einen Reim auf seine Worte zu machen. Er hatte sich mir aufgezwungen, und wenn ich ehrlich war, dann musste ich wohl zugeben, dass mir unsere Gespräche und die Zeit mit ihm gefielen.

Gerade als ich diesen Gedanken zu Ende gedacht hatte, berührte er für den Bruchteil einer Sekunde meine Hand.

»Bis später.« Er überholte einige Mitschüler und hängte sich an Masons kleine Gruppe, die etwas weiter vorn ging. Ich fühlte mich überrumpelt von seinem plötzlichen Abgang und beobachtete, wie Mason ihm in brüderlicher Art einen Arm um die Schulter legte und näher an sich heranzog, um etwas mit gedämpfter Stimme in sein Ohr zu flüstern, was sicher nicht für den Rest der Klasse bestimmt war. Es handelte sich wohl um eine Frage, denn Adam nickte langsam und schien ihn damit zufriedenzustellen.

Mein Herz zog sich zusammen, denn das nagende Gefühl des Misstrauens ließ sich nicht einfach so abstellen.

Vielleicht war Adam der einzige Mensch, der mich aus der Reserve locken konnte, denn obwohl er mich nervös machte und er mein Herz in einem unregelmäßigen Takt schlagen ließ, fühlte ich mich mit ihm, egal was ich ihm gegenüber behauptete, sehr wohl.

Erst als wir zurück im Camp waren, fiel mir auf, wie groß mein Hunger geworden war. Mein Magen beklagte sich lautstark und rumorte. Von Johnson erfuhren wir, dass es im Haupthaus eine Kühltruhe gab, die der Coach schon vor der Ankunft hatte füllen lassen. Das bedeutete also nicht nur, dass es etwas Richtiges zu Essen geben würde, sondern dass es auch Strom auf dieser Lichtung gab.

»Macht euch nützlich, ihr faule Bagage, und helft dem Ranger, das Holz für den Grill zu holen. Ohne Fleiß keinen Preis.« Das war eine seiner Lieblingsphrasen, die er im Sportunterricht allzu oft verwendete. Dabei warf er besonders den dürren Bohnenstangen wie Stewart und mir einen Blick zu. Anfangs hatte er noch den Wunsch geäußert, einen Sportler aus mir machen zu wollen und hatte mich aufgrund meines drahtigen und schlanken Körpers für einen hervorragenden Läufer gehalten. Schließlich hatte ich ihn allerdings davon überzeugen können, dass dieser das Ergebnis jahrelangen Couchgammelns und nicht sportlicher Aktivitäten war.

Ich folgte dem Ranger und einigen anderen ins Gestrüpp hinein und las ein paar knorrige Äste vom Boden auf. Während er den anderen versuchte zu erklären, dass sich feuchtes Holz nicht zum Anzünden eignete, warf er mir ein jungenhaftes Lächeln zu.

Ich legte die Scheite in die ausgestreckten Arme von Johnson und versuchte, ihn nicht anzustarren, als ich ihn von so nah betrachten konnte. Alt konnte er noch nicht sein. Ich schätzte ihn um die dreißig. Sein verwegener Bart gab ihm etwas Wildes und Abenteuerlustiges, seine Augen funkelten spitzbübisch wie bei einem Jungen, der des Streichespielens und Herumalberns nicht müde wurde.

»Gefällt es dir hier?« Seine Stimme war rau und tief, löste ein angenehmes Summen in meiner Brust aus.

Ich nickte und klopfte meine Hände an der verwaschenen Jeans ab. »Mehr als das. Es ist wunderschön. Ich kann verstehen, warum Sie Ranger geworden sind.«

Er lächelte und nickte in Richtung des Camps, als er sich wieder in Bewegung setzte. »Nach der Schule hatte ich keine Ahnung, was ich tun sollte. Einige Semester lang habe ich Forstwirtschaft studiert und habe mich dann schließlich dazu entschieden, hier zu arbeiten. Es gibt nichts Besseres. Man ist von der Natur und Tieren umgeben und meistens kann einem hier nie jemand auf die Nerven gehen. Vorausgesetzt natürlich man mag es, ungestört und für sich zu sein.«

»Ja, kann ich nachvollziehen. Tiere, Pflanzen und Steine sind umgänglicher und widersprechen seltener als Menschen.«

Der Coach blickte auf, als er Johnsons lautes Lachen hörte und blickte zwischen uns hin und her.

Er warf das Holz in die Feuerstelle, neben der Mr. Martin auf einem der großen Holzblöcke Platz genommen hatte, und packte die Schachtel mit den Grillanzündern aus.

»Ich mag den Kleinen«, informierte ihn Johnson und nickte in meine Richtung, während ich ihm das Feuerzeug reichte, auf das er gezeigt hatte.

»Samuel ist ein guter Junge. Der Sohn eines alten Schulfreundes.«

Manchmal stellte ich mir die Frage, ob Mr. Martin meinen Dad auf dem Laufenden hielt, was so in der Schule lief, wie es mir erging und dass jeden Tag in der Schule über meinem Kopf ein Damoklesschwert an einem seidenen Faden hing.

Selbst wenn Mason es in letzter Zeit ruhiger angehen lassen hatte.

Ich setzte mich neben den Coach auf den Baumstamm und sah seinen geschickten Händen dabei zu, wie sie Feuer entfachten. Es knisterte und erste Rauchwölkchen stiegen gen Himmel, Funken stoben in die Luft.

In der großen Kühltruhe des Haupthäuschens ließ sich massenhaft Grillfleisch, Stockbrotteig und Gemüse finden. Einige Jungs, darunter Connor, Stewart und Adam hatten die Arme voller Würstchen und Gemüse. Bei dem Anblick von so viel Essen konnte ich mir gar nicht vorstellen, dass die Laune weiterhin so schlecht bleiben würde.

Mittlerweile war es fast gänzlich dunkel geworden. Der Ranger hatte einige Petroleumlampen um das ganze Camp verteilt, um wilde, gefährliche Tiere fernzuhalten, dafür zog das flackernde Licht aber unzählige Insekten an. Ich hatte schon einige Mückenstiche, deren Juckreiz ich zu ignorieren versuchte.

Gemeinsam saßen wir um das Feuer mit dem großen Grillrost, auf dem die letzten übrig gebliebenen Würstchen verkohlten.

Es war nicht so, als suchte ich seinen Blick. Aber er saß mir genau gegenüber und war der Einzige, den ich anschauen konnte, ohne einen blöden Spruch zu kassieren. Er trug ein blaues Shirt mit einem V-Ausschnitt, das genug Einblick auf freie Haut gab, um deutliche Brustmuskeln erahnen zu können. In seinen mondgrauen Augen spiegelten sich die verlöschenden Flammen. Er war wirklich gutaussehend, sofern ich das als Junge beurteilen konnte. Die Art von schön, die einem ein Ziehen unter dem Nabel bescherte.

Ich wollte meinen neuen *Freund* nicht gleich wieder in die Flucht schlagen, denn obwohl ich versuchte, mir das Gegenteil einzureden, tat es erstaunlich gut, jemanden außerhalb meiner Familie zu haben, mit dem ich reden konnte. Allerdings sollte ich aufhören auf *so* eine Weise an ihn zu denken. Was, wenn er irgendwie Wind davon bekam?

Jemand schnipste mir ein zusammengerolltes Stück Serviette entgegen und riss mich damit aus meinen Gedanken. Ich löste die Augen von Adam und sah Mason feixen. Wenn er nicht so angriffslustig mir gegenüber wäre, könnte man beinah Mitleid mit ihm haben. Ich fummelte das Stück Serviette wortlos aus meinem

Kartoffelsalat und warf es ins Feuer. Die Flammen knisterten und zischten leise.

Wäre ich alleine hier, ohne meine Klassenkameraden, würde ich das sicherlich genießen. Ich konnte mir gut vorstellen, warum man sich dazu entschied ein Ranger zu werden. Hier draußen war man eins mit der Natur und die Menschen wurden zweitrangig. Damit könnte auch ich mich anfreunden.

Unsere Lagerfeuergruppe hatte sich schon teilweise aufgelöst. Viele der Grüppchen hatten sich zu allen Seiten hin verstreut und tuschelten noch miteinander. Einige saßen auf den Treppen der Blockhütten, andere lümmelten auf den wenigen Campingstühlen, die es hier gab, etwas abseits und sahen in die Sterne.

Etwas anderes konnte man hier schließlich auch nicht machen. Hier und jetzt abgeschieden von der Zivilisation, ohne Netz und damit ohne Kontakt zur Außenwelt, wurde jeder mit sich selbst konfrontiert und sah sich dazu gezwungen, sich mit seinem Selbst auseinanderzusetzen. Vermutlich hatten die meisten meiner Schulkameraden schon seit Ewigkeiten ihre Freizeit nicht mehr so verbracht. Damals als Kinder, als noch nicht jeder ein eigenes Smartphone besessen hatte, wir unsere Lieblingssendungen noch auf Röhrenfernseher schauten und unser Mittagessen noch nicht per Bild mit mehreren tausend Leuten teilen konnten, hatten wir doch auch nichts anderes getan als jetzt. Ich konnte es nachvollziehen, wenn meine Eltern von der guten alten Zeit sprachen und behaupteten, früher wäre alles besser gewesen.

Nun, vielleicht nicht wirklich alles. Vor fünfzig Jahren hätte ich vielleicht noch mehr Gewissensbisse haben müssen, als mich ohnehin schon plagten, wenn ich an Adam dachte, wenn ich mich berührte. Damals war Liebe noch ein Privileg gewesen, dass nur Mann und Frau vorbehalten gewesen war. Alles andere war eine Abart der Natur. Nicht umsonst schmorten Homosexuelle in den

Religionen der Welt, neben Sodomiten, Mördern und Gotteslästerern im siebten Kreis der Hölle und sahen sich in einer sengenden Wüste einem konstanten Regen aus Feuer ausgesetzt.

Dafür, dass ich aus einer amerikanischen Kleinstadt kam, war ich nicht besonders gläubig. Die meisten jedoch stellten das sogenannte Gotteswort nicht in Frage und akzeptierten diese festgefahrenen Meinungen ohne Wenn und Aber.

Irgendwie fühlte ich mich aufgrund meiner Gedanken ertappt. Mir wurde es eng in der Brust und ich konnte die Nähe zu meinen Mitschülern plötzlich nicht mehr ertragen. Ich stand auf und drehte dem Lagerfeuer den Rücken zu, ging ein paar Schritte in den Wald hinein, gerade so weit, dass die Lampions, die Johnson aufgestellt hatte, noch zu sehen waren. Wie kleine Glühwürmchen sahen sie zwischen den massiven Baumstämmen aus. Das Stimmengewirr wurde mit jedem Schritt leiser. Der Wald lichtete sich ein wenig und der Untergrund wurde felsig. Der Nationalpark war kein flaches Gebiet, sondern umfasste mehrere hundert Quadratkilometer der Blue Ridge Mountains. Solch schroffe Felsen und Klippen wie die, auf der ich gerade zum Stillstand kam, lugten überall auf dem Parkgelände an den Abhängen hervor. Hier war die Luft kühler und klarer als unter dem dichten Blätterdach.

Kurz vor dem Abgrund kamen meine Füße zum Stillstand. Meine Schuhspitzen lugten ein paar Zentimeter über den Felsen hinaus und ein Blick nach unten verriet mir, dass es steil hinabging. Ein Schritt weiter und es wäre aus mit mir.

Seit Tylers Tod hatte ich mir schon oft Gedanken über das Sterben gemacht und wie es wäre, einfach nicht mehr hier zu sein. An manchen Tagen hatte ich mich bereit genug gefühlt, den letzten Schritt zu wagen. Den Tod stellte ich mir befreiend vor, aber die Angst vor dem Sterben selbst blieb. Ich hatte gesehen, wie Tyler aus dem Leben gerissen worden war, und diese Erinnerungen hatten sich in mein Gehirn gebrannt. Nachdem er von dem Transporter erfasst und mehrere Meter durch die Luft geschleudert worden war, hatte er sich nicht mehr gerührt. Blut war aus seinem Helm gesickert und hatte sich unter seinem merkwürdig verdrehten Körper, der aussah wie eine achtlos zu Boden geworfene Marionette, zu einer Pfütze gesammelt. Noch bevor der Rettungswagen eingetroffen war, war er gestorben, und ich hatte nichts anderes tun können, als ihm dabei zuzusehen. Diesen schrecklichen Anblick würde ich nie vergessen.

Er fehlte mir so sehr, dass es mir immer noch den Atem raubte und die schrecklichen Erinnerungen nährten die Dunkelheit in mir. An manchen Tagen hatte ich das Gefühl, sie würde mich von innen heraus auffressen und einfach verschlucken. Und trotzdem gab es noch einen letzten Funken Hoffnung in mir, dass irgendwann schon wieder alles ins Lot kommen würde.

Der nächste Tag gab mir beinah das Gefühl, ein Teil der Gruppe zu sein. So weit weg von der Schule und ihrer Rangordnung schien es fast so, als würden auch die anderen merken, dass wir eigentlich alle gar nicht allzu unterschiedlich waren und dass es keinen Grund gab, warum man nicht im Einklang leben konnte.

Johnson hatte eine Kanutour geplant und steckte uns jeweils zu viert in eines der Boote, in denen wir über das seichte Wasser des Shenandoah Rivers glitten. Obwohl es nicht unbedingt eine Spazierfahrt war, gefiel es mir, mich bei strahlendem Sonnenschein körperlich zu betätigen und mich richtig auszupowern.

Was war nur los mit mir? Sonst war ich doch auch nicht so sportbegeistert. Oder lag es daran, dass Adam genau hinter mir saß und ich nicht nur seinen warmen Atem in meinem Nacken, sondern auch jede Regung seines Körpers deutlich spüren konnte?

Als wir zurück im Camp waren entschied ich mich dazu, meinem verschwitzten Körper und meinen klagenden Muskeln eine lauwarme Dusche zu gönnen, um mich wieder wie ein Mensch zu fühlen. Bepackt mit frischen Kleidern und einem Handtuch betrat ich das Duschhäuschen und vergewisserte mich, dass ich allein war.

Unbesorgt, aber auch leider unbesonnen, zog ich meine schmutzigen Kleider aus und legte sie auf die Bank der Gemeinschaftsumkleide, um sie nachher in meinen Rucksack stopfen zu können. Die frischen Wechselkleider und mein Handtuch drapierte ich sorgfältig daneben und nahm lediglich das Shampoo und Duschgel mit in die Dusche.

So eine Hütte im Wald, mit allem, was der Mensch so fürs Überleben brauchte, wäre vielleicht genau das Richtige für mich, überlegte ich mir, als das warme Wasser meinen Rücken hinabrann und mir ein entrücktes Stöhnen entlockte.

Ich hätte nicht erwartet, dass mir der Ausflug mit der Klasse doch noch so gut gefallen würde.

Ich duschte ausgiebig und lange und ließ mir unheimlich viel Zeit dabei, mich einzuseifen und den Schaum abzuwaschen. Erst als meine Haut schon ganz schrumpelig war wie ein alter Schwamm, stellte ich das Wasser aus und ging zurück in die Umkleide.

Die Bank, wo eben noch meine Klamotten gelegen hatten, war restlos leer. Panik übermannte mich und ich sah mich um. Ich wusste ganz genau, dass ich sie hier und nicht woanders abgelegt hatte. Ich schaute zur Sicherheit noch einmal unter die Bank, aber auch hier war nichts zu finden außer ein paar Staubmäusen.

Sie waren einfach weg. Das konnte nur bedeuten, dass sie

jemand mitgenommen hatte und es darauf angelegt hatte, dass ich mich der Lächerlichkeit preisgab bei dem Versuch, nackt zum Wohnhäuschen zurückzukehren. Hier lag nicht einmal ein altes Handtuch oder vergessene Kleidung herum, mit der ich meine Scham hätte bedecken können.

Ein Kloß saß in meinem Hals und ich musste mich erst einmal hinsetzen. Irgendwann würde sicherlich schon jemand kommen, um ebenfalls eine Dusche zu nehmen, und denjenigen könnte ich bitten, mir meine Klamotten zu bringen, wo immer sie auch sein mochten.

Trotzdem würde sich diese Geschichte wie ein Lauffeuer verbreiten und ich würde im Boden versinken wollen, weil sie über mich lachten. So etwas konnte auch nur mir passieren. Ich hätte zumindest mein Handtuch mit in die Kabine nehmen sollen, aber so weit hatte ich dieses Mal gar nicht gedacht. Hätte es mir nicht klar sein sollen, dass ich diesen Ausflug nicht ohne einen Seitenhieb hinter mich bringen würde?

Meine Augen brannten und meine Atmung wurde flach. Ich wollte nicht anfangen zu heulen. Es wäre schon schlimm genug, wenn mich hier jemand nackt sitzen sah, noch peinlicher wäre es aber, nackt und heulend gesehen zu werden.

Reiß dich zusammen, Sam.

Die Tür ging auf und mir blieb das Schluchzen im Halse stecken. Es war zu meinem Glück nur Johnson, der über die Schwelle trat und einen überraschten Gesichtsausdruck machte.

Schnell rang ich um Fassung und wischte mir mit dem Handrücken über die Augen. Ich war sowieso nass bis auf die Knochen.

»Hast du dein Handtuch vergessen?«, fragte er und holte einen klimpernden Schlüssel aus seiner Hosentasche.

»Nein. Ich hatte eins mitgenommen. Meine Klamotten sind auch weg.«

»Verstehe.« Er nickte langsam und schloss eines der unzähligen Schließfächer auf, die in der Umkleide standen. Mit einem Handgriff holte er ein trockenes Handtuch von dort heraus und reichte es mir.

»Danke.« Ich stand auf und hüllte mich in das große, flauschige Frottee. »Sie sind meine Rettung.«

»Nicht der Rede wert, sowas passiert hier nicht zum ersten Mal. Jugendliche in deinem Alter können echt mies sein.« Er schenkte mir ein warmes Lächeln und musterte mich. »Hier sind noch ein paar Fundsachen drin. Möchtest du die für den Weg zur Hütte anziehen?«

Ich nickte nur, weil ich einfach kein Wort mehr herausbrachte. Mit so viel Glück in dieser misslichen Lage hatte ich nicht gerechnet.

Mit Klamotten, die ein gutes Jahrzehnt alt sein mussten, ging ich über die Lichtung zu unser Wohnhütte und wurde dabei von mehreren Augenpaaren verfolgt. Das hämische Grinsen von Mason, Cole und Jackson machte es mir leicht, die Verantwortlichen für diesen Streich auszumachen. Ein bisschen enttäuscht schienen sie allerdings schon zu sein. Sie hatten wohl damit gerechnet, dass ich nackt über die Lichtung laufen würde und hatten sich dafür die besten Plätze gesichert.

Die restlichen Stunden unseres zweiten Tages verliefen relativ ereignislos. Coach Martin und Johnson hatten, zu meinem persönlichen Grauen, ein paar Gesellschaftsspiele vorbereitet, die wir am Abend spielten, und ich konnte mich glücklich schätzen, dass ich nie in einem Team mit Mason war. Selbst Rachel ließ sich als Teammitglied einfacher ertragen und sie hielt sich mit ihrem Gekeife zurück, soweit es ihr möglich war.

Als die Nacht einbrach, waren wir von der vielen frischen Luft und der körperlichen Verausgabung todmüde und froh, als wir ins Bett fallen durften.

An die dunkle Holzdecke starrend, dachte ich darüber nach, dass es auch schlimmer hätte laufen können. Bis auf den Zwischenfall, dessen totale Eskalation noch hatte abgewehrt werden können, hatte ich es genossen, etwas Abstand vom alltäglichen Leben zu bekommen. Mittlerweile merkte ich aber, dass ich ein wenig Heimweg bekam und mich darauf freute, dass wir am nächsten Tag die Heimreise antreten würden.

Kapitel 4

Meine Gefühle waren zwiegespalten, als ich den deprimierenden, grauen Bau unserer Schule über uns aufragen sah.

Hank kurbelte an dem großen Lenkrad und schaffte es, den Bus in eine freie Parklücke zu bugsieren. Die Parkplätze für die Schulbusse sollten eigentlich stets freigehalten werden, doch kein Schüler, der alt genug waren, um ein eigenes Auto oder ein Motorrad zu fahren, hielt sich an diese Regelung. Selbst Adam hatte seinen Chevy dort abgestellt, doch dass er mit disziplinarischen Maßnahmen rechnen musste, bezweifelte ich.

Der Bus wackelte wie von einem Erdbeben erfasst, als Hank die Türen öffnete und die Ersten die Stufen hinuntersprangen, um endlich in die Freiheit entlassen zu werden. Die meisten hatten schon während der Fahrt wild auf ihren Handys herumgetippt und Nachrichten verschickt. Man konnte ihnen ihre Aufregung in den Augen ablesen, als ihre Finger fahrig über die Tastaturen fuhren, um die unzähligen Nachrichten zu lesen, die sie in ihrer Abwesenheit bekommen hatten.

Ich griff nach meinem Rucksack und schwang ihn mir über die Schulter, während ich mit der Rechten mein Handy zückte. Ich schaltete es an und gab die Pinnummer ein, die ich mir so schlecht merken konnte, weil es selten dazu kam, dass ich gezwungen wurde, mich mehr als nötig mit dem Ding zu beschäftigen.

Keine neuen Nachrichten. Nicht, dass ich damit gerechnet hätte.

Die Klasse hatte sich mittlerweile zerstreut und die Ersten strebten schon den Heimweg an, ließen die Motoren ihrer Autos aufheulen oder schlossen ihre Fahrräder auf.

»Ich hoffe, ihr hattet ein paar schöne Tage und konntet alle etwas für euch selbst mitnehmen«, rief ihnen Coach Martin nach. Er seufzte leise und fuhr sich durchs Haar. Auch er sah geschafft aus und schien sich darüber zu freuen, dass er nun endlich nach Hause fahren konnte, um die Beine hochzulegen. Als er meinen Blick bemerkte, lächelte er auf die übliche Art und Weise. »Komm gut nach Hause, Sam.«

»Sie auch, Coach.« Ich steckte das Handy in die hintere Hosentasche, als ich an Adams Wagen vorbeikam, der so blank poliert war, dass sich meine Silhouette darin spiegelte. Adam selbst war damit beschäftigt, seinen Rucksack auf der Rückbank zu deponieren. Die Muskeln seiner breiten Schultern zeichneten sich unter seinem T-Shirt ab. Er schien es nicht sonderlich eilig zu haben, obwohl er sich eben noch so rasch von Hannah verabschiedet hatte, die in ihrem hellblauen Cabrio davongerauscht war.

»Hey, Sam! Willst du mitfahren?« Gerade als ich den Parkplatz der Schule verlassen wollte, schien er mich bemerkt zu haben. Rechtzeitig um mir dieses Angebot zu machen.

Ich sah über die Schulter, rang mir ein Lächeln ab und schüttelte ablehnend den Kopf. »Danke. Aber ich hab´s ja nicht so weit.«

»Wohnst du nicht am anderen Ender der Stadt?«, fragte er ungläubig und öffnete die Tür des Wagens.

Damit hatte er zwar nicht Unrecht, aber Ravenswood war

keine Großstadt, dementsprechend war ich nie länger als eine halbe Stunde unterwegs, wenn ich zu Fuß ging. Ich war das Laufen gewöhnt, denn ich fuhr schon seit einer gefühlten Ewigkeit nicht mehr mit dem Bus und es würde sicherlich noch dauern, bis ich wieder auf das Fahrrad steigen konnte, ohne dass mich bei dessen Anblick die Erinnerungen an diesen Tag einholten. Jedes Mal hatte ich vor Augen, wie verbogen der Rahmen von Tylers Rad nach der Kollision mit dem Transporter ausgesehen hatte, als handelte es sich lediglich um ein fragiles Spielzeug.

»Lass es mich anders formulieren«, rief er etwas beharrlicher, als ich mich wieder umdrehen wollte. »Ich möchte dich gerne fahren, keine Widerrede.«

Er konnte ganz schön hartnäckig sein. Einige Sekunden lang sahen wir uns unverwandt in die Augen. Letztendlich gab ich mich geschlagen und zog eine Grimasse, während er triumphierend lächelte und sich hinters Steuer setzte, die Augen unablässig auf mich gerichtet, als ich den Wagen umkreiste und mich auf den Beifahrersitz fallen ließ.

»Was gibt's da zu grinsen?« Ich stellte den Rucksack auf den Boden und schnallte mich an. Er drehte den Autoschlüssel, an dem ein braunes Lederband hing, im Zündschloss herum und der Chevrolet sprang mit einem Schnurren an. Beinah liebevoll tätschelte er die Armatur und drückte dann den Knopf des Radios.

»Seltsam oder? Ich habe mich gefreut mal aus diesem Nest rauszukommen und nun freue ich mich, dass wir wieder zurück sind.« Er klang etwas nostalgisch. Einen Ton, den ich bisher noch nie bei ihm gehört hatte und auch nun keinen Grund darin sah, warum er wehmütig klingen sollte, schließlich schien er hier alles zu haben.

Ich gab nur einen zustimmenden Laut von mir, weil ich ihm nicht widersprechen wollte. Statt eine vernünftige Antwort zu geben, betrachtete ich die untergehende Sonne, die die Asphaltstraße vor uns in tiefes Rot tauchte.

Das Radio rauschte und Adam drückte ein paar Knöpfe, um nach einem Sender zu suchen. Erst als die etwas schrill klingende Stimme von Taylor Swift an meine Ohren drang, schien er zufrieden mit seiner Auswahl zu sein und grinste diabolisch, als er mein Stirnrunzeln sah.

»Ist das dein Ernst?«

Er drehte an dem kleinen Rädchen und der Lautsprecher an meinem Knie bebte unheilvoll. »Was? Ihre Texte sind gar nicht mal so übel.«

Kurz darauf begann er in voller Lautstärke mitzusingen. Er kannte jede einzelne Zeile.

Ich beobachtete ihn mit einer Mischung aus Bewunderung und Missbilligung. Sein Kopf nickte im Takt, seine Finger trommelten auf dem Lenkrad und er lächelte unentwegt.

Ein paar ziemlich schiefe Töne verließen seine Lippen, als die Tonlage viel zu hoch für ihn wurde und er lachte etwas verlegen. Mit dieser unbeschwerten Art, das Leben zu leben, brachte er selbst mich zum Schmunzeln.

»Du redest viel zu wenig über dich selbst, Sam. Wie soll ich dich dann kennenlernen?«, beklagte er sich und brach somit das Schweigen, das nach seiner Gesangseinlage für einige Blocks anhielt.

»Weil es nicht sehr viel über mich zu sagen gibt.«

Er gab einen missmutigen Laut von sich, der mir bedeutete, dass er diese Behauptung bezweifelte. Er seufzte unzufrieden und verzog den Mund.

»Du bist echt ein Fall für sich.«

»Selbst schuld. Du hängst ja wie eine Klette an mir. Jetzt musst du damit klarkommen.«

»Dann sag mir zumindest, ob du nun zum Homecomingball kommen wirst. Es sind nur noch ein paar Tage ...« Er tat, als würde ich mit mir selbst hadern und mich vor einer Entscheidung drücken.

»Werde ich nicht.«

Er schnalzte genervt mit der Zunge und schüttelte leicht den Kopf. Bis zur nächsten Ecke schwieg er und heckte wohl eine Herangehensweise aus, wie er glaubte, mich am besten umstimmen zu können.

Das Einzige, was ich auf diesem Ball tun würde, wäre irgendwo herumzustehen und den verliebten Pärchen beim Tanzen zuzusehen. Überwiegend würden sie die schlimmste Popmusik spielen und wenn dann doch einmal ein guter Song lief, würde ich mich eventuell dazu hinreißen lassen, den Fuß im Takt zu bewegen.

»Komm schon, Sam. Wenn nicht für dich, dann tu es für mich. Ich würde dich gerne dort sehen.«

Er hätte so ziemlich alles sagen können, aber dies schien das Einzige zu sein, auf das ich nicht vorbereitet gewesen war. Als ich den ersten Schock überwunden hatte, räusperte ich mich verlegen und sah aus dem Fenster, damit er meine glühenden Wangen nicht sehen konnte. Für ihn mochten diese Worte nicht mehr als eine lapidare Bemerkung sein, aber die Schmetterlinge in meinem Bauch meldeten sich schlagartig zurück. Es klang wohl nur in meinen Ohren so, als wünschte er, dass ich anstelle von Hannah seine Begleitperson wäre. Nicht nur, dass es völlig illusorisch wäre, seinen Worten eine solche Bedeutung beizumessen, es war absolut abwegig, dass zwei Jungs zusammen auf den Homecomingball gehen würden.

»Ich werde darüber nachdenken.« Die Antwort schien ihn fürs Erste milde zu stimmen, denn er lächelte und nickte.

Ich hatte gar nicht mitbekommen, dass wir offenbar schon angekommen waren, denn Adam parkte den Wagen und warf einen neugierigen Blick durch die Scheibe auf meiner Seite. Doch viel zu erkennen gab es da nicht, denn Moorland lag gut geschützt hinter viel immergrünem Buschwerk und Hecken.

»Ich bin noch nie hier gewesen. Dabei habe ich mir schon oft die Frage gestellt, wie du wohl wohnst und wie dein Haus aussieht.«

Ich konnte mir schwer vorstellen, dass er sich tatsächlich jemals eine solche Frage gestellt hatte, denn warum sollte er auch nur einen Gedanken an mich verschwenden? Ich hätte antworten können, dass er nichts verpasst hatte und Moorland nichts Besonderes war, aber so etwas würde mir über mein Zuhause niemals einfallen. Denn es war in der Tat etwas Außergewöhnliches und ich würde es nicht herabwürdigen, nur um Adam widersprechen zu können.

»Würdest du mir kurz dein Handy geben?«, wechselte er das Thema, als er zu merken schien, dass ich nichts sagen würde.

Ich griff in meine Hosentasche und legte ihm widerstandslos das Handy in die geöffnete Handfläche. Ich sah ihm dabei zu, wie er den seitlichen Knopf mit dem Daumen drückte und wie er im nächsten Moment schmunzelte.

»Ich hätte nie gedacht, dass es Leute gibt, die diese vorinstallierten Hintergrundbilder tatsächlich benutzen.«

Ein wenig beschämt wollte ich schon die Hand danach ausstrecken, um es ihm wieder abzunehmen, doch er beugte sich leicht in die andere Richtung und hielt es so weit von mir weg, wie es ihm möglich war, während er ein paar Tasten drückte. Dann zog er sein eigenes Handy aus der Hosentasche und gab einige Zahlen unter einem neuen Kontakt ein, den er einspeicherte.

»Was hast du gemacht?«

Er stellte die Tastensperre wieder ein und gab mir meines mit zufriedener Miene zurück.

»Ich habe mir deine Nummer eingespeichert. Es hätte wohl kaum etwas gebracht, wenn ich dir meine gegeben hätte. Denn du würdest wahrscheinlich niemals auf die Idee kommen, mir zu schreiben. Und jetzt werde ich *dir* schreiben.« Sein Lächeln ließ es nicht weniger wie eine Drohung klingen.

»Ich kann dir nicht versprechen, dass ich zurückschreiben werde.«

Darauf folgte ein Schweigen seinerseits, während dem er unablässig seinen Blick auf mir ruhen ließ.

»Danke fürs Fahren. Auch wenn es nicht nötig gewesen ist«, meinte ich und wollte bereits die Autotür öffnen.

»Sam.«

Ich hatte ihm schon den Rücken zugedreht, als seine Stimme mich zurückhielt und ich mich langsam wieder in den Ledersitz sinken ließ.

»Ja?« Mir schlug das Herz bis zum Hals und ich mied seinen Blick. Sicherlich würde er erkennen, dass er mich nervös machte und wäre gekränkt, wenn er erkannte, dass ich nur ungern mit ihm alleine sein wollte. Ich faltete meine unruhigen Hände im Schoß und starrte aus der Windschutzscheibe.

»Es war nötig«, antwortete er mit etwas mehr Nachdruck, aber einem seltsamen Unterton »Es gibt nämlich etwas, das ich tun muss.«

Ich schloss mit klopfendem Herzen die Haustür hinter mir zu und lehnte mich mit geschlossenen Augen dagegen.

Als ich früher noch häufig im Garten gespielt hatte, war ich nicht nur oft mit Blessuren und Schürfwunden versehen gewesen, sondern hatte mir auch einige Stiche von verteidigungsbereiten

Bienen eingeholt. Der blühende Blumenteppich unserer Wiese hatte einige Bienen eingeladen, denen ich nicht nur gerne bei ihrer täglichen Arbeit zugeschaut hatte, sondern es auch nie hatte lassen können, ihre pelzigen Körper berühren zu wollen. Nachdem mir Grandpa erzählt hatte, dass eine Biene, die ihren Stachel eingesetzt hatte, sterben musste, weil der Widerhaken in der Haut stecken blieb und sich die abfliegende Biene das Stechorgan mit der Giftdrüse aus dem Hinterleib riss, hatte ich nie wieder versucht, eine Biene zu streicheln.

Doch ich erinnerte mich noch gut an das Gefühl, die gestochene Stelle wurde heiß, pulsierte und war wie betäubt. Genauso fühlten sich meine Lippen in diesem Moment an.

»Sam!« Meine Mutter steckte ihren lockigen Kopf aus der Küchentür und strahlte wie die Sonne selbst. »Da bist du ja wieder. Wir hätten dich doch abgeholt, warum hast du denn nicht angerufen? Dafür hast du doch ein Handy! Grandpa ist gekommen und ich habe Abendessen gemacht.«

Ich befürchtete, dass mich mein Verhalten verraten und sie sogleich wissen würde, was passiert war, aber stattdessen drückte sie mich fest an sich und gab mir einen Kuss auf die Stirn.

»Wie war es? Hattest du Spaß? Habt ihr viel erlebt?« Sie schob mich ins Esszimmer, wo Dad und Grandpa am Tisch saßen und sich unterhielten.

»Lass den armen Jungen doch erstmal ankommen.« Dad stand auf, um mich ebenfalls zu drücken und tätschelte mir wie einem gut dressierten Hund den Kopf. »Bist du den ganzen Weg von der Schule hergelaufen?« Er ließ mich los, um einen Schritt zurückzutreten und mich zu mustern. Grandpa nickte mir lächelnd zu und hob die Hand zum Gruß.

»Nein, mich hat jemand mitgenommen.«

Für einen Augenblick stand den zwei die Überraschung ins Gesicht geschrieben.

»Jemand?«, hakte Mum nach und wechselte einen Blick mit Dad, der misstrauisch die Stirn runzelte. »Doch nicht etwa ein Fremder, oder? Bist du per Anhalter gefahren?«

Sie tat gerade so, als gäbe es auch nur eine Person in Ravenswood, die uns fremd sein konnte. Hier kannte jeder jeden, und selbst wenn ich auf die wahnwitzige Idee gekommen wäre, zu trampen, dann hätte ich mit hundertprozentiger Sicherheit auch meinen Fahrer gekannt.

»Nein natürlich nicht. Ein Klassenkamerad.«

»Ein Klassenkamerad?«, echote Mum und ich fragte mich stillschweigend, ob sie in den wenigen Tagen meiner Abwesenheit zum Papagei geworden war.

»Sein Name ist Adam.« Mir entging nicht das Blitzen in Grandpas Augen und das Zucken seines Mundwinkels.

Mum setzte sich wieder hin und rückte ihren Stuhl zurecht, während Dad die glasierte Gans teilte und jeden Teller mit einem großen Stück davon belud. Er schaufelte sich Kartoffeln und Gemüse dazu und stieß mit Grandpa an.

»Adam? Adam wer?«, brachte er zwischen kauenden Backen hervor. »Adam Lockwood, der Sohn dieses Anwalts?«

Ich zuckte leicht mit den Schultern und nahm Messer und Gabel in die Hand. Ich hörte Dad etwas von »reicher Pinkel« murren und sah, dass Mum ihm einen tadelnden Blick zuwarf.

»Seid ihr jetzt befreundet?« Sie spitzte ihre roten Lippen und kniff leicht die Augen zusammen. Das tat sie seltsamerweise immer, wenn sie brennend auf eine Antwort wartete.

»Möglich. Ehrlich gesagt, weiß ich es nicht.«

Nach dem, was eben passiert war, war ich mir ohnehin nicht mehr sicher, was er überhaupt von mir wollte.

Freunde taten so etwas jedenfalls nicht.

»Er scheint ja ein netter Junge zu sein, wenn er ständig darauf besteht, dich in seinem Auto mitzunehmen.« Grandpa saß mir gegenüber und sah mir, während er dies sagte, fest in die Augen.

Unruhig rutschte ich auf dem Stuhl hin und her. Seine Andeutungen waren nicht mehr so unterschwellig, wie sie es noch zu Anfang gewesen waren. Sie zielten nun in eine genaue Richtung.

»Er ist nett, ja«, meinte ich nur und kaute betont langsam, um einen Grund zu haben, nicht auf weitere Fragen dieser Art antworten zu müssen. Ich war heilfroh, als Dad endlich das Thema wechselte und sich nach dem Verlauf des Ausflugs erkundigte. Stundenlang hätte er sich mit mir darüber unterhalten und sich jede Einzelheit erzählen lassen können. Selbst als wir mit der Hauptspeise fertig waren und Mum den Nachtisch servierte, fragte er immer noch, ob Mr. Martin uns genug abverlangt hatte und wir nun auch alleine und auf uns selbst gestellt im tiefsten Wald überleben konnten.

Dad schlug vor, eine Partie Monopoly an den Nachtisch zu hängen, die schier niemals enden wollte. Nicht nur, dass ich bei diesem Spiel überwiegend im Gefängnis sitzen musste – nachdem Grandpa die Schlossallee erstanden und mehrere Häuser darauf gebaut hatte, schien ihm der Sieg ohnehin sicher. Egal wie sehr ich dieses Spiel hasste und wie arg mir der Rauch seiner Zigarren in den Augen brannte, mir wurde bewusst, dass mir diese Abende gefehlt hatten.

Schuldgefühle plagten mich, denn ich hatte meinen Eltern und Großvater nie klargemacht, wie sehr ich es mochte, wenn wir beieinandersaßen, erzählten und lachten.

Nachdem wir das Spiel beendet hatten und Grandpa daraus als Sieger mit gefühlt Milliarden von Dollar hervorgegangen war, schlug die Uhr schon beinah Mitternacht.

»Ach, Charles.« Dad schien gerade einen Gedankenblitz gehabt zu haben und wandte sich an Grandpa. »Auf dem Dachboden stehen noch eine Menge alter Kisten rum. Ich hab sie mir nicht so genau angesehen, aber ich glaube, in den meisten davon sind Bücher verstaut. Soll ich sie dir mal vorbeibringen?«

Bisher hatte Grandpa in aller Seelenruhe an seiner Zigarre gepafft und mit dem triumphierenden Lächeln eines Milliardärs an seinem Wein genippt. Vielleicht nicht für alle sichtbar, zuckte nun für den Bruchteil einer Sekunde ein seltsamer Ausdruck über sein Gesicht, den ich nicht recht zu deuten wusste. Möglicherweise erinnerte ihn der alte Kram auf dem Dachboden, der von einer Armee Fledermäuse belauert wurde, noch zu sehr an die alten Zeiten in diesem Haus, die er mit Grandma verbracht hatte.

»Nur alter Kram, aber ich denke darüber nach«, gab er ein wenig in Gedanken verloren zurück.

»Soll ich dich noch nach Hause fahren?« Dad schien seinen Zustand einschätzen zu wollen, indem er ihn ausgiebig musterte, dabei hatte er nicht viel weniger getrunken als Grandpa.

»Nein, so ein Unsinn. Die paar Meter werde ich ja wohl noch fahren können«, winkte der ab und setzte sich seinen Hut auf. Seine Wangen waren vom Alkohol etwas gerötet und er schien momentan der tiefenentspannteste Mensch der Stadt zu sein. Ich war froh, ihn wieder so munter zu sehen, nachdem er das letzte Mal so erschöpft schien. Die Grippe musste ihm wirklich zu schaffen gemacht haben.

Ich folgte ihm in den Flur, um ihn zu verabschieden und noch ein paar Worte unter vier Augen mit ihm wechseln zu können.

»Du solltest öfter herkommen, Grandpa.« Ich wollte ihm sagen, wie sehr ich unsere gemeinsamen Abende vermisst hatte, die mittlerweile fast nur noch an Geburtstagen oder Weihnachten stattfanden, aber die Worte wollten mir einfach nicht über die Lippen kommen.

Er lächelte überrascht und knöpfte seinen Mantel zu. »Es gibt viele Dinge, die wir öfters tun sollten«, entgegnete er und ich versuchte, seinem Blick standzuhalten, der bis in meine Seele zu reichen schien.

Mir war immer klar gewesen, dass ich Grandpa nichts vormachen konnte. Er war die Art Mensch, der über den Dingen, über allem zu stehen schien, alles verstand, alles wusste, einfach ein Übermensch. Schon als kleiner Junge hatte ich nie Astronaut oder Feuerwehrmann werden wollen, sondern einfach genauso wie er.

»Du zum Beispiel könntest anfangen, dir öfter darüber Gedanken zu machen, was du wirklich willst. Dann hättest du es viel leichter im Leben.«

Das war leichter gesagt als getan.

»Ich weiß.« Ich bückte mich, um ihm seinen Aktenkoffer zu reichen. Er kam wohl gerade von der Universität, als er beschlossen hatte, uns einen Besuch abzustatten. So schwer wie die Tasche war, trug er wahrscheinlich die ganze Enzyklopädie der Kunstgeschichte darin oder unzählige Seminararbeiten, die er immer mit echter Begeisterung las. Ich wäre gerne ein Student gewesen, der Grandpas Vorlesungen besuchte, denn ich konnte mir gut vorstellen, dass es kaum etwas Interessanteres gab, als seinen Worten zu lauschen und von seinem Wissen zu profitieren.

»Und du weißt auch, dass du über alles mit mir reden kannst, nicht wahr? Egal was es ist. « Die Worte kamen nicht ganz ohne Unterton über seine Lippen.

Wenn ich es ihm einfach sagte, dann wäre es ein für alle Mal raus, dann musste ich mir keine Gedanken mehr darüber machen wie er, Mum und Dad reagieren würden. Aber so einfach war das nicht. Das war nicht so etwas Lapidares wie eine schlechte Note in Algebra, die man verheimlichen wollte. Spätestens auf dem Zeugnis wäre jeder informiert, man würde eine Gardinenpredigt bekommen, warum man glaubte nicht ehrlich sein zu können und warum man nicht einfach mehr gelernt hatte. Und eine Woche später wäre es vergessen. Früher oder später würde ich ihm sicher noch von meinen Gefühlen erzählen, aber zwischen Tür und Angel war nicht der richtige Zeitpunkt dafür.

»Da gibt es nichts.«

Er richtete seinen Hut und atmete schwer. Wir wussten beide genau, dass ich log, aber er nahm es fürs Erste so hin und legte mir die Hand auf die Schulter.

»Ich bin immer für dich da. Wenn du reden möchtest, lass es mich nur wissen.«

Ich nickte langsam und lächelte.

Ich sah ihm nach wie er durch die schwere Holztür ging, sie hinter sich zuzog und in der Nacht verschwand.

»Mum, ich lege mich schlafen. Bis morgen früh.« Ich wartete auf den zustimmenden Laut von ihr und machte mich dann auf den Weg in mein Zimmer. Dort angekommen, öffnete ich sperrangelweit die Fenster und warf mich in mein Bett.

Jetzt wo ich so entspannt hier lag, war es kaum vorstellbar, dass mir mein Herz ein paar Stunden zuvor beinah aus der Brust gesprungen wäre. Der Moment im Auto war so präsent gewesen, dass ich alles andere um mich herum ausgeblendet hatte, dort war nur noch Adam gewesen. Und nun konnte ich mir nur noch verschwommen und schemenhaft das Geschehene ins Gedächtnis rufen. Wie bei einem Traum, an den man sich mit jeder verstreichenden Sekunde nach dem Aufwachen weniger erinnern konnte. Und am folgenden Abend würde man nicht einmal mehr wissen, dass man überhaupt geträumt hatte.

Ich kroch unter die Decke und zog sie bis unter die Nase. Die

Gefühle, die ich empfunden hatte, waren mit einem Mal wieder da. Bei dem Gedanken daran, wie er mich angesehen, wie sein Duft mich eingelullt hatte, schoss mein Puls in die Höhe und mir wurde ganz warm in der Brust. Ich schloss die Augen und ließ das Geschehene noch einmal Revue passieren.

»Es gibt nämlich etwas, das ich tun muss.«

»Und was spiele ich dabei für eine Rolle?«, fragte ich vorsichtig.

Adam drehte den Oberkörper ein wenig mehr in meine Richtung und löste den Gurt, der in seine Halterung zurückschnellte.

»Ich muss dir etwas geben.«

»Als Gegenleistung dafür, dass du meine Nummer gestohlen hast?« Ich versuchte es mit einem lahmen Scherz, aber er zeigte nur die Andeutung eines Lächelns.

»Ich bin mir nur nicht sicher, ob du es haben möchtest.« Er klang unsicher und fuhr sich mit der Hand übers Kinn, wo ich selbst im Halbdunkeln des Autos einige dunkle Bartstoppeln erkennen konnte. »Soll ich es dir geben?«

Ich konnte mir nicht erklären, um was es sich handeln sollte, denn es war mit Sicherheit kein verspätetes Geburtstagsgeschenk und auch kein verfrühtes Weihnachtsgeschenk und dazwischen gab es keine Feiertage, an denen man sich großartig beschenkte. »Kommt drauf an.«

»Auf was?«

Ich zuckte leicht mit den Schultern und hob den Kopf, um ihm in die Augen zu blicken. Meine Antwort schien ihm nicht sonderlich zu gefallen, denn er seufzte und ließ den Blick gedankenverloren aus dem Fenster gleiten. Es dauerte einen Augenblick, bis es aussah, als hätte er einen Entschluss gefasst.

»Ich werde es dir trotzdem geben. Und wenn du es nicht haben willst, dann kannst du es einfach an jemand anderes weitergeben. Aber mach die Augen zu, okay? Es soll eine Überraschung sein.«

Ich sah ihn einen Moment lang unschlüssig an, felsenfest davon überzeugt, dass er jeden Augenblick etwas aus seiner Tasche oder dem Handschuhfach hervorzaubern würde, doch stattdessen machte er keine Anstalten, sich zu rühren. Ich wollte ihn fragen, wie er auf die Idee kam, mir etwas schenken zu wollen, aber ich wusste, dass ich erst herausfand, was es war, wenn ich seiner Bitte nachkam.

Widerwillig schloss ich die Augen.

Ich spürte die letzten warmen Sonnenstrahlen, die durch die Windschutzscheibe auf meine Schenkel fielen, bevor die Sonne hinterm Horizont verschwand. In unserer Straße war es so still, dass unser Atem das Einzige war, was ich hören konnte, bis ich ein leises Rascheln vernahm.

Mein Herz setzte aus, als ich seinen Atem nicht mehr nur hören, sondern auch auf meiner Wange spüren konnte. Ich erstarrte und hielt die Luft an, wollte die Augen öffnen, um zu erfahren, ob er so nah war wie ich ihn vermutete. Mein Herz geriet aus dem Rhythmus. Endlose Augenblicke verharrten wir so und ich fragte mich, ob mir der Schock ins Gesicht geschrieben stand, dass er so lange zögerte. Ich merkte, dass er sich erneut bewegte und nun spürte ich seinen warmen Atem auf meinen Lippen.

Seine Hand glitt an meinen Hinterkopf und strich hinab zu meinem Nacken, wo sie liegen blieb.

Dann geschah einige Herzschläge lang nichts und ich war mir sicher, dass er mich betrachtete.

Meine Lippen bebten, als ich sie öffnete, um das Schweigen zu durchbrechen und ihn darum zu bitten, mich nicht länger anzustarren. Es war mir ein einziges Rätsel, was er in meinem Gesicht zu finden hoffte.

Und dann spürte ich seine Lippen auf meinem Mund, leicht wie eine Feder, kühl und glatt wie Satin. Ich regte mich nicht, ließ es einfach geschehen. Mehr noch, denn ich tat es ihm gleich und öffnete bereitwillig den Mund, um meinen ersten Kuss zu erwidern. Mir wurde abwechselnd heiß und kalt, etwas in meinem Magen zog sich schmerzhaft zusammen und gleichzeitig spürte ich ein warmes Ziehen in den Lenden. Eine angenehme Wärme breitete sich in meiner Brust aus. Dann jagte etwas durch meinen ganzen Körper, ein Kribbeln kroch über die Haut, mein Magen begann zu flattern und jedes Härchen stellte sich auf.

Zu dem Zeitpunkt als ich die Augen geschlossen hatte, war es, als sei ich in einen Traum hineingeglitten. Denn so etwas passierte nicht im realen Leben, jedenfalls nicht in meinem.

Adam war derjenige, der sich als erster aus dem Kuss löste und den Kopf zurückzog.

Als ich die Augen aufschlug, sah ich, dass sich sein Brustkorb rasch hob und senkte. Er schien etwas sagen zu wollen, denn er öffnete den Mund, schloss ihn, öffnete ihn erneut und räusperte sich verlegen. All diese Fragen lagen mir auf der Zunge, die ich ihm nur zu gerne gestellt hätte, aber ich wusste nicht einmal, ob ich wirklich eine Antwort darauf haben wollte.

Ich war mir sicher, dass ich in den letzten Sekunden wirklich nur geträumt hatte, denn das Geschehene konnte unmöglich passiert sein. Mein Leben war kein tragisch kitschiger Liebesfilm, in dem so etwas passieren würde.

Seine Hand glitt aus meinem Nacken und er betrachtete mich schweigend. Vermutlich wusste er ebenso wenig wie ich, wie er dieses Schweigen brechen sollte.

Mit zitternder Hand öffnete ich die Wagentür und stieg aus.

Keine Sekunde länger würde ich es neben ihm aushalten, also blieb nur die Möglichkeit, Reißaus zu nehmen.

Mit wackligen Beinen, die sich wie mit Blei gefüllt anfühlten, stand ich neben dem Wagen und griff nach meiner Tasche, die noch auf dem Boden des Wagens lag. Die Abendluft war kühl geworden und so spürte ich nur noch deutlicher, wie sehr meine Wangen brannten.

»Sam ...«, fing Adam langsam an, doch ich hielt nicht inne, um mir seine Erklärung anzuhören.

Der Bewegungsmelder am Tor ging an und tauchte einen Teil der Straße in goldgelbes Laternenlicht. Unschlüssig was ich nun tun sollte, hielt ich die Wagentür fest und wich seinem durchdringenden Blick aus.

»Danke fürs Fahren«, wiederholte ich und schlug die Tür mit etwas zu viel Schwung zu. Meine Beine zitterten, als ich die Schwelle des Tors übertrat und die Stufen zum Haus hinaufging. Ich wagte es nicht, einen Blick über die Schulter zu werfen, denn dem Ausdruck in seinen grauen Augen hätte ich nicht standhalten können.

Erst als ich die Haustür erreicht hatte, blickte ich über die Schulter, aber die Straße war nicht mehr zu sehen, dafür hörte ich den Chevy aufheulen und lauschte seinem Schnurren, welches an der nächsten Kreuzung in der Stille der Dunkelheit verschwand.

Kapitel 5

Am nächsten Morgen fiel mir das Aufstehen unsagbar schwer.

Etwas in mir sträubte sich vehement dagegen, die Beine über den Rand des Bettes zu schwingen und mich von ihnen in die Schule tragen zu lassen.

Was, wenn ich Adam dort antreffen würde? Ich konnte und ich wollte ihm nicht über den Weg laufen, ich wollte ihn nicht ansehen müssen und ich wollte auch nicht dazu genötigt werden, mit ihm zu reden. Schon gar nicht darüber, was gestern im Auto passiert war. Ich wollte nicht hören, wie er unbeholfen versuchen würde, sich zu entschuldigen und behauptete, es war einfach so über ihn gekommen, man sollte diese Sache besser schnell abhaken und vergessen, denn sowas würde nie wieder passieren und es hätte rein gar nichts zu bedeuten.

Hatte es auch nicht. Nicht für mich. Und nicht für ihn.

Jedenfalls versuchte ich, mir das einzureden. Es war einfach passiert, und sicherlich war es nur eine fragwürdige Kurzschlussreaktion von ihm gewesen. Und weil ich es niemandem erzählen konnte, hatte er es an *mir* ausprobiert. Die Jungs aus seiner Clique wie Mason, Cole oder Jackson hätten es mit Sicherheit nicht so prickelnd gefunden, wenn er sie derart überfallen hätte.

Was mich auf den Gedanken brachte, was geschehen würde, wenn irgendjemand davon erfahren würde. Mason fand auch jetzt schon genug Gründe, mich zu triezen, wenn er jetzt auch noch herausfand, dass ich Jungs küsste, dann wäre es für ihn doch nur ein gefundenes Fressen. Und ich würde nicht leugnen können, dass es mir nicht gefallen hatte.

»Sammy, mein Schatz?«

Die erste Grundregel meiner Mutter lautete, klopfe erst an die Tür, wenn du schon mit einem Fuß über der Schwelle stehst. Sie steckte den Kopf durch die Tür und versuchte, mich unter der Decke zu erahnen.

»Solltest du nicht schon auf den Beinen sein? Oder bist du krank?«

Einen Moment lang dachte ich darüber nach, einfach liegen zu bleiben und zu behaupten, ich würde mich nicht gut fühlen, aber ich war noch nie ein guter Lügner gewesen und ich wollte auch nicht mehr Fehlstunden als nötig auf meinem Zeugnis stehen haben. In den letzten Monaten hatten sich einige Fehltage angesammelt. Dieser Tag konnte auch nicht schlimmer werden als die restlichen des Jahres. Irgendwie würde ich es schon überstehen.

»Nein. Alles gut, ich stehe jetzt auf«, murmelte ich und schlug die Decke zurück.

»Ich mache dir noch ein Brot oder Cornflakes. Das, worauf du Hunger hast.«

Ich war ja in der Regel schon ein Frühaufsteher, jedenfalls an Schultagen, und ich wusste auch ganz genau, dass ich diese Angewohnheit von ihr geerbt hatte, aber manchmal hatte ich das Gefühl, sie schlief überhaupt nicht und trotzdem war sie jeden Tag putzmunter. Wie war so etwas überhaupt möglich?

Ich brummte irgendetwas Unverständliches und wartete darauf, dass sie die Tür wieder schloss, damit ich mich umziehen konnte.

Um noch ein wenig Zeit zu schinden, suchte ich meine Klamotten sorgfältig heraus und duschte betont langsam. Missmutig sah ich in den Spiegel und betrachtete mich eine Weile lang.

Manchmal kam es mir vor, als sei ich mir selbst ein Fremder.

Blaue Augen blickten mir entgegen, umrahmt von einem dichten, dunklen Wimpernkranz. Meine Haut war blass und wirkte durchscheinend wie Pauspapier. Ich war ein winterlicher Typ, hatte Mum einmal gesagt. Fraglich blieb an dieser Stelle, wo die blassen Sommersprossen auf meiner Nase herkamen. Mein Haar war dunkel und ich trug mittlerweile eine typische Herrenfrisur, hinten und an den Seiten recht kurz und oben etwas länger. Als kleiner Junge hatte ich das Haar zu einer Mähne getragen, als hätte mich ein Rudel Wölfe im Dschungel aufgezogen. Viele kleine Äste und Blätter aus dem Garten hatten sich darin verfangen, die meine Mutter abends in mühevoller Kleinarbeit hatte herausbürsten müssen.

Ich wusch mir das Gesicht und putzte mir die Zähne. Dabei schluckte ich vermutlich mehr Zahnpasta runter als gut für mich war.

Mit einem letzten Blick in mein eigenes Gesicht, befand ich mein Aussehen als ordentlich. Vielleicht nicht so modisch wie die ganzen Models in den Klatschblättern, die ich beim Arzt oder beim Friseur überflog, aber mein Stil war annehmbar. Ob Adam das genauso sah? Ohne Neid konnte ich mir zugestehen, dass er gutaussehend und sehr attraktiv war, aber gefiel ich auch ihm?

In der Küche angekommen, strich mir meine Mutter wie gewohnt mit der Hand über den Kopf, brachte damit meine Frisur wieder völlig durcheinander, und kniff mir in die Wange.

»Mum.« Ich seufzte und wandte mich ab, um mich meinen Cornflakes zu widmen.

»Ist ja schon gut.« Sie hob beschwichtigend die Hände und

setzte sich mir gegenüber. »Früher hast du es gemocht, wenn ich deinen Kopf gestreichelt habe.«

»Früher war früher. Heute ist heute. Und ich bin ja kein Hund«, murrte ich mit vollem Mund und versuchte ihrem Blick auszuweichen. Ich hatte das ungute Gefühl, dass sie über etwas mit mir reden wollte.

»Sammy.« Ihre Stimme hatte plötzlich einen Tonfall angenommen, der nichts Gutes verhieß.

Ich bereitete mich schon auf das Schlimmste vor. »Wenn es irgendetwas gibt, über das du reden möchtest, dann sag es mir bitte. Ich sehe doch, dass etwas nicht in Ordnung ist.«

»Mir geht es gut, Mum.«

»Sag nicht, dass es dir gut geht. Ich bin nicht blind. Du warst schon früher ein eigenständiges Kind, aber mittlerweile wissen dein Vater und ich nicht mehr weiter. Du lässt uns überhaupt nicht mehr an dich ran, du lässt uns nicht mehr an deinem Leben teilnehmen, du verschließt dich vor uns und du hast Geheimnisse. Du weißt doch, dass wir über alles reden können, und das ist besonders in dieser Zeit sehr wichtig. Wir wissen doch auch, dass die Pubertät nicht einfach ist und ...«

»Mum! Wir haben halb acht morgens. Müssen wir jetzt wirklich schon beim Frühstück über meine Pubertät sprechen? Bitte erspar mir solche Peinlichkeiten.« Warum konnte sich der Erdboden in solchen Momenten nicht einfach auftun und mich verschlucken?

»Bist du sicher? Vielleicht sind das Dinge, über die du mit deinem Vater reden möchtest. Du bist jetzt in einem Alter, in dem sich dein Körper sehr verändert und das andere Geschlecht interessant werden wird und es gibt einige Vorsichtsmaßnahmen, über die wir reden sollten.«

Ich saß da wie vom Donner gerührt. Mit glühenden Wangen

starrte ich sie an und hatte keine Ahnung, was ich darauf antworten sollte. Möglicherweise hatten sie mich in den letzten Jahren für noch nicht reif genug gehalten, um solche Themen zu besprechen, aber jetzt mit fast siebzehn, war dieser Zug schon lange abgefahren. Ich wusste nicht einmal, warum sie ausgerechnet heute auf die Idee kam, über solche Dinge mit mir sprechen zu müssen. Von der unchristlichen Uhrzeit mal ganz abgesehen.

»Bitte tu mir das jetzt nicht an. Ich kann dir versichern, dass ich keinen Bedarf an solchen Gesprächen habe und es ist auch nicht nötig, über Mädchen zu sprechen. Da gibt es momentan niemanden.«

»Momentan?«, wiederholte sie und mir war klar, dass ich einen Fehler gemacht hatte, überhaupt erst darauf einzugehen.

»Es gab bisher noch überhaupt keine, okay? Und damit gibt es auch nichts, über das du dir Sorgen machen musst. Ich hatte Sexualkunde in der Schule, Mum. Im Zweifelsfalle bin ich aufgeklärt.«

Sie sah nicht so aus, als würde sie dies beruhigen.

»Was ist es dann, Sammy? Ist es immer noch wegen ...«

Ich ahnte, was jetzt kommen würde. Als ich mich erhob, kratzte der Stuhl mit einem unschönen Geräusch über den Boden.

»Ich möchte nicht über Tyler sprechen.«

Mum blieb sitzen und folgte mir lediglich mit den Augen, während ich zum Kühlschrank ging und meine Brotdose herausholte, die sie mir tagtäglich morgens dort hineinstellte.

»Ich habe vor einigen Tagen mit Dr. Moore telefoniert und ihm erzählt, dass ich das Gefühl habe, dass es dir wieder schlechter geht.«

Ihre Worte trafen mich wie ein Fausthieb. »Du hast was? Warum?«

»Weil ich glaube, dass dich etwas bedrückt und dass du dich wieder zurückziehst. Mehr noch als sonst. Ich habe ihm versprochen, mit dir darüber zu sprechen, und vielleicht möchtest du ja noch einmal ein paar Sitzungen bei ihm nehmen. Ich halte das jedenfalls für eine gute Idee. Wenn du schon nicht mit uns darüber reden möchtest, dann zumindest mit ihm.«

Ich wollte nicht mehr an die Zeit zurückdenken, in der ich wöchentlich den ledernden Sessel in Dr. Moores Sprechzimmer plattgesessen und täglich Tabletten geschluckt hatte, die meine Stimmung aufhellen sollten. Glücklich ging nur der Therapeut aus den Sitzungen, denn in seinen Ohren klingelte die Kasse. Er hatte die verschiedensten Dinge diagnostiziert, angefangen von Verhaltensauffälligkeiten bis hin zu Angststörungen. Was genau davon wirklich zutraf, wusste vermutlich weder er noch ich.

»Du hast mir versprochen, dass wir nicht mehr über ihn reden müssen.«

»Und du hast mir damals versprochen, dass sich die Dinge ändern werden, dass du mit uns reden wirst. Ich habe geglaubt, dass wir die Depressionen ...«

Ich warf die Kühlschranktür mit Schwung zu und hörte, wie der Inhalt scheppernd protestierte. Wie ich dieses Wort hasste. Im Lexikon verstand man darunter eine Vielzahl von Störungen, die dauerhaft oder vorrübergehend durch eine gedrückte Stimmung, durch Gefühle der inneren Leere, Sinnlosigkeit und Hoffnungslosigkeit sowie durch Antriebslosigkeit gekennzeichnet sind.

Sinnlos. Hoffnungslos. Antriebslos.

Wie sollte man sich sonst fühlen, wenn man einen wichtigen Menschen verloren hatte? Für einige Zeit war er der Mittelpunkt meines Lebens gewesen, der Mensch, der dem Leben einen tieferen Sinn gab. Und genau dieser Mensch, den es nur ein einziges

Mal auf der Erde gab, verschwand einfach und ließ nichts von sich zurück.

Blopp und weg. Wie eine Seifenblase. Das leise *Blopp* war in Tylers Fall jedoch das Quietschen von Autoreifen und der dumpfe Knall eines Aufpralls gewesen.

Die Erinnerung an Tyler und die Gedanken an ihn, die ich so lange vermieden hatte, lagen auf mir wie eine tonnenschwere Last und schienen mich beinah zu erdrücken. Niederdrücken, genau das bedeutete Depression nämlich.

Damals hatte ich andere Mittel gehabt, um mit diesen Gefühlen umzugehen, aber solche Medikamente wollte ich nicht noch einmal nehmen, ich brauchte sie nicht, denn das was sie bewirkten, schaffte ich auch allein. Es war schließlich nicht so, als würden sie mir helfen, meine Gefühle zu verarbeiten und die Trauer zu überwinden. Das Einzige was sie taten, war sie zu unterdrücken, und irgendwann kamen sie dann auf einen Schlag zurück und ich fühlte mich wie an den Tag von Tylers Tod zurückgesetzt.

»Ich gehe jetzt zur Schule.« Als ich aufgewacht war und die ersten Strahlen der Sonne durch das offene Fenster gefallen waren, hätte ich es nicht für möglich gehalten, dass der Tag schon so mies beginnen würde.

Wortlos verließ ich das Haus und stolperte die Treppen hinunter, an deren Absatz ich gestern noch dem Summen des Chevys gelauscht hatte. Ich sog die frische Morgenluft ein und versuchte einen kühlen Kopf zu bewahren, ich wollte versuchen, die in mir aufkeimenden Gefühle mit aller Macht zurückzudrängen. Beim Anblick des roten Fahrrads war das gar nicht so einfach.

Ich fragte mich, was er mir sagen würde, wenn er mich heute sehen könnte. Er war immer derjenige gewesen, der mich aufgebaut und gesagt hatte, ich solle den Kopf nicht hängen lassen, wenn ich einmal traurig gewesen war. Mit ihm war das ganze Leben leichter gewesen, ich hatte ihn und alles andere war mir egal gewesen. Böse Worte und Schikanen, wenn es mal welche gegeben hatte, waren an mir abgeprallt. Natürlich war es nicht an den anderen vorübergegangen, dass ich nach seinem Unfall Medikamente genommen und einige Probleme gehabt hatte, die ein Therapeut mit mir hatte aufarbeiten sollen. Die Einzigen, die sich davon Erfolge versprachen waren meine Eltern, die Schulleitung sowie der Vertrauenslehrer und der Therapeut selbst.

»Und was fühlen Sie dabei?«, hatte er unablässig gefragt, und irgendwann war ich so verwirrt gewesen, dass ich meine Gefühle nicht einmal mehr hatte benennen können. Von da an hatte ich ihn angeschwiegen.

Eine Woche hatte die Schule so getan, als würde man trauern. Man hatte Zettel und Bilder an seinen Spind gehangen und eine Schweigeminute eingelegt.

Eine Minute für ein ganzes Leben.

Und dann war es so gewesen, als hätte es ihn nie gegeben. Man hatte ihn vergessen und in mir nur noch einem emotional verkrüppelten Loser gesehen, der keine Freunde hatte und sich nicht ins Bild einfügen konnte.

In der Schule angekommen, konnte ich mich unauffällig an Mason vorbeistehlen, der damit beschäftigt war, Stewards Brille zur abstrakten Kunst zur verformen. Meine Lippen bebten und ich hätte ihm gerne zur Seite gestanden, aber ich brachte keinen Ton heraus.

Ich beeilte mich, die Bücher für den Unterricht aus dem Spind zu holen und hielt Ausschau nach Adam, um auch ihm gezielt aus dem Weg gehen zu können. Das war jedenfalls nur so lange möglich, bis ich das Klassenzimmer betreten würde, denn die erste Stunde bei Mr. Green hatten wir zusammen. Taktisch am geschicktesten war es, sich in eine der ersten Reihen zu setzen, denn dort würde er es wohl kaum wagen, mir auf die Schulter zu tippen oder mich während des Unterrichts anzusprechen. Damals hatten Tyler und ich uns unzählige Briefchen geschickt, aber mittlerweile konnte ich mich gar nicht mehr an diesen Nervenkitzel erinnern, wenn das kleine Stück Papier unter den Tischen von Hand zu Hand ging und hoffentlich ungesehen vom Lehrer blieb.

Der Raum füllte sich und auch Mr. Green trat ein, legte seine Ausgabe von *Der Fänger im Roggen* auf das Pult. Er ging wohl kaum davon aus, dass jeder es gelesen hatte. Die meisten brachten es gerade einmal fertig, die Zusammenfassung bei Wikipedia nachzulesen. In der heutigen Zeit interessierte sich niemand mehr für Literatur.

Mr. Green ging die Anwesenheitsliste durch, während die Letzten in den Raum huschten. Unter ihnen auch Hannah und Adam.

Ich bekam ein flaues Gefühl im Magen, als ich die zwei miteinander sah und er mir einen flüchtigen Blick zuwarf. Das, was gestern Abend passiert war, stand nun auf einer Liste für unerklärliche Dinge wie die Pyramiden, Atlantis und UFOs. Für nichts davon gab es eine rationale und logische Erklärung. Ich würde versuchen, mir nicht weiter den Kopf darüber zu zerbrechen, denn das würde sicher etwas Einmaliges bleiben.

Ich wandte schnell den Kopf ab und tat so, als würde mich ein bestimmter Satz im Roman ganz besonders fesseln.

Gott sei Dank saß er einige Reihen hinter mir.

Auch wenn mich die Bücher, die wir im Unterricht lasen, meist interessierten, prasselte das Unterrichtsgespräch heute an mir ab wie Regen an einer Fensterschreibe. In meine Gedanken versunken, hörte ich Mr. Greens Stimme wie ein leises Echo in einem endlosen Tunnel. Es gab nichts Bestimmtes, über das ich nachdachte, am liebsten hätte ich einfach den Kopf auf die Arme gelegt und eine Weile gedöst. Heute Nacht hatte ich schlecht geschlafen, zu viel war mir im Kopf herumgegangen.

Der Rest des Schultages verlief ereignislos. Es war ein Tag wie jeder andere. Aufstehen, zur Schule gehen, prüfungsrelevanten Stoff eingetrichtert bekommen und nach Hause gehen. Am nächsten Tag würde genau das Gleiche wieder passieren.

So kam es mir vor, als hätte ich nur einen Lidschlag gemacht und schon befand ich mich wieder auf dem Weg nach Hause. Selten passierte in meinem Alltag etwas, das mich wachrüttelte. Küsse im Schein der Abendsonne zum Beispiel.

»Sammy, bist du das?« Kaum war ich durch die Tür getreten, hörte ich schon die Stimme meiner Mutter durch das halbe Erdgeschoss hallen. Warum klang sie so aufgeregt und überschwänglich? Hoffentlich wollte sie das Gespräch von heute Morgen nicht fortsetzen.

Ich ließ den Rucksack zu Boden fallen und hängte meine Jacke an den Haken, bevor ich meinen Blick durch die Räume schweifen ließ und erkannte, dass die Türen zur Veranda offenstanden. Den hinteren Teil der Veranda, der zum großflächigen Garten und zum Brunnen hinausführte, hatte meine Mutter mit Kräutern und einigen Blumen bepflanzt. Zumindest in den unzähligen Töpfen konnte sie sich gärtnerisch ausleben, behauptete sie immer, denn das tiefverwurzelte Heidekraut hatte nicht nur die letzten hundert Jahre überstanden, es würde auch noch die nächsten Generationen der Familie überleben. Vermutlich würden alle von ihnen versuchen, diesen Garten zu zähmen. Und genauso scheitern wie meine Mutter und Grandma vor ihr.

»Mum?« Ich trat hinaus auf die Veranda, deren alte Holzdielen unter meinen Füßen ächzten. Sie saß auf den Knien vor einem großen Blumentopf, die Hände in grünen Gartenhandschuhen versteckt.

Ich warf einen kurzen prüfenden Blick zum Brunnen hinüber. Später würde ich noch die Fische füttern müssen.

»Ich bin ja so stolz auf dich.« Sie erhob sich und klopfte sich den Rest der Erde von der geblümten Schürze.

»Achja?« Ich wusste nicht, worauf sie hinauswollte und hatte nicht den geringsten Schimmer, welchen Anlass ich ihr gegeben hatte, um stolz auf mich sein zu können. Oder wollte sie sich einfach mit mir versöhnen, nachdem was sie heute Morgen gesagt hatte?

Sie zog die Handschuhe aus und legte die Rosenschere zur Seite. »Du hast doch gesagt, du würdest nicht zu dem Ball gehen.« Gerade als ich ihr zustimmen wollte, trat sie an mir vorbei und schob das kleine Päckchen, das auf dem Wohnzimmertisch lag, ein kleines Stück näher in meine Richtung. »Es war nicht eingepackt, es stand nur dein Name darauf. Tut mir leid, ich habe einen Blick hineingeworfen. Du bekommst doch sonst nie Post.«

Da hatte sie absolut Recht. Briefe bekam ich ziemlich selten, wer sollte mir auch schon schreiben? Dinge, die die Schule betrafen, bekam ich meist per E-Mail, und die Bewerbungen fürs College liefen ebenfalls über das Internet.

Ich starrte das kleine schwarze Kästchen an, das ungefähr halb so groß war wie ein schmaler Schuhkarton. Mit einer Stecknadel war ein kleiner Zettel daran befestigt.

Samuel Baudelaire hatte jemand darauf geschrieben, versucht, jeden Buchstaben fein säuberlich aufs Papier zu kriegen. Bis jetzt hatte ich noch keinen Schimmer davon, was der Stolz meiner Mutter, der Homecomingball und dieses kleine Paket miteinander zu tun hatten.

»Ich wusste gar nicht, dass *Cécil´s* mittlerweile auch nach

Hause liefert«, kommentierte sie, während ich das schwarze Kästchen in den Händen wog.

Langsam dämmerte mir, was das Päckchen zu bedeuten hatte.

Cécil´s war ein Blumenladen in der Stadt, der besonders bekannt für seine Hochzeits- und Grabgestecke war. Den Laden betrieb eine ältere Dame, die ihren Umsatz nicht mit ihrer Freundlichkeit, sondern allein mit ihrem Können eintrieb. Einige Male war ich schon an dem Laden vorbeigegangen und hatte mir die Nase am Schaufenster plattgedrückt, doch Cécile hatte mir jedes Mal einen bitterbösen Blick durch ihre strenge Brille zugeworfen. Die Art, wie sie ihr Haar stets zurückgebunden hatte, betonte ihren faltigen, langen Hals, um den sie eine Perlenkette trug. Mit dem Charme einer dominanten, russischen Ballettlehrerin und dem Aussehen eines alten Geiers, stürzte sie sich auf jeden potenziellen Kunden, der es gewagt hatte, über die Schwelle ihres Ladens zu treten.

Nach einem kurzen Zögern öffnete ich schließlich die kleine Schachtel. Darin lag eine Ansteckblume für einen Anzug. Eine Anemone. Sechs weiße, transparente Blütenblätter umrahmten unzählige schwarzblaue Pollenkörper, auf denen schimmernder Blütenstaub lag, der die Blätter gelb färbte. Mit ein wenig Grün und Ziergras hatte man die Blume zusammengebunden und auf ihrem Samtbett fixiert.

Langsam hob ich den Kopf und sah in die strahlenden Augen meiner Mutter. Sollte ich ihr sagen, dass ich die Blume nicht gekauft hatte? Ich dachte an das Gespräch von heute Morgen und den Rat, wieder Sitzungen bei Dr. Moore wahrzunehmen. Sie machte sich Sorgen um mich, hatte Angst, dass ich einsam und unglücklich war. Welches normale Kind in meinem Alter vermied es, das Haus zu verlassen und verbrachte die meiste freie Zeit in seinem Zimmer?

»Ich dachte schon, sie kommt nicht mehr an.« Ich hasste es, zu lügen, aber wenn ich es tat, um jemanden glücklich zu machen, dann war es vielleicht nicht ganz so schlimm.

»Ich kann es gar nicht glauben, dass du wirklich dort hingehen möchtest. Das wird sicher toll, Sam.« Sie drückte meine Schulter und gab mir einen Kuss auf die Wange.

Die Möglichkeit, dass sich der Lieferant von Cécile beim Haus vertan hatte und das Päckchen eigentlich für jemand anderen bestimmt gewesen war, fiel bei der Tatsache, dass mein Name dort draufstand, weg. Nur einer konnte also dafür verantwortlich sein. Adam war der Einzige, den es bisher interessiert hatte, dass ich zum Ball ging.

»Wirst du mit einem Mädchen dort hingehen? Du hast doch nicht etwa ein Date, oder doch?«

Und schon waren wir wieder beim Thema von heute Morgen. Welche Mutter glaubte tatsächlich, dass ihr Sohn mit ihr über Mädchen reden wollte, wo sie doch selbst eines war? Die natürliche Ordnung wollte es, dass Söhne mit ihren Vätern und Töchter mit ihren Müttern über das andere Geschlecht grübelten, damit auch noch für die nächsten Jahrhunderte genug Fragen über das Verhalten und die Interaktion miteinander übrigblieben.

»Ich werde alleine dort hingehen. Ein Freund hat mich eingeladen.«

»Dieser Adam?«, hakte sie nach und traf damit zu meinem Bedauern genau ins Schwarze. Ich wollte nicht mehr, als nötig mit ihr über ihn sprechen. Vermutlich würde sie merken, dass sich mein Herzschlag beim Klang seines Namens beschleunigte und ich zwanghaft versuchen würde, das Gespräch in eine andere Bahn zu lenken. Es war naheliegend, dass er ihr als Erstes ins Gedächtnis kam, wo ich ihn doch erst gestern erwähnt und ich keine anderen vermeintlichen *Freunde* hatte.

»Ja, der.« Ich hätte etwas sagen sollen, um ihre Neugierde zu befriedigen, aber mir fiel beim besten Willen nichts ein, was ich ihr über ihn erzählen konnte, ohne dass sie weitere Fragen stellte.

»Du musst ihn ja wirklich mögen, wenn er dich dazu überreden konnte, mit ihm dort hinzugehen.«

Die Frage war, mochte ich Adam wirklich? Ich konnte mich noch vage daran erinnern, was Tyler mir damals bedeutet hatte und welche Gefühle ich ihm gegenüber empfunden hatte. Er war mein bester und einziger Freund gewesen, daher ließ es sich einfach vergleichen. Wir waren uns nah gewesen, aber nicht auf diese Weise. Ich hatte jedes Muttermal auf seinem Körper gekannt, aber es war nicht so, als hätte mir sein Anblick ein Kribbeln unterm Nabel beschert. An manchen Tagen hatten wir Seite an Seite im Bett gelegen und über *diese* Dinge geredet, wie alle Jungs in diesem Alter. An anderen hatten wir über Gott und die Welt diskutiert. Und natürlich hatten wir uns auch gestritten, nur um uns wieder zu verzeihen. Er war nicht nur mein Freund, er war mein Bruder gewesen.

Die Gefühle, die ich Adam gegenüber empfand, ließen sich damit nicht vergleichen. Ich vertraute ihm nicht, ich erzählte ihm nur widerwillig von mir, wir hatten bis vor ein paar Wochen kaum ein Wort miteinander gewechselt, ich wusste nicht, wer er war und er wusste auch nichts über mich. Er war kein Freund.

Und dennoch war da etwas, das von ihm ausging, dem ich mich nicht entziehen konnte. Etwas, das das Bedürfnis in mir auslöste, in seiner Nähe sein zu wollen, auch wenn ich das Gegenteil behauptete. Das mich dazu brachte, ihn unablässig anschauen und berühren zu wollen, obwohl ich mich mit jeder Faser meines Körpers dagegen zu wehren versuchte.

»Wir werden sehen«, erwiderte ich sachlich und klappte den Deckel der Schachtel wieder zu.

»Ach, Sam.« Mum nahm sie wieder an sich und wog sie in den Händen. Ich sah ihr an, dass sie ganz aus dem Häuschen über die Tatsache war, dass ich einen Freund hatte und über meinen Schatten springen würde. »Du siehst immer in allem und jedem das Schlechteste. Nicht jeder Mensch möchte dir etwas Böses. Du musst dich nur auf sie einlassen.«

So etwas konnte nur von Mum kommen. Sie war von Grund auf optimistisch. In allem Schlechten, so pflegte sie zu sagen, lag schon der Ansatz des Guten verborgen. Optimisten waren, meiner Meinung nach, nur Meister der Verdrängung, weil sie all die Probleme nicht sehen wollten. Pessimisten waren hingegen die, die recht behielten.

Ich betrachtete die Dinge klar, sah sie, wie sie waren. Sich auf jemanden einlassen bedeutete lediglich, verletzlich zu werden.

Kapitel 6

»Mein Gott, du bist der hübscheste Junge, der mir je unter die Augen gekommen ist«, schwärmte Mum und schoss ein Bild mit ihrer technisch schon etwas überholten, blauen Digitalkamera. Sowas sagte wohl jede Mutter mindestens einmal zu ihrem Sohn, spätestens jedoch zum Abschlussball. Stundenlang hatte sie den schwarzen Anzug, der seit einer halben Ewigkeit in der letzten Ecke meines Schranks gehangen hatte, gebügelt, um aus mir einen vorzeigbaren und adretten jungen Mann zu machen, den man guten Gewissens auf eine Schulveranstaltung gehen lassen konnte. Der enge Kragen des weißen Hemdes schnürte mir die Luft ab, aber ich versuchte, mir beim Anblick ihrer strahlenden Augen ein Lächeln abzuringen.

»Nun sag doch endlich auch mal was.« Sie stieß Dad mit dem Ellbogen in die Seite, der bisher nur schweigend die Stirn gerunzelt hatte.

»In der Tat der bestaussehendste Sohn, den ich habe.«

Mum verdrehte die Augen und drückte ihm die Kamera in die Hände, um die kleine Schachtel von *Cécil´s* vom Tisch zu heben und die Ansteckblume mit viel Sorgfalt an meinem Revers zu befestigen.

Insgeheim hatte ich gehofft, sie würde bis heute Abend verwelkt sein. Ich hatte Angst davor, dass sich Adam darüber lustig machen würde, wenn ich sie trug und mir eröffnete, dass es sich bei der ganzen Sache doch nur um einen großen Witz handelte.

»Ich hätte nicht gedacht, dass ich den Tag noch einmal erleben darf.« Mum tätschelte meine Wange und strich mir eine Strähne aus dem Gesicht. »Das ist die Generalprobe vor dem Abschlussball. Ich hoffe, bis dahin wirst du ein nettes Mädchen finden, das dich begleitet. Zu zweit ist es doch immer viel schöner.«

Ich wusste, dass ich ihre Worte nicht allzu ernst nehmen sollte, aber mein Herz zog sich dennoch schmerzhaft zusammen. Warum ging sie davon aus, dass ich mit einem Mädchen zum Ball gehen wollte? Das war all die letzten Jahre nicht passiert, warum also jetzt?

Dad legte mir den Arm um die Schulter und schob mich in Richtung Fenster. Sein bedächtiges Schweigen und der sehnsüchtige Blick in die Ferne, bedeuteten mir, was als Nächstes kommen würde. Ein Vater-Sohn-Gespräch.

»Deine Mutter hat mir erzählt, dass ihr euch über einige Dinge unterhalten habt«, begann er langsam und ein Kloß bildete sich in meinem Hals. Nicht schon wieder. »Ich weiß, ich sollte an dieser Stelle ein guter Vater sein und dir sagen, sei spätestens um elf daheim und treib es nicht zu bunt, aber ich war auch mal jung. Und in deinem Alter habe ich eine Menge Erfahrungen gesammelt, Fehler gemacht, viel bereut … aber das hat mich letztendlich alles zu dem Mann gemacht, der ich heute bin.«

»Dad, ich weiß, du versuchst grade echt tiefgründig zu werden und so weiter … aber ich sollte echt los, sonst fängt die Party noch ohne mich an.«

Die Finger seiner schlanken Hände bohrten sich etwas tiefer in meine Schulter, als ich verzweifelt versuchte, mich davonzumachen.

»Ich meine nur, tu alles, was dir in den Sinn kommt, als würde es kein Morgen geben, aber verlier dabei nicht gänzlich den Kopf, verstanden?«

Es sollte mich eigentlich nicht mehr überraschen, etwas Derartiges von meinen Eltern zu hören. Andere warnten ihre Kinder davor, keinen Mist zu bauen und nichts zu tun, was sie später bereuen könnten. Meine schienen es eher darauf anzulegen, dass ich mal richtig einen draufmachte. Aber Gefallen würde ich an so etwas nie finden. Irgendwann würden auch sie einsehen müssen, dass ich der geborene Stubenhocker war. Für die Welt da draußen war ich einfach nicht geschaffen.

»In Ordnung, Dad«, erwiderte ich mit einem gequälten Unterton und schaffte es endlich, mich von ihm loszueisen.

Dad bot an, mich mit dem Auto zur Schule zu fahren. Ich wollte protestieren, denn wenn jemand mitbekam, dass mein Dad mich persönlich mit dem Streifenwagen vor dem Schuleingang abgesetzt hatte, dann würde ich auch heute offiziell zum Gespött der Leute werden. Daher schlug er vor, mich eine Straße vorher rauszulassen und ich gab nach. Die meisten würden wahrscheinlich mit ihren eigenen Autos kommen, die sie zu ihrem *Sweet 16* bekommen hatten.

Mum gab mir noch einen Kuss auf die Wange und rieb ihren Lippenstift mit dem Ärmel von meiner Haut. Zurück blieb ein geröteter Fleck in meinem Gesicht, der bis zur Ankunft an der Schule sicherlich nicht verschwunden sein würde.

Sie murmelte noch etwas davon, wie sehr sie sich für mich freue, aber Dad schnitt ihr das Wort ab, als er die Tür öffnete und ihr zurief, er wäre in ein paar Minuten wieder zuhause. Vermutlich freuten sie sich auch auf ungestörte Zweisamkeit. Ich hatte noch nie darüber nachgedacht, dass sie sich vielleicht durch meine ständige Anwesenheit gestört fühlen könnten. Das Haus war zwar groß und wenn man es darauf anlegte, dann war es möglich, sich tagelang nicht darin zu begegnen, aber es war etwas anderes, wenn man mit Sicherheit sagen konnte, dass niemand sonst anwesend war.

Ich folgte meinem Dad die Stufen vorm Haus hinab und stieg in den dunklen Polizeiwagen.

Für ein paar Minuten hatte sich eine angenehme Stille im Wagen ausgebreitet, während die schicken Häuser der Wohlhabenden an uns vorbeizogen. Soviel ich wusste, musste in einem davon auch Adam wohnen.

»Das wird sicherlich ein unvergesslicher Abend. Lebensverändernd«, murmelte er und auf seine Lippen legte sich ein spöttisches Lächeln. Dad war ein Partymuffel und der Apfel fiel bekanntlich nicht weit vom Stamm.

»Kannst du mich hier bitte rauslassen?« Die letzten hundert Meter würde ich laufen können.

»Ah, ich versteh schon. Ist nicht besonders cool, wenn man von seinem Alten zum Homecomingball gefahren wird«, schlussfolgerte er und blinkte, um am Straßenrand Halt zu machen.

Ich druckste herum, aber gab auf, als er abwinkte.

»Hab´ einen schönen Abend.«

Ich öffnete die Autotür und stieg aus. Schon von hier aus war die Musik zu hören, die aus der Schule kommen musste. »Danke, Dad.«

Bevor er den Wagen startete, warf er mir ein väterliches Lächeln zu und hob zum Abschied noch einmal die Hand.

Ein paar Sekunden lang blieb ich da stehen, wo er mich abgesetzt hatte und rührte mich nicht. Meine Beine fühlten sich an wie Blei. Auf einmal war ich mir gar nicht mehr so sicher, ob ich es überhaupt schaffen würde, das Schulgelände, geschweige denn die Festhalle, zu betreten.

Was machte ich eigentlich hier?

Jeder wusste, dass ich nicht hierhergehörte, auf so einer Feier nichts zu suchen hatte. Ich am besten von allen. Ich wusste nicht einmal, ob die *Devils* den Titel geholt hatten.

Ich hatte immer noch Zeit umzukehren und einen langen, ausgiebigen Spaziergang zu machen.

Allerdings würde ich es vielleicht tatsächlich irgendwann bereuen, wenn ich nicht ein einziges Mal in meinem Leben auf einem Homecomingball gewesen wäre. Jetzt oder nie hieß es also. Ich wollte zumindest einen Blick auf Adam werfen.

Ich stakste über den Parkplatz und versuchte, mein hämmerndes Herz zu beruhigen. Nervös blickte ich umher und hielt nach bekannten Gesichtern Ausschau.

An einigen Autofenstern hingen Bändchen in schwarz, rot und weiß, den Schulfarben. Jeder Laternenpfahl, jedes Fenster, im Grunde jede freie Stelle war mit dem Schulbanner, das ein rotes R zeigte, tapeziert worden.

Mit schweißnassen Händen bahnte ich mir meinen Weg zum Eingang der Turnhalle, deren Flügeltüren weit offenstanden. Schon von Weitem sah ich, dass vermutlich mehr Leute gekommen waren, als auf unsere Schule gingen. Wahrscheinlich hatten einige auch Verabredungen von anderen Schulen mitgebracht.

Das Schauspiel, welches sich vor meinen Augen abspielte, entsprach in jeder Weise dem Klischee, das ihm vorauseilte. Der Festsaal, in den sich die Sporthalle verwandelt hatte, war in sanftes, violettes Licht getaucht. Unzählige Lampions, Balloons, Luftschlangen und Konfetti waren an der Decke aufgehangen und auf den Tischen verstreut worden. Ich kam mir vor wie die lächerliche Nebenfigur in einem ebenso lächerlichen Highschoolfilm.

Erst einmal würde ich die Lage sondieren, bevor ich mich unter die Leute mischen würde.

Ein DJ, der auf der Bühne sein Equipment aufgebaut hatte, spielte Songs, die ich in meinem Leben noch nie gehört hatte. Trotz der schlechten Musikauswahl war jeder Zentimeter der Tanzfläche belegt und man rieb seine Körper zu wummernden Beats aneinander.

An der gegenüberliegenden Wand hatte man mehrere Tische aneinandergereiht und sie mit Knabberzeug, roten Pappbechern und der üblichen Bowle bestückt.

Ich war mir sicher, dass man hier Spaß haben konnte, wenn man es drauf anlegte. Vorausgesetzt man kannte hier genügend Leute, die man mochte und man hatte ein passables Date an seiner Seite. Lange würde ich mich hier sicherlich nicht aufhalten, denn schon jetzt fühlte ich mich schief angeguckt.

Ein paar Schritte weiter erkannte ich Hannah, die mit einer Freundin an einem der Stehtische stand und an ihrer Bowle schlürfte. Sie sah umwerfend aus, soweit ich das beurteilen konnte. Ihr smaragdgrünes Kleid stand in einem augenschmeichelnden Kontrast zu ihren Haaren, ihrer Haut und ihren großen Augen, die sie heute etwas dunkler geschminkt hatte als üblich. Der tiefe Ausschnitt lenkte meinen Blick auf ihr Dekolleté, das von einem Kollier geziert wurde, an dem ein Stein in der Größe einer Kartoffel funkelte.

Mir wurde erst bewusst, dass ich immer noch im Eingang stand und sie begaffte, als mich jemand anrempelte und mich grob aus dem Weg schob. Hastig trat ich zur Seite und sah mich nach einem ruhigen Plätzchen um, wo ich niemanden störte.

Den Aufsichtslehrern schien es genauso zu gehen wie mir. Sie fühlten sich vermutlich ebenso deplatziert, unerwünscht und einfach fehl am Platz. Der Einzige, dessen Miene sich aufhellte, als er mich erblickte, war Mr. Martin. Er nickte mir zu und hob seinen

Pappbecher, als würde er einen stummen Toast auf mich aussprechen.

Mit meinem Erscheinen hatte wohl wirklich niemand gerechnet.

Ich zwang mich dann dennoch, mich in Bewegung zu setzen, schließlich konnte ich nicht stundenlang in der Ecke stehen bleiben, ohne wie ein Häufchen Elend auszusehen, und das würde den anderen nur wieder einen Grund geben, um sich über mich lustig zu machen. Wenigstens heute Abend sollte das nicht passieren. Vermutlich waren ohnehin alle so sehr versunken in ihrem eigenen Traum, dass sie kaum etwas von mir mitbekamen.

Vorsichtig und bedacht darauf, mit niemandem zusammenzustoßen, bahnte ich mir meinen Weg durch die immer voller werdende Halle und suchte nach einem geeigneten Platz für mich. Im Vorbeigehen erkannte ich Stewart an einem der Tische sitzen und er warf seiner Tischnachbarin, die seine Begleitung zu sein schien, schmachtende Blicke zu.

Natürlich freute ich mich für ihn, auch wenn sich mir die Frage aufdrängte, wie er es zu einem Date gebracht hatte. Und dann gleich mit einer von Hannahs Freundinnen.

Ich musterte das Mädchen, von dem ich wusste, dass es Melanie hieß und versuchte zu deuten, was hinter ihrer gerunzelten Stirn vor sich ging. Besonders glücklich sah sie nicht aus. Ob das wohl an Stewart lag? Was hatte sie dann wohl dazu bewegt, mit ihm hierherzukommen? Sicherlich hatte er Qualitäten, die seine rauen, trockenen Hände, die fettige Stirn und den unansehnlichen roten Flaum auf seiner Oberlippe aufwerten konnten, aber die schien Melanie noch nicht gefunden zu haben.

An dem Tisch, wo sie zusammen mit zwei anderen Schülern saßen, die ich nicht besonders gut kannte und noch nicht einmal ihre Namen wusste, war ein Platz frei.

Mit einem letzten Blick durch den Raum vergewisserte ich mich, dass dies der einzige freie Platz war, an dem ich ungestört sitzen konnte. Ich überwand die letzten Meter mit unsicheren Schritten und machte mit einem verlegenen Räuspern auf mich aufmerksam.

»Kann ich mich hier hinsetzen?« Ich deutete auf den offenbar unbesetzten Stuhl.

»Wenn es sein muss.« Stewart klang mürrisch und würdigte mich keines Blickes. War selbst er mittlerweile zu cool für mich?

Mir stieg die Hitze in die Wangen und ich trat nervös von einem Bein aufs andere. Gerade überlegte ich mir, kehrt zu machen und einfach wieder zu verschwinden, da legte sich eine Hand auf meine Schulter.

»Du bist also echt gekommen.«

Die warme Stimme von Adam drang an mein Ohr und er stand so dicht hinter mir, dass ich seinen Atem in meinem Nacken spüren konnte. Mein Herz machte einen aufgeregten Hüpfer.

»Ein Fehler, wie ich feststelle«, entgegnete ich, drehte mich zu ihm herum und sah ihm ins Gesicht. In seinem dunklen Anzug und dem weißen Hemd darunter sah er schmerzhaft schön aus. Ich betrachtete ihn und studierte jeden Zentimeter seines Körpers, jede seiner Regungen.

Er bemerkte die Ansteckblume und der Hauch eines Lächelns stahl sich auf seine Lippen.

»Kann ich dich kurz entführen? Das heißt, solange Stewart dich entbehren kann?« Er nickte in die Richtung der offenen Tür, die zu den Klassenräumen führte.

Ich wollte im Boden versinken, als ich Stewarts höhnisches Schnauben hörte. Adams Lächeln war zwar aufbauend, aber mir kroch dennoch die Schamesröte ins Gesicht.

»Komm.« Eine flüchtige Berührung unserer Hände schien

meinen Körper unter Strom zu stellen und ich setzte mich ein wenig widerwillig in Bewegung, um ihm zu folgen. Wie gerne wäre ich in diesem Moment naiv und nichtsahnend gewesen, aber ich wusste ganz genau, worauf dies hinauslaufen würde.

Wir gingen so lang durch die leeren Schulgänge, bis die Musik verhallt war und ich das Surren der LED-Lampen über unseren Köpfen hören konnte. Abrupt blieb er an den Spinden stehen und drehte sich zu mir um. Da lag etwas in seinem Blick, von dem mir ganz flau in der Magengegend wurde. Etwas Lauerndes, Verheißungsvolles.

»Sam …«

Und dann kam erst einmal eine Weile nichts mehr. Er trat unruhig von einem Bein aufs andere und vergrub die Hände in die Taschen. War er nervös und wenn ja, sollte ich das auch sein?

»Danke für dein Geschenk«, brach ich das Schweigen, um es ihm zu erleichtern und versuchte es mit einem Scherz. »Bestechungsgeschenke mag ich am liebsten.«

Jetzt sag doch endlich was, flehte ich in Gedanken. Mit seinem Schweigen spannte er mich auf die Folter.

»Ich hätte nicht gedacht, dass so ein Aufsehen um das alles hier gemacht wird. Ich meine, das ganze Essen und diese Deko. Dafür muss man doch Stunden, wenn nicht sogar Tage gebraucht haben.«

»Sam.« Er hob die Hand und brachte mich zum Schweigen. Dann öffnete er den Mund und schloss ihn wieder. Es vergingen einige weitere quälende Augenblicke des Schweigens, in denen er mir fest in die Augen blickte und zu ergründen schien, was in meinem Hinterstübchen vor sich ging.

»Ist es nicht eigentlich etwas anderes, über das wir sprechen sollten als über den Ball?«

Ich hätte wissen sollen, was auf mich zukommt. Er wollte über diese filmreife Szene im Auto sprechen, über das, was er ... was *wir*, getan hatten. Mir wurde heiß und kalt zugleich. Einen irrsinnigen Moment lang ging mir durch den Kopf, mich einfach umzudrehen und wegzurennen, ihn hier stehenzulassen und nie wieder in die Schule zu kommen.

»Du weiß doch was ich meine, oder?«

»Wir müssen nicht darüber reden, Adam. Ich weiß, dass es nur ein Versehen war.«

»Ein Versehen?«, wiederholte er und runzelte die Stirn. »Meinst du meine Lippen sind zufällig auf deinem Mund gelandet?«

Mein Kopf glühte und ich wandte ihn ab, um seinem durchdringenden Blick zu entgehen. Warum fühlte ich mich gerade so schuldig, als wäre ich derjenige, der all dies verursacht hatte? Ich war schließlich das Opfer in dieser Situation gewesen, er hatte mir ungefragt seinen Kuss aufgedrängt. Ein Kuss, bei dem mir ganz schwindelig geworden war, bei dem die Schmetterlinge in meinem Bauch einen kleinen Wirbelsturm verursacht hatten und ich mir gewünscht hatte, er wäre nicht so schnell vorbei gewesen. Ein Kuss, von dem ich mir nichts mehr erhofft hatte, als dass er aufrichtig war.

»Können wir das nicht einfach vergessen?« Ich wollte dieses Thema so schnell wie möglich hinter mich bringen. »Du solltest lieber Hannah küssen.«

Er gab einen verächtlichen Laut von sich und drehte sich leicht zur Seite weg, fuhr sich durchs Haar, als würde er sich über meine Dummheit ärgern. »Die ganze Welt dreht sich immer nur um Hannah, die heilige Hannah ... Aber ich weiß, dass sich Liebe nicht so anfühlen sollte wie das, was ich für sie empfinde.«

Er trat einen Schritt auf mich zu und griff nach meiner Hand. Ein Teil von mir wollte ihn von mir stoßen, denn die plötzliche

Nähe überrumpelte mich, aber der andere Teil genoss die Wärme seines Körpers und wollte den letzten schmalen Abstand zwischen uns überwinden. Tausend Gedanken gingen mir durch den Kopf und ich wusste nicht, was ich tun oder sagen sollte. Was, wenn ich alles missverstand? Ich wollte nicht in irgendein Fettnäpfchen treten.

»Du bist der intelligenteste Junge, den ich kenne, Sam, wie kann es sein, dass gerade du es nicht verstehen willst? Ich dachte, es liegt auf der Hand.«

»Was liegt auf der Hand?« Mein Herz klopfte so hart in meiner Brust, dass ich fürchtete, er würde es hören können.

Je länger mir Adam in die Augen blickte und meine Hand hielt, desto größer wurde der Funken Hoffnung in mir, dass er im nächsten Moment das sagen würde, was ich mir in meinen kühnsten Träumen nicht ausgemalt hätte. Gerade in dem Augenblick, als sein Mundwinkel zuckte und er Anstalten machte, das Wort zu ergreifen, durchdrang ein monotones Brummen die Stille.

»Entschuldige.«

Mein ewig stummes Handy vibrierte in meiner Hosentasche und ich entzog ihm meine Hand, um danach zu kramen. Die Tatsache, dass es klingelte, beunruhigte mich. Das konnte nichts Gutes bedeuten.

»Geh ran.« Adam wandte sich ab und sah etwas geknickt aus.

Ich dachte darüber nach, den Anruf einfach abzulehnen, damit er endlich das sagen konnte, was ihm auf der Zunge lag. Aber stattdessen drückte ich auf den grünen Hörer, um abzunehmen und legte die andere Hand ans Ohr.

»Sam? Sammy, bist du dran?« Mums Stimme überschlug sich beinah. Sie klang aufgelöst, mehrere Stimmen redeten im Hintergrund durcheinander.

»Mum, alles okay?«

Adam zog die Brauen hoch und sah mich fragend an. Er wollte schon etwas sagen, aber ich hob die Hand, um ihm das Wort abzuschneiden.

»Es geht um Grandpa ...«, begann sie langsam und es schnürte mir die Kehle zu. »Wir sind im Krankenhaus ... du solltest am besten gleich vorbeikommen.«

»Was ist passiert?« Meine Stimme klang merkwürdig fremd in meinen eigenen Ohren.

Es schien, als rang sie um Worte, dann hörte ich wie sie geräuschvoll die Nase hochzog. Das genügte als Antwort.

»Ich bin unterwegs, Mum«, presste ich noch hervor und legte auf. Um mir irgendeinen Halt zu sichern, sank ich gegen die Spinde und ließ das Telefon sinken.

»Ich muss ins Krankenhaus. Mein Grandpa ...« Obwohl ich mich bewegen wollte, losrennen, um so schnell wie möglich bei meiner Familie zu sein, konnte ich mich keinen Zentimeter rühren.

Adam schien verstanden zu haben, denn er legte mir die Hand auf die Schulter und zog geistesgegenwärtig seinen Autoschlüssel aus der Hosentasche hervor.

Fahrig schüttelte ich den Kopf und stieß mich von der Wand ab. »Ich werde laufen, das Krankenhaus ist nicht weit.« Ich versuchte mich zu beruhigen, atmete ein paar Mal tief ein und aus. Immer und immer wieder sagte ich mir, dass es ihm schon gut ginge. Er war schließlich schon ein Mann im gesetzteren Alter, und eine Menge älterer Herrschaften hatten andauernd kleinere Unfälle, stürzten unglücklich und verstauchten sich dabei den Knöchel. Aber Grandpa war noch kein klappriger Greis, der sich nicht auf den Beinen halten konnte.

»Bist du sicher?«

Ich antwortete Adam nicht mehr, denn ich bahnte mir schon meinen Weg zum Ausgang. Das alles kam mir vor wie ein Traum, ein Albtraum.

Noch nie in meinem Leben war ich so schnell gerannt wie jetzt.

Meine Füße flogen über den asphaltierten Boden der Hauptstraße, berührten kaum noch den Untergrund. Die Nacht war kalt geworden und die Luft stach wie tausende kleine Nadeln in meine Haut. Das Einzige, was ich hören konnte, war das ohrenbetäubende Rauschen des Blutes in meinen Ohren und das Wummern meines Herzens. Meine Gedanken überschlugen sich, meine Gefühle brachen mit einer solchen Wucht über mich herein, dass sie mich zu erdrücken drohten. Mit aller Macht versuchte ich mich an den letzten Funken Hoffnung zu klammern, der mit jeder weiteren Sekunde, jedem weiteren Meter, den ich auf das Krankenhaus zurannte, erlosch.

Ich stieß die schweren Flügeltüren auf und meine Schritte wurden erst in den sterilen, weißen Fluren zur Notaufnahme langsamer. Am Ende des Ganges sah ich meine Eltern stehen. Mum hatte das Gesicht in den Händen vergraben, ihre Schultern bebten, während Dad ihr den Arm um den Rücken gelegt hatte und sie an sich zog. Ein hochgewachsener, junger Arzt im weißen Mantel und mit Klemmbrett bewaffnet, redete mit leiser, beruhigender Stimme auf sie ein. Nervös rückte er die Brille auf seiner Naser zurecht und warf meinem Vater einen hilfesuchenden Blick zu.

In meinem Körper verkrampfte sich jeder Muskel, als ich die beiden so dort stehen sah.

»Samuel.« Dad schien mich bemerkt zu haben und ließ Mum

los, die sich die Tränen mit dem Ärmel ihres Pullovers wegwischte.

Mit schweren Schritten ging ich auf sie zu. Der Gang schien immer länger zu werden und es dauerte eine gefühlte Ewigkeit, bis ich sie erreicht hatte.

Kaum stand ich an ihrer Seite, beging ich den Fehler, einen Blick in den Raum zu riskieren, vor dem sie die ganze Zeit über gestanden hatten.

Dort lag er. Gebettet auf einem mit weißen Laken überzogenen Bett. Völlig regungslos.

»Das kann nicht sein.«

Ich hatte das Gefühl eine Treppenstufe verpasst zu haben und ins Leere zu tappen. Mir blieb das Herz stehen, der Atem setzte aus und ich war wie erstarrt vor Angst. Genau wie beim letzten Mal als ein lebloser Körper vor mir gelegen hatte.

Wie eine Welle brach die Trauer über mich herein, als hätte ich völlig vergessen, wie schwer ihre Last war. Erdrückend.

Etwas schnürte mir die Kehle zu und ich spürte, wie heiß mein Gesicht wurde.

Ich hörte, dass jemand meinen Namen sagte, aber die Stimme klang wie ein Echo am Ende eines langen, tiefschwarzen Tunnels. Ich nahm sie kaum war.

Meine Füße bewegten sich wie von selbst, als ich über die Schwelle in das Zimmer der Notaufnahme trat.

Mit einem weißen Tuch hatte man ihn bis zur nackten Brust verhüllt, seine Arme lagen zu seinen Seiten. Ich konnte den Anblick kaum ertragen. Alles in mir sträubte sich dagegen, zu glauben, dass er ... tot war.

Tot. Ich würde ihn nie wiedersehen. Wir würden keine Abende mehr miteinander verbringen und am Kamin sitzen, Tee trinken. Ich würde ihn nie wieder lächeln sehen, er würde mir auch nie mehr seine Hand auf die Schulter legen und versprechen, dass alles gut werden würde.

Nichts war gut, denn ich würde bald genauso an seinem offenen Grab stehen, wie ich es bei Tylers Beerdigung getan hatte. An der tiefen, dunklen Grube in der Erde, die seine Grabstätte sein sollte, hatte man seinen Sargdeckel geschlossen. In diesem Moment hatte ich meine letzten Tränen vergossen, denn so wie der hölzerne Sarg in dem schwarzen Loch vergraben wurde, vergrub ich auch meine Tränen, meine Trauer und mit ihnen jedes andere Gefühl, das mich verletzbar machte.

Und jetzt, wo ich Grandpa leblos vor mir liegen sah, wo ich seine tote, kalte Hand berührte, spürte ich sie heiß meine Wangen hinunterlaufen. Meine Schultern bebten und das fast lautlose Weinen, das ich mir erlaubte, ließ meinen Körper bis in mein Innerstes erzittern.

»Es war ein Herzinfarkt. Die Ärzte haben versucht, ihn zu reanimieren«, hörte ich meinen Dad sagen, der hinter mir aufgetaucht war und mir eine Hand auf die Schulter legte.

Ich wollte ihn abschütteln, weglaufen, das alles hinter mir lassen und so tun, als hätte ich den Leichnam nie gesehen. Ich würde meine Augen schließen und darauf warten, dass ich aus dem Schlaf erwachte. Denn das hier konnte nur ein Traum sein.

Kapitel 7

Es war kein Traum. Jeder weitere Morgen, an dem ich die Augen aufschlug und ich den Schmerz in meiner Brust spürte, ließ meine Hoffnungen auf Besserung weiter schwinden und der Tag der Beerdigung rückte immer näher.

Ein paar Tage waren seit dieser Nacht vergangen und ich hatte sie allesamt weitestgehend in meinem Zimmer verbracht. Einige Male war Dad nach oben gekommen und hatte an die Tür geklopft, aber ich hatte nicht reagiert. Am zweiten Tag rief die Schule an, um sich nach meinem Befinden zu erkundigen, aber er hatte sie zu meiner Erleichterung jedes Mal abwimmeln können und entschuldigte mich für den Rest der Woche.

Mir war klar, dass es nicht ewig so weitergehen konnte, denn irgendwann musste das Leben weitergehen. Ich würde mich mit der Tatsache abfinden müssen, dass ich Grandpa nie wiedersehen würde. Und das Schlimmste daran war, dass es den Rest der Welt nicht interessierte. Für mich stand die Zeit still. Aber die Erde drehte sich immer weiter. Auch ohne uns.

Vor einer guten halben Stunde hatte ich mich aus dem Bett gequält und an den Schreibtisch gequält. Der gute Vorsatz, etwas für die Schule zu tun, hatte sich allerdings nicht umsetzen lassen. Stattdessen saß ich einfach da und schaute aus dem Fenster. Die letzten goldgelben Blätter segelten zu Boden und bedeckten ihn mit einem Teppich aus frostigem Laub. So früh am Morgen hing noch leichter Nebeldunst tief über dem Heidekraut.

Ich zuckte zusammen, als ich ein Geräusch wahrnahm, das mich zum Bett blicken ließ. Das Handy vibrierte und gab ein penetrantes Piepsen von sich. Ich hatte nicht den leisesten Schimmer, was es zu melden hatte, denn wer sollte mir schon schreiben? Trotzdem siegte die Neugierde und ich stand auf, um einen Blick darauf zu werfen. Vermutlich war einfach der Akku leer.

Das Display leuchtete auf, als ich die seitliche Taste drückte. Ein neues Chatfenster öffnete sich automatisch und der Name des Absenders wurde mir angezeigt. Adam hatte mir eine Nachricht geschrieben.

Hallo, Samuel. Es tut mir so wahnsinnig leid. Wenn ich etwas für dich tun kann oder wenn du einfach nur reden willst …

Mein Herz zog sich zusammen und ich sog die Luft ein. Damals, als er meine Nummer in seinen Kontakten gespeichert hatte, hätte ich nicht damit gerechnet, dass er mir tatsächlich schreiben würde. Ob ich ihm eine Antwort schicken sollte? Vielleicht machte er sich ja tatsächlich Sorgen um mich.

Danke für das Angebot, Adam. Aber mir ist nicht nach Reden zumute.

Zwei blaue Haken erschienen unter meiner Antwort. Gleich darauf leuchteten drei Punkte in der oberen Ecke, die sogleich wieder verschwanden. Endlose Augenblicke lang starrte ich aufs Handy und fragte mich, ob er noch einmal zurückschreiben würde. Vielleicht hatte er es aufgegeben, hartnäckig bleiben zu wollen. Ich wollte es schon wieder aus der Hand legen, da kam die nächste Nachricht an.

> Stoß mich nicht wieder von dir weg, gerade jetzt wo wir Freunde geworden sind ...

Freunde? Ich hätte nicht gedacht, dass er in mir so etwas wie einen Freund sah. Aber das war noch nicht alles:

> Ich möchte dich in dieser Situation nicht alleine lassen. Es wäre schön, wenn wir darüber reden würden. Ich möchte nicht, dass du deine Gefühle vor mir verstecken musst.

Mein Herz machte einen kleinen Satz und ich fühlte mich unsagbar schlecht dabei. Wie konnte es sein, dass seine Worte mich für einen kurzen Moment so glücklich machten, wo ich doch so unglaublich traurig war? Man konnte doch nicht so gegensätzliche Gefühle gleichzeitig empfinden. Oder war ich in den letzten Jahren zu so einem emotionalen Krüppel gereift, dass ich gar keine Ahnung mehr von etwas dergleichen hatte? Ich würde Adam sicher nicht mein Herz ausschütten und mich an seiner Schulter ausweinen, aber vielleicht war es nicht schlecht, nicht ganz allein in solchen Zeiten zu sein. Möglicherweise war es ja hilfreich, mit jemandem darüber zu reden, der nichts mit der ganzen Sache zu tun hatte.

Was allerdings auch heißen würde, dass ich mich selbst mit den Gefühlen auseinandersetzen musste, und da blieb ich doch lieber in meiner Komfortzone.

In Ordnung.

Mist. Ich hatte die Buchstaben getippt, bevor ich ausreichend darüber nachgedacht hatte.

Gute Antwort, ich stehe nämlich schon vor eurer Haustür.

Ich hatte keine Zeit, mich über diese Antwort zu wundern, denn im nächsten Moment hörte ich die Türklingel läuten.

Das konnte unmöglich Adam sein. Panik stieg in mir auf, als ich durch mein Zimmer blickte. Hier sah es katastrophal aus, vor allem sah *ich* katastrophal aus. Ich hatte mir seit sicherlich drei Tagen nicht mehr die Haare gekämmt.

»Samuel!«, hörte ich die Stimme meines Vaters.

Ich fuhr mir mit den Fingern durch die Haare, um das Nest auf meinem Kopf zu bändigen, bevor ich mein Zimmer verließ und nach unten ging. Die Situation kam mir so unwirklich vor. Es war ewig her, dass jemand and der Tür geklingelt hatte, um mich zu sehen. Ich blieb an der obersten Stufe stehen, als ich Adam etwas sagen hörte.

»Ihr Verlust tut mir sehr leid, Mr. Baudelaire.«

Mein Vater gab einen brummenden Laut von sich, der dankend gemeint war. Ich erinnerte mich daran, dass Dad sich nicht sehr positiv über die Lockwoods geäußert hatte und ich fragte mich, ob er Adam auf Anhieb nicht leiden konnte.

Langsam trat ich die letzten Stufen herunter und sah Adam auf der Schwelle der Tür stehen. Dad hatte sich mit breiter Brust vor ihm aufgebaut und machte nicht den Eindruck, als würde er ihm Einlass gewähren wollen. Er wandte sich zu mir um und warf mir einen teils fragenden, teils überraschten Blick zu.

»Hey«, kam es von Adam und ein Lächeln stahl sich auf seine Lippen. Seine grauen Augen glitten über mein wenig ansehnliches Äußeres und ich wandte schnell den Blick von seinem Gesicht ab.

»Hey.« Mehr bekam ich gerade einfach nicht raus.

»Adam sagt, er bringt dir die Hausaufgaben der letzten Tage.« Dad blickte zwischen uns beiden hin und her, als suchte er nach Dingen, die bisher unausgesprochen geblieben waren. »Ich lasse euch dann mal alleine.« Er legte mir im Vorbeigehen die Hand auf die Schulter und drückte sie leicht.

Als er in der Küche verschwand, schwiegen wir uns viele endlose Augenblicke an, bis Adam sich schließlich verlegen räusperte. »Darf ich reinkommen?«

»Nein. Besser wir gehen raus«, warf ich ein. Das hier war mein Rückzugsort, meine bisher uneingenommene Festung.

»Wie du möchtest.« Er klang ein wenig enttäuscht, aber das wusste er mit einem Lächeln zu überspielen.

»Wir können in den Garten gehen«, schlug ich vor und er hatte nichts einzuwenden.

Ich zog mir rasch meine Stiefel an und zog eine Jacke über mein Sweatshirt. Für diese Jahreszeit war es wirklich schon kühl geworden und wer wusste schon, wie lange er sich mit mir unterhalten wollte.

Wir umrundeten das Haus über die Veranda und stiegen die Treppen hinunter. Schweigend bahnten wir uns den Weg durch das hohe Gras und er bückte sich um einen der Halme zu pflücken. Er warf mir Seitenblicke zu, die mich ganz schön nervös machten.

»Das mit deinem Großvater tut mir wirklich leid. Ich weiß, dass er dir sehr wichtig war.« Er kam direkt zum Punkt und ich fühlte mich ein wenig überrumpelt, obwohl ich wusste, dass er genau deswegen hier war.

»Danke.«

»Wie fühlst du dich?«, stocherte er weiter.

»Mies ...« Mir wurde bewusst, dass ich zum ersten Mal seit Langem eine ehrliche Antwort auf diese Frage gab.

Wir blieben an den Zypressen stehen und lauschten dem Plätschern des Brunnens. Einen Augenblick lang sahen wir uns schweigend in die Augen, dann war er wieder da, dieser Moment, dieses Gefühl als gäbe es eine magnetische Anziehung zwischen uns beiden. Und als würde er es auch spüren, zuckten seine Finger und er streckte die Hand nach mir aus. Seine Fingerspitzen glitten an meinem Arm hinab und er umschloss meine Hand. Mir hämmerte das Herz in der Brust und ich wollte schon einen Schritt zurücktreten, er machte allerdings einen so entschlossenen Eindruck, dass ich befürchtete, er würde mich festhalten.

»Ich möchte für dich da sein.« Beim Klang seiner Stimme rann mir ein wohliger Schauer über den Rücken und die Trauer war vorerst vergessen, viel zu sehr fesselten mich die grauen Augen und zogen mich in ihren Bann. Ich wusste, mein schlechtes Gewissen würde sich bald melden.

»Ist dir nicht klar, warum ich hier bin?«

Mir brach regelrecht der Schweiß aus und ich wollte die Hand zurückziehen, aber er hielt sie eisern fest. Ich wusste nicht genau, ob er eine Antwort erwartete, deshalb murmelte ich nur etwas Unverständliches und wandte den Blick ab.

»Ginge die Welt zu Ende und ich könnte mir einen einzigen Menschen aussuchen, der sich die Einsamkeit mit mir teilt, dann wärst du es, Sam.«

Es war eindeutig. Auf der Arbeit im Buchladen hatte er vermutlich genügend Zeit, die Romane von Rosamunde Pilcher zu lesen und die besten Verse daraus auswendig zu lernen.

Adam ließ mich los, aber nur um seine Hand an meine Halsbeuge zu legen. Federleicht streifte sein Daumen meine Wange und ich erstarrte zur Salzsäule. Ein wohliges Kribbeln breitete sich in meinem Körper aus und ich fühlte mich schuldig, dass ich überhaupt etwas empfand, das sich so gut anfühlte. Er hatte sich einen denkbar schlechten Zeitpunkt dafür ausgesucht, mir so etwas zu sagen. Ich sollte um Grandpa trauern und über seinen Verlust tausende von Tränen vergießen. Aber in den letzten Tagen hatte ich so viel geweint, und etwas in mir wollte die Empfindungen erkunden, die ich so lange in mir verscharrt hatte.

»Möchtest du nichts dazu sagen?« Seine Stimme klang unsicher und ein bisschen holprig.

»Du bringst mich in Verlegenheit, wenn du sowas sagst. Ich mag dich auch Adam, wenn es das ist, was du mir sagen willst. Genau das wolltest du doch erreichen oder nicht? Du wolltest, dass wir Freunde werden.«

Er seufzte leise und zog die Hand zurück, um sich durch das

Haar zu fahren. Sein Schweigen gab mir genug Zeit, um ihn zu betrachten. Es war nicht so, als hätte ich nicht schon jede noch so kleine Stelle seines Körpers bestaunt, und ich würde lügen, wenn ich behauptete, dass mir nicht gefiel, was ich sah. Schließlich hatte ich mir die Konturen seines Körpers vorgestellt, als ich mich das letzte Mal selbst berührt hatte. Ich erinnerte mich daran wie sich die Vorstellung seines Gewichts auf mir angefühlt hatte, seine weichen Hände, die bis zu meinen Lenden streichelten und sein Mund, der mich liebkoste. Die Erinnerung daran trieb mir immer noch die Schamesröte ins Gesicht. Wenn er in diesem Moment Gedanken lesen könnte …

Der V-förmige Ausschnitt seines Shirts ließ die Brustmuskeln, die er durch das intensive Footballtraining aufgebaut hatte, erahnen. Die wenigen Härchen auf seinen Armen schimmerten beinah golden in der Sonne und ich fragte mich, ob sie so weich waren, wie sie aussahen.

Innerlich wollte ich mir eine Ohrfeige für diesen Gedanken geben. Ich hätte niemals gedacht, dass ich mich so fühlen würde, dass ich so etwas denken würde. Warum musste es ausgerechnet Adam sein, der diese Gefühlsregungen in mir auslöste? Ich wollte nicht so weit gehen und behaupten, dass meine Gefühle etwas mit Verliebtheit zu tun hatten - dazu hatte ich viel zu wenig Erfahrung in der Liebe -, aber ich war geneigt, sie näher zu ergründen.

»Du machst mich wirklich schwach.« Er seufzte leise und es klang ein wenig verzweifelt, als wäre er es leid mir alles vorkauen zu müssen. Aber ich wollte keine voreiligen Schlüsse ziehen und in irgendein Fettnäpfchen treten. Es war schließlich Adam, der hier vor mir stand, und nicht irgendwer.

»Ich mag dich nicht nur auf diese Weise«, fing er langsam an und ich hielt den Atem gespannt an, blieb regungslos und aufmerksam, um nicht eines seiner Worte zu verpassen.

»Das war nur ein Vorwand, um irgendwie mit dir ins Gespräch zu kommen. Du bist schließlich fast unnahbar, ich wusste überhaupt nicht, wie ich an dich rankommen sollte. Aber damals als Tyler ...« Er hielt kurz inne, um meine Reaktion abzuwarten, aber ich wollte ihn ausreden lassen. »Ihr wart einfach unzertrennlich und ich habe nicht die Möglichkeit gesehen, dich auf mich aufmerksam zu machen. Und nach dem Unfall ... Da warst du wie ausgetauscht. Früher hast du so viel gelacht, und von dem Tag an habe ich dich nicht ein einziges Mal mehr auch nur lächeln gesehen.«

Ich sog Adams Worte in mich auf und versuchte all die Informationen, die in diesen wenigen Sätzen steckten, zu verarbeiten. Aber ich konnte kaum klar denken, denn die Gefühle in mir spielten verrückt.

»Dieser Kuss neulich ... darauf habe ich so verdammt lange

gewartet und ich will nicht, dass er der letzte bleibt.« Er machte einen Schritt auf mich zu.

»Adam!« Ich hatte das Gefühl, ich musste ihn zur Besinnung bringen. »Das geht mir etwas zu schnell.« Ich drehte mich zur Seite und verschränkte die Arme vor der Brust. Mein Herz pochte in meiner Kehle und ich versuchte, mir nicht anmerken zu lassen, was seine Worte bei mir auslösten. Die Gefühle reichten von Verwirrung bis Freude und dieses Spektrum musste ich erst einmal ordnen.

»Tut mir leid.«

Bevor ich ihn vollständig abwimmeln konnte, schien er noch einmal eine Chance ergreifen zu wollen. »Ich möchte etwas mit dir unternehmen, lass uns irgendwo hinfahren, raus aus Ravenswood. Ein Tag nur für uns beide allein.«

Ich wusste nicht genau, was ich davon halten sollte. Hier kannte jeder jeden und Adam als erstklassiger Spieler des abgehenden Jahrgangs war ohnehin bekannt wie ein bunter Hund, jeder würde sich nach uns umdrehen, wenn wir zu zweit irgendwo auftauchten. Dass sein Vater ein Topanwalt und vermutlich einer der wohlhabendsten Männer der Stadt war, machte die Sache nicht gerade leichter. Und außerdem war er immer noch mit Hannah zusammen. Natürlich war er da nicht unbedingt scharf drauf, mit mir gesehen zu werden.

»Nein«, gab ich bestimmt zurück und brachte wieder etwas Abstand zwischen uns, bevor er noch auf irgendwelche Ideen kam. »Das ist einfach kein guter Zeitpunkt dafür.«

»Ich weiß. So war das auch alles nicht geplant gewesen. Ich werde warten. Das tue ich schon so lange, ein paar Wochen oder Monate mehr oder weniger machen es nicht mehr aus.«

»In ein paar Monaten werden wir unseren Abschluss feiern, Adam, wir werden die Schule verlassen, aufs College gehen und uns wahrscheinlich nie wiedersehen.« Ich wollte einfach realistisch sein. Was brachte es denn schon zu träumen und sich falsche Hoffnungen zu machen?

Er runzelte missmutig die Stirn und schien nicht wirklich zufrieden mit meiner Antwort zu sein.

»Du gibst mir also überhaupt keine Chance.« Das war keine Frage mehr, sondern eine Feststellung. Meine Worte schienen ihn verletzt zu haben. Ich wollte ihm ganz sicher nicht wehtun.

»Ich weiß nicht, was du dir von einer Chance erhoffst«, lenkte ich ein. Ich war nicht schwach, aber ich befürchtete, wenn ich noch einmal verletzt werden würde, dann würde mich die wabernde Dunkelheit, die in meinem Inneren lauerte, endgültig verschlingen. »Ich meine, wir könnten es versuchen, wenn du es wirklich ernst meinst. Aber ich kann nicht noch einmal jemanden verlieren«, murmelte ich und seine Augen leuchteten auf.

»Ich meine es ernst!«

Ich wandte mich von ihm ab und warf einen Blick in den Brunnen. Unter den großen Seerosenblättern huschte etwas hervor und verschwand auch gleich wieder. Es sah wohl so aus, als wären nicht alle Goldfische gestorben.

Adam folgte meinem Blick und trat an den Rand des Brunnens, beugte sich tief hinab, bis sein Gesicht beinah die Wasseroberfläche berührte. »Sind da deine Fische drin?«

»Ja«, entgegnete ich und sank neben ihn. Ich war froh, dass wir jenes Thema für den Moment fallen gelassen hatten. Was ich jetzt wollte, war vor allem jemand, der mir das Gefühl gab, nicht völlig überflüssig zu sein, der mich glauben ließ, meine Existenz hatte eine Bedeutung. Nicht jemand, der mir das Blaue vom Himmel versprach, sondern der mir Trost spendete und der für mich da war.

Die Fische erinnerten mich daran, als wir uns vor einiger Zeit in der Buchhandlung getroffen hatten, was mich wiederrum an das Buch denken ließ, das ich mittlerweile unters Bett geschoben hatte. Zurzeit war mir nicht danach, darin zu lesen oder irgendetwas anderes zu tun, als einfach vor mich hinzustarren.

»Du sagst immer, ich würde nie über mich sprechen, aber im Grunde gibt es auch kaum etwas, das ich über dich weiß.«

»Hmm«, machte er und schien seine Gedanken zu sortieren, um nach etwas zu suchen, das er mir erzählen konnte. »In dem Buch, das du vor einiger Zeit gekauft hast, steht auf der ersten Seite ein Zitat: *In jeder Bibliothek steht das eine Buch, das Antwort auf die Frage gibt, die uns wie Feuer auf der Seele brennt.* Das stammt aus ...«

»... *Who Could That Be at This Hour* von Lemony Snicket«, beendete ich seinen Satz und ein Stich fuhr mir ins Herz. Einerseits war es erfreulich zu hören, dass Adam in seiner Kindheit wohl die gleiche Lektüre genossen hatte wie ich selbst, andererseits erinnerte es mich an Grandpa, denn er war es gewesen, der mir damals diese Kinderbücher vorgelesen hatte. Mit den Geschichten über die drei Waisen aus *Eine Reihe betrüblicher Ereignisse*, den Baudelaires, teilten wir nicht nur den gleichen Namen. Mittlerweile, wie mir klar geworden war, teilte ich auch ihr Schicksal, denn jeder, der mir nahestand, schien einfach zu sterben.

Ich schüttelte die Erinnerungen schnell ab und kehrte in die Gegenwart zurück.

»Richtig.« Er lächelte und lehnte sich ein wenig zurück, um die letzten warmen Sonnenstrahlen zu erhaschen, die auf den Brunnen fielen. »Es ist schon ein paar Jahre her, drei oder vier vielleicht, als ich das erste Mal in diesen Buchladen ging. Ich suchte nach nichts Bestimmtem, aber ich mochte die Atmosphäre in diesem Geschäft, voller Staub und vollgestopft mit alten, abgegriffenen Büchern, deren Einband man kaum mehr lesen kann. Ich ging durch die Reihen und las ein paar Klappentexte, als ich es auf dem Tisch liegen sah. Es sah so unscheinbar aus und es zog mich auf seltsame Art und Weise in seinen Bann. Als ich das Zitat las, musste ich an dich denken, denn in dem Moment fiel mir wieder ein, dass die Kinder in den Geschichten, die ich früher so geliebt habe, die Baudelaire-Geschwister genannt wurden. Einige Wochen vorher habe ich zum ersten Mal gemerkt, dass ich Herzklopfen bekam, wenn du in der Nähe warst.«

Ich lauschte dem angenehmen Klang seiner Stimme und mein Herz setzte für ein paar Sekunden aus. Seine Worte entlockten mir ein leises Lächeln.

»Du hast damals noch viel öfter gelacht, aber in diesem einen Augenblick, als ich diese Gefühle bemerkte, war es als würde ich dein Lächeln zum ersten Mal richtig sehen. Vielleicht war es für mich irgendwie tröstend, dieses Buch zu lesen, weil ich dich nicht erreichen konnte und es mich trotzdem auf irgendeine Art mit dir verband. Lächerlich, ich weiß ...«

»Wie ist das Buch dann wieder in dem Buchladen gelandet?«, ermunterte ich ihn dazu, mir mehr zu erzählen. Es war einfach seltsam, wie gut es tat, hier an seiner Seite zu sitzen und mit ihm zu reden.

»Einen Großteil meiner Bücher habe ich dort abgegeben, als mein Vater meinte, ich müsste mich mehr auf die Schule und den Sport konzentrieren, als zu viel Zeit in sinnlose Leserei zu stecken. Monatelang haben meine Bücher dort gestanden und dann kam der Tag vor ein paar Wochen, als du dort warst und genau dieses Buch aus dem Regal gezogen hast. Ich bin davon überzeugt, dass es kein Zufall war, denn jeder hätte nach diesem Buch greifen können, doch du warst es.« Er lächelte verlegen und fuhr sich durch das Haar. »Ich weiß, was du denkst. Ich bin niemand von dem man erwartet, dass er solche Gedanken hat, aber ich bin nicht so oberflächlich, wie du vielleicht denkst.»

»Ich finde es schön, den Adam kennenzulernen, der du wirklich bist, nicht den, der du vorgibst zu sein.« Ich nahm all meinen Mut zusammen und rutschte ein klein wenig näher an ihn heran, bis sich unsere Knie berührten.

Eine Weile lang saßen wir einfach so da und es breitete sich eine angenehme Stille zwischen uns aus. Das kleine, runde Fenster unter dem Giebel des Dachbodens reflektierte das Licht der Sonne und blendete mich. Beinah hätte ich vergessen, dass dort oben immer noch Grandpas Sachen lagen. Was würde jetzt mit all diesen Dingen und jenen in seinem Haus geschehen? Würde sich meine Mutter überhaupt davon trennen können?

Adams Handy summte und er gab einen missgelaunten Laut von sich, als er einen Blick darauf warf. Aus dem Augenwinkel sah ich Hannahs Namen. Es war nicht so, dass ich eifersüchtig wäre oder wünschte, sie hätte zu einem späteren Zeitpunkt, oder besser gar nicht, geschrieben. Schließlich war sie - immer noch - Adams Freundin und sie hatte jegliches Recht, ihm zu schreiben, wann immer sie das wollte und für nötig hielt. Aber wohl war mir dabei nicht, als ich daran denken musste, wie sie ihm in die Arme fallen würde, wenn sie ihn sah.

»Ich bringe dich noch zu deinem Auto.« Bevor er sich um Kopf und Kragen redete und in die Bedrängnis kam, sich eine Ausrede einfallen lassen zu müssen, wollte ich ihm zuvorkommen.

Er machte keine Anstalten zu widersprechen, sondern nickte nur. Ich versuchte es mit einem ungezwungenen Lächeln, als wir die Treppen zur Straße zwischen den unzähligen kahlen Büschen und Sträuchern hinuntergingen. Adam ging dicht hinter mir und für einen kurzen Moment spürte ich, dass seine Finger meine Handinnenfläche streiften.

Hatte er gerade versucht, nach meiner Hand zu greifen?

Vor dem Tor stand ein roter Chevrolet in all seinem Glanz und wartete auf seinen Fahrer.

»Danke, dass du hier warst. Das hat mich ... es hat ...« Als er den Knopf des Autoschlüssels drückte, blinkten die Frontlichter auf und die Zentralverrieglung piepte. Wie gerne würde ich jetzt dort drinnen sitzen, mich in die gemütlichen Sitze sinken lassen, den Duft von Leder und Parfum in mich aufnehmen und weiche Lippen auf meinem Mund spüren. »Es hat mich gefreut«, brachte ich schließlich heraus.

»Es hat mich auch gefreut, dich zu sehen.« Irgendein Unterton schwang in seiner Stimme mit, den ich nicht richtig deuten konnte.

In der Zeit mit ihm hatte ich meine Traurigkeit für ein paar Augenblicke vergessen können. Ich wollte, dass er bei mir blieb.

Bevor er durchs Tor treten konnte, schoss mein Arm nach vorne und ich griff nach seinem Handgelenk.

Ungläubig blickte er erst hinunter und dann in mein Gesicht. Er drehte sich langsam zu mir um und ich hielt sein Handgelenk weiter umschlossen, dabei spürte ich seinen raschen Puls an meinen Fingerspitzen.

»Ich will nicht, dass mein Leben eine Reihe von betrüblichen Ereignissen ist«, flüsterte ich und sah ihm dabei nicht in die Augen.

Langsam löste er seinen Arm aus meinem Klammergriff und legte seine warme Hand in meinen Nacken, während er mich schweigend ansah.

»Das muss es auch nicht sein.« Er zog mich an seine Brust und schlang seine Arme um meinen Körper.

So nah war ich ihm bisher noch nicht gewesen. Meine Wange lag an seinem Schlüsselbein, bis dahin reichte ich ihm gerade einmal, und ich sog seinen Duft in mir auf.

Das war eine sehr eigenartige Erfahrung, auf diese Weise von einem Mann gehalten zu werden, aber es fühlte sich nicht falsch an, im Gegenteil. Das Geräusch seines schlagenden Herzens beruhigte mich, der vertraute Geruch lullte mich völlig ein und die Wärme, die sein Körper ausstrahlte, legte sich um mich wie eine weiche Decke. Er hielt ganz still, als befürchtete er, er könnte mich mit der kleinsten Bewegung wieder zur Besinnung bringen. Als ich den Kopf bewegte und nach innen wandte, wo ich nun die nackte gebräunte Haut betrachten konnte, die unter dem Halsausschnitt seines Shirts hervorlugte, glitt seine Hand an meinen Hinterkopf und er strich mir übers Haar.

Ich hätte ihn am liebsten nie wieder losgelassen.

Eine ganze Weile lang standen wir so, in der keiner von uns auch nur einen Mucks machte. Es bedurfte keiner großen Worte, denn in diesem Moment fühlte sich nichts richtiger an, als mein Herz in seine Hände zu legen.

Kapitel 8

Heute trugen wir schwarz. Das machte man für gewöhnlich auf einer Beerdigung, und so fanden wir uns am Nachmittag als Schwarm von Krähen auf Grandpas Beerdigung ein. Krähen hatte er nie leiden können.

Der frostige Boden unter unseren Füßen knirschte, als wir uns den Weg zum Kircheneingang bahnten. Der Herbst war fast vorbei und der Winter war ins Land gezogen. In der Kirche empfing uns nicht nur eine andächtige Stille, sondern auch bittere Kälte. Während wir uns in die erste Bankreihe schoben, schlug ich den Kragen des schwarzen Mantels hoch.

Nach und nach füllten sich die leeren Plätze und ich drehte mich immer wieder um, um die Leute zu betrachten. Es waren auch einige junge Leute dabei. Vermutlich ein paar seiner Studenten, die ihn sicher vermissen würden.

Ganz dumpf, wie das verzerrte Echo am Ende eines langen Tunnels, drangen die Worte des Pfarrers an mein Ohr. Ich konnte ihm kaum folgen, aber vermutlich redete er darüber, dass der Tod nicht das Ende war oder so.

Die meiste Zeit über starrte ich nur schweigend auf das große, in einen Goldrahmen gefasste Portrait von Grandpa. Daneben stand seine Urne. Das Bild hatte Mum vor Jahren einmal auf Moorland geschossen, als wir bei einem Glas kalter Limonade im

Schatten eines großen Pavillons gesessen hatten. Darauf sah er so glücklich aus. Als wäre dies ein Moment, der ewig andauern würde. Sein weißes Haar wirkte hell, beinah durchscheinend, sein Lächeln, das eine Reihe weißer Zähne zeigte, war so einnehmend, dass mir ganz warm ums Herz wurde.

Damals war ich noch im festen Glauben gewesen, dass mein Leben perfekt und ich ein absoluter Glückspilz war. Ich hatte den großartigsten besten Freund, den man sich vorstellen konnte, die verständnisvollsten Eltern, den besten Großvater ... Und von einem auf den anderen Tag war alles einfach vorbei gewesen.

Mir wurde ganz schlecht, als wir dem Pfarrer folgten und die kleine goldene Urne in das Loch eingelassen wurde. Es war sein Wunsch gewesen, eingeäschert zu werden, weil er den Gedanken nicht ertragen konnte, irgendwann in der feuchten Erde zu verfaulen. Aber die Vorstellung, dass man seinen Körper einfach verbrannt hatte, schnürte mir die Kehle zu. Nur noch das kleine Grabbild auf dem Holzkreuz erinnerte daran, wie er einmal ausgesehen hatte. In ein paar Monaten würde an der gleichen Stelle ein Grabstein stehen, an dem vielleicht der ein oder andere Besucher des Friedhofs stehen bleiben und sich fragen würde, wer Charles Baudelaire gewesen war.

Im Anschluss an die Beerdigung würde ein Leichenschmaus auf Moorland stattfinden, jedenfalls für den engsten Bekanntenkreis der Familie. Ein Haus voller Menschen, die sich die Bäuche vollschlugen und in Erinnerungen an Grandpa schwelgten, erschien mir jedoch alles andere als einladend, und als sich die kleine Prozession auf den Weg zurück machte, nahm ich Dad beiseite, um ihm mitzuteilen, dass ich erst später dazustoßen würde. Ich musste meine Gedanken sortieren und meiner zugeschnürten Lunge Luft zum Atmen geben.

Der Spazierweg führte mich weg vom Friedhof hin zum Ufer des Ohio Rivers, dessen Wasser zu dieser Jahreszeit immer etwas trüb wirkte. Dabei lockte er im Sommer viele Besucher zum Sonnenbaden und Schwimmen an. Ich war froh darüber, dass heute nicht solch ein Tag war, denn so konnte ich die Ruhe genießen und dem Rauschen des Flusses lauschen, während ich flussabwärts ging.

»Baudelaire!«

Ich fuhr zusammen und ein kalter Schauer lief mir über den Rücken. Schon beinah hätte ich den schneidenden Ton von Masons Stimme vergessen. Warum mussten sich gerade heute unsere Wege kreuzen?

Langsam drehte ich mich in die Richtung, in der ich Mason vermutete. Bremsen quietschten, als sein Rad einige Meter entfernt zum Stillstand kam und es rann mir eiskalt den Rücken herab. Neben ihm hielten auch Jackson und Cole an. Er stieg ab und kam mit drohenden, langen Schritten, dicht gefolgt von seinem Hofstaat näher. Ich warf einen achtsamen Blick um mich, doch ich konnte weit und breit niemanden entdecken, der mir zur Seite stehen würde.

Mason musterte mich von den Zehenspitzen bis zum Schopf und feixte. Auf seinem rechten Auge blühte ein Veilchen und einige Äderchen darin waren geplatzt. Vielleicht hatte er sich mit jemandem geprügelt? »Netter Anzug.«

Ich biss mir auf die Zunge, um keine trotzige Antwort zu geben, denn dieses Zusammentreffen würde ohnehin schon ein böses Ende nehmen. Ich wollte ihn nicht noch unnötig provozieren.

Mason kam mir so nahe, dass ich den kalten Zigarettenqualm an seiner Kleidung wahrnehmen konnte. »Schön, dich zu sehen. In der Schule vermissen dich schon alle.« Er lachte und schüttelte den Kopf. »Natürlich nicht. Niemand hat bemerkt, dass du nicht da bist.«

Natürlich war mir diese Tatsache bewusst, wer keine Freunde oder Mitschüler hatte, die sich für einen interessierten, konnte auch nicht vermisst werden. Aber es laut ausgesprochen zu hören, verletzte mich dennoch. Allerdings versuchte ich, es mir nicht anmerken zu lassen.

»Aber das ist es gar nicht, worüber ich mit dir quatschen wollte.« Seine große Hand legte sich auf meine Schulter und er zwang mich dazu, einige Schritte mit ihm am Ufer entlangzugehen. Die anderen beiden blieben in Sichtweite und folgten uns gemächlichen Schrittes. Wenn er jetzt vorhatte, mich in den Fluss zu stoßen, dann gäbe es keine weiteren Zeugen.

Für Angst schien er ein feines Gespür zu haben, denn er drückte leicht meine Schulter. »Keine Panik, heute habe ich nicht vor, dir wehzutun … Nicht sehr jedenfalls«, fügte er hinzu. »Du und Lockwood, ihr scheint ja jetzt die besten Freunde zu sein, stimmt´s?« Es folgte eine lange Pause und in mir stieg die Anspannung. »Es gibt da sicherlich Dinge, die du gerne über ihn wissen möchtest, denn als so gute Kumpels hat man schließlich keine Geheimnisse voreinander.«

Mein Magen zog sich schmerzhaft zusammen und ich hielt den Atem an.

»Was willst du mir damit sagen?« fragte ich leise, als eine unangenehme Stille zwischen uns entstanden war, die ich schnell hinter mir lassen wollte.

Etwas Unheilvolles hing in der Luft und das Gefühl, das in mir aufstieg, erinnerte mich an den Augenblick nach dem Telefonat mit meiner Mutter. Ich wusste genau, dass etwas folgen würde, das mir nicht behagte, und solche Ungewissheit war manchmal schlimmer als die Konfrontation selbst.

»Hat er gesagt, warum er auf einmal solches Interesse an dir hat?«

Ich schüttelte leicht den Kopf und rief mir Adams Worte ins Gedächtnis. Er hatte behauptet, dass er mich besser kennenlernen wollte und insgeheim hatte ich mich ein bisschen darüber gefreut, dass es jemanden gab, der mich mochte.

»Denk doch mal nach, Baudelaire. Du tust doch immer so, als wärst du super intelligent. Warum sollte jemand wie Adam mit dir abhängen wollen? Du bist ein Loser und niemand will etwas mit dir zu tun haben. Deswegen hat unser Plan auch so gut funktioniert.«

»Plan?«, wiederholte ich und hoffte inständig, dass sich meine schlimmsten Befürchtungen nicht bewahrheiten würden. Ich hatte Adam vertraut, ihm Dinge erzählt, die ich sonst nur Tyler anvertraut hätte, ich hatte ihn gern. Der Wunsch, diese Gefühle würden auf Gegenseitigkeit beruhen, war von Anfang an utopisch gewesen, aber ich hatte mich dazu hinreißen lassen, sie zuzulassen.

»Ganz genau.« Seine Stimme klang unheilvoll und ich wollte nur noch, dass sich der Boden auftat. Ich wollte nicht noch mehr erfahren. Ich wollte die Grundpfeiler der kleinen Welt mit Adam, die ich mir in meinem Kopf in so kurzer Zeit aufgebaut hatte, nicht niederreißen müssen. So wie es war, war es gut gewesen und ich hatte das Gefühl gehabt, bei ihm konnte ich sein, wer ich wirklich war.

»Ich meine, du hättest damit rechnen können, denn du hast irgendetwas an dir, das mir nicht gefällt und mir echt gegen den Strich geht. Du siehst also, es ist deine eigene Schuld. Du hättest einfach normal sein können.«

Wir machten Halt und standen nun an dem Hang zum Fluss.

Ich trat nervös von einem Bein aufs andere und der Reif, der sich auf dem Gras abgesetzt hatte, knirschte unter meinen Sohlen.

Mason fuhr fort: »Vor ein paar Wochen haben wir dich in der Mensa an einem der Tische gesehen, du saßt allein, so wie immer. Und wir stellten uns eine Frage: Ist es möglich, den super klugen Lehrerliebling mal so richtig zu verarschen? Der Einzige, der mit mir darum wetten wollte, war Adam. Er hat sich quasi darum gerissen, dir vorspielen zu können, er wolle dich unbedingt kennenlernen und dein Freund sein. Deadline war der Ball, bis dahin sollte er es geschafft haben, dass du ihn magst und ihm vertraust. Und wow, ich hätte nicht gedacht, dass er seine Rolle wirklich so gut spielt. Du bist sogar auf dem Ball erschienen! Er hat die Wette wohl gewonnen.«

Mir entglitt beinah das Gesicht. So viele Gefühle kamen in mir hoch, dass mir regelrecht schwindelig wurde. Und hier war es wieder, dieses Gefühl, ins Leere zu tappen. Ich hörte nur noch das Rauschen meines Blutes in den Ohren und die wirren Gedanken, die mir durch den Kopf gingen. Ich konnte es nicht glauben. Von Anfang an hatte ich recht gehabt. Das Ganze war nur eine Wette gewesen und nichts von dem, was Adam gesagt hatte, war auch nur ansatzweise ehrlich gewesen. Was war ich nur für ein Trottel!

»Guckt euch sein Gesicht an«, hörte ich Masons Stimme. »Hast du wirklich geglaubt, Adam würde sich mit dir abgeben wollen?«

Nein, das hatte ich nicht. Aber er hatte mir von Anfang an Honig ums Maul geschmiert und mir immer wieder beteuert, wie aufrichtig seine Gefühle waren. Vielleicht war nur das nötig gewesen, um mich schwach werden zu lassen. Ich war vermutlich der größte Idiot auf Erden.

Mich einfach umdrehen und weit weglaufen, das wollte ich jetzt. Wie sollte ich die restlichen Monate in der Schule aushalten, wenn ich Adam jeden Tag sah? Ich könnte es nicht ertragen, in sein feixendes Gesicht zu blicken und mitanzusehen, wie er mit Hannah an seiner Seite durch die Flure stolzierte. Er hatte mir das Gefühl gegeben, wirklich gemocht zu werden. Ich war dabei gewesen, mich Hals über Kopf in ihn zu verlieben, aber er hatte mein Herz herausgerissen und zerquetscht.

»Scheinst ja ganz schön verknallt gewesen zu sein.« Masons Worte rissen mich aus meinen Gedanken und brachten mich wieder ins Hier und Jetzt. Wenn er wüsste. Das Letzte, was ich jetzt noch brauchte, war, dass die ganze Schule davon erfuhr, dass ich Adam wirklich gernhatte. Gehabt hatte.

Denn nichts davon war echt gewesen.

»Du bist echt ein Versager, Baudelaire.« Mason zog sich den Kragen seiner Jacke höher, als eine Böe um unsere Ohren pfiff und tausende Nadelstiche auf meiner Haut hinterließ.

Er gab mir unerwartet einen Stoß und ich ruderte mit den Armen, als ich die Balance verlor.

Ich stolperte über irgendeine Unebenheit auf der Wiese und die Zeit schien beinah still zu stehen. Wie in Zeitlupe schien es, versuchte ich einen Ärmel von Masons Jacke zu greifen, um mich daran festzuhalten. Ich sah nur noch sein spottendes Gesicht, bevor ich mit dem Rücken hangabwärts unsanft den Grund hinunterrollte, der sich durch die ersten frostigen Nächte überraschend hart anfühlte.

Sterne explodierten vor meinen Augen, als mein Kopf auf etwas Hartem aufschlug. Mein Schädel hämmerte, als wäre er von einer Axt gespalten worden und der Schmerz schoss durch jedes meiner Glieder.

Dumpf und weit entfernt hörte ich höhnendes Gelächter. Unter Schritten, die sich näherten, knirschte das Gras. Ich konnte nicht sagen, wer es von den dreien war, denn ich sah nur bunte Lichter vor meinen Augen tanzen.

Im nächsten Moment spürte ich einen Tritt in die Seite und ich krümmte mich zusammen. Ein gequälter Laut kam mir über die Lippen.

»Du sollst ihn nicht gleich umbringen, Mason«. Jemand fluchte und ich meinte, Coles Stimme zu erkennen. Ein Gerangel entstand neben mir, aber ich konnte nicht mehr sagen, wer versuchte, wen von mir wegzuziehen und wer es von ihnen gewesen war, der meinen Kopf mit dem Fuß anstupste.

»Scheiße! Lass uns abhauen!«

Das schien auf allgemeine Zustimmung zu stoßen, denn das Laub raschelte und ich vernahm Schritte, die sich schnell entfernten.

Ich wollte mich regen und versuchte, mich aufzusetzen, aber der Schmerz hämmerte in meinem Kopf und lähmte meine Glieder. Das fühlte sich nicht gesund an und es schmerzte höllisch. Ich könnte einfach liegen bleiben, in den immer dunkler werdenden Himmel starren und darauf warten, was das Schicksal oder die höhere Macht mit mir vorhatten.

Schlimmer als der pochende Schmerz an meinem Hinterkopf waren die Gefühle. Das Stechen des Verrats in meiner Brust.

Ich hatte nie zu hoffen gewagt, jemanden wie Adam zu treffen und ich hatte nie davon geträumt, jemanden wie ihn zu verlieren. Aber realistisch betrachtet, und ich hatte die Dinge doch eigentlich immer objektiv beurteilen können, hätte ich von Anfang an wissen müssen, wie das Ganze enden würde. Mit mir im Dreck liegend und mit einem gebrochenen Herzen, wie man im Allgemeinen dazu sagte.

Es schien, als wollte das Unglück keine halben Sachen mit mir machen. Obwohl die letzten Tage voller Traurigkeit gewesen waren, hatte der eine Funken in mir geglüht, der mein Innerstes mit Wärme füllte. Für ein paar Augenblicke hatte ich so etwas wie Glück und Hoffnung empfunden.

Ich wusste nicht genau, ob mir die Schmerzen das Bewusstsein nahmen oder ob sich der Himmel tatsächlich verdunkelte. Dort oben glitzerte nun ein Meer von Sternen.

Dann verschluckte mich die Dunkelheit und ich glitt in einen Traum, der mich mit sanften, schützenden Armen an sich zog und mich festhielt.

Kapitel 9

So einfach war das Ganze aber nicht, die Sache mit dem Sterben. Obwohl es die Menschen um mich herum doch andauernd taten. Mein Kopf wusste, mein Herz hoffte und mein Körper schrie darum, dass ich nicht sterben wollte. Ich wollte einfach noch keinen Punkt setzen und damit wäre alles aus und vorbei.

Nach jeder dunklen Nacht geht die Sonne wieder auf. Das hatte Grandpa immer gesagt, und jetzt erkannte ich auch die Bedeutung dieser Worte.

Ich schlug die Augen auf und fand mich in plattgedrückten, zu oft gewaschenen, weißen Laken wieder. Die Matratze war unangenehm hart und ich verspürte gleich das Bedürfnis, aufstehen zu wollen. Jemand hatte mir einen dieser fürchterlich gepunkteten Krankenhauskittel angezogen, dessen Stoff steif war und mich in eine noch unbehaglichere Stimmung versetzte.

Ich versuchte, mich mühsam aufzusetzen und stöhnte leise, als der betäubende Kopfschmerz zurückkehrte. Vorsichtig hob ich die Hand und betastete meinen Kopf, der sich seltsam eingeengt anfühlte. Man hatte mir wohl einen Verband angelegt.

Noch bevor ich mich fragen konnte, wie ich hier hingekommen war, wurde die Tür zum Krankenzimmer aufgestoßen und meine Mutter schoss aufgelöst herein. Sie trug noch immer das schwarze Kleid, das sie für die Beerdigung angezogen hatte.

Sie fiel mir um den Hals und drückte mich so fest an ihre Brust, dass ich schon glaubte, ersticken zu müssen. Tränen kullerten hinab und hinterließen durch die Wimperntusche schwarze Streifen auf ihren Wangen. Dass sie tatsächlich noch Tränen für mich übrig hatte, wunderte mich.

»Was ist passiert, Sam?«

Ich öffnete den Mund und spürte, wie trocken meine Kehle war. Um meine Stimme wiederzufinden, räusperte ich mich ein paar Mal und bemerkte, dass auch Dad den Raum betreten hatte, im Schlepptau hatte er einen großen, drahtigen Mann mit Kittel, der, wie es für Ärzte üblich war, ein Klemmbrett hielt.

»Das würde ich auch gerne wissen, junger Mann«, mischte er sich ungefragt ein. Wahrscheinlich fühlte er sich selbst im Recht dazu, schließlich war er hier der Arzt. Er trat neben meine Mutter und streckte mir seine Hand hin, die ich nur mühsam ergreifen konnte. »Ich bin Doktor Black, der Oberarzt auf dieser Station.«

»Warum bin ich hier?« Das war eine ziemlich blöde Frage, in Anbetracht der Tatsache, dass ich einen Kopfverband trug und höllische Schmerzen hatte. Ich konnte es mir schon denken, und die Antwort des Arztes bestätigte meine Vermutung.

»Sie haben eine Schädelfraktur erlitten und eine Platzwunde, die mit ein paar Stichen genäht werden musste. Als die Sanitäter Sie fanden, sollen Sie am Ufer des Flusses gelegen haben. Solche Frakturen kommen meist durch die Gewalteinwirkung mit einem stumpfen Gegenstand. Können Sie sich daran erinnern, wie das passiert ist?«

Meine Mutter warf erst mir und dann Dad einen verzweifelten Blick zu. Wahrscheinlich befürchtete sie, ich wäre überfallen worden oder etwas dergleichen.

»Ich bin nur ... hingefallen.« Ich hatte mich noch nicht entschieden, ob ich die ganze Wahrheit erzählen sollte und damit zugeben musste, welche Ausmaße das Mobbing in der Schule inzwischen angenommen hatte. Sofort kam mir Adam in den Sinn. Ich wollte mir momentan nicht den Kopf über ihn zerbrechen und darüber grübeln, wie ich mich so in ihm täuschen konnte. Ich würde es einfach auf der Liste der Dinge abhaken, die ich bereute, aber nicht mehr rückgängig machen konnte, und mich damit abfinden. Adam war der Erste gewesen, dem ich seit langer Zeit mein Herz geöffnet hatte, und er hatte mich sehr verletzt.

»Hingefallen?«, wiederholte Dad und musterte mich misstrauisch. Ich versuchte, seinem durchdringenden Blick Stand zu halten.

Sollte das hier ein Verhör werden?

»Hingefallen«, bestätigte ich etwas nachdrücklicher. Dad und Dr. Black tauschten einen Blick aus.

»Nun gut. Vielleicht fällt Ihnen später noch etwas ein.« Er gab Dad die Hand, nickte mir und Mum zu und schloss dann die Tür hinter sich.

Ob Mason dafür belangt werden würde, wenn ich die Wahrheit sagte? Was würde das für Folgen für ihn haben? Ich wollte die Sache nicht dramatisieren, aber ich *hätte* sterben können. Ein gezielter Schlag gegen die Schläfe konnte schon ausreichen, um Menschen zu töten, und ich hatte ein Loch im Kopf.

»Wie bin ich eigentlich hierhergekommen?«

»Die Polizei sagte, sie hätten einen anonymen Anruf erhalten. Es wurde sofort ein Rettungswagen losgeschickt, und Gott sei Dank haben sie dich schnell gefunden!« Während Dad die Lage so sachlich schildern konnte, brachte Mum kaum einen Ton heraus. Ich hätte ihr das gerne erspart.

»Es tut mir leid ...«, fing ich etwas hilflos an und ließ mich zurück in die Kissen sinken. »Ich habe es nicht darauf angelegt.« Neben den Kopfschmerzen tat meine Hand unglaublich weh, ein pochender Schmerz verlief meinen Arm entlang. Mein Blick wanderte von einer Kanüle, zu der Nadel, die in meiner Ellbeuge steckte und durch einen dünnen Schlauch mit dem Tropf verbunden war, der das tat, was er tun sollte. In stetigem Abstand tropfte eine zähe Flüssigkeit hinunter, rann durch den Schlauch und in meinen Körper. Vermutlich waren es Schmerzmittel.

»Mach dir keine Gedanken. Ich bin froh, dass es dir gut geht.« Mum strich mit dem Daumen über meine Finger und zog dann die Schublade des Nachtisches auf. »Du hast einige Nachrichten bekommen, als du im OP warst. Es hat die ganze Zeit vibriert.«

Ich hatte einen regen Verdacht, wer mir geschrieben hatte, wenn nicht Mum oder Dad. Schließlich gab es neben meinem toten Grandpa, der nun sicherlich keine Nachrichten mehr verschickte, nur noch eine Person, die im Besitz meiner Handynummer war.

Ich entsperrte die Tastatur und der Bildschirm leuchtete auf. Fünf neue Nachrichten.

Sam! Ich weiß, dass du davon erfahren hast.

Er hätte doch damit rechnen müssen, dass die Sache früher oder später aufflog, oder nicht? Er hätte diese Farce ja nicht ewig weiterspielen können.

Bitte, lass es mich erklären. Es ist nicht so wie du denkst!

War es nicht? Ich hatte von Anfang an damit gerechnet, dass an der ganzen Sache etwas faul war und ich wäre besser damit gefahren, wenn ich meinem gesunden Misstrauen vertraut hätte. Was brachte es ihm jetzt noch, sich rechtfertigen zu wollen? Vielleicht hatte er ein schlechtes Gewissen und wollte versuchen, den Schaden, den er angerichtet hatte, zu minimieren.

Bitte ignorier mich jetzt nicht wieder, Sam.

Anscheinend wusste er nicht, wie mein Aufeinandertreffen mit Mason geendet hatte und dass der mich mit einem gekonnten Stoß ins Krankenhaus geschickt hatte.

Ich weiß, dass heute die Beerdigung deines Großvaters war und du dir momentan sicherlich über andere Dinge Gedanken machst, aber ich möchte nicht, dass die Dinge so im Raum stehen bleiben. Ich hätte es dir viel früher erzählen müssen.

Aber was? Er hatte mein Herz zerschmettert und ich war ihm nicht einmal böse deswegen. Er hatte mir gezeigt, dass es nicht nur Schlechtes mit sich brachte, wenn man seine Gefühle zuließ ... auch wenn es nun ein weniger schönes Ende genommen hatte und ich wieder nur enttäuscht worden war. Für einen kurzen Moment hatte sich dieses Was-auch-immer mit ihm sehr gut angefühlt.

Ich warte vor eurem Haus.

Die letzte Nachricht hatte er vor zwei Stunden geschrieben, mittlerweile hatten wir kurz vor Mitternacht. Mit Sicherheit hatte er sich längst auf den Heimweg gemacht, wenn er überhaupt dort gewesen war.

»Und? Wer hat dir geschrieben?« Solche Fragen stellten nur neugierige Mütter.

»Adam.« Ich sah keinen Sinn darin, es zu leugnen.

Ich schaltete das Handy auf stumm und legte es auf den Nachtisch zurück, der vollgestopft war mit einer Flasche Wasser, einer seltsamen Schale aus Recyclingkarton, in der einige Tabletten, Kopfhörer und eine verpackte Mullbinde lag.

»War er es gewesen, der dich verletzt hat?« Diese Frage kam nun wiederum von Dad und ich versuchte, nicht allzu ertappt auszusehen.

Verletzt schon, aber er war nicht verantwortlich dafür, dass ich hier war. Ein gebrochenes Herz schickte jemanden nicht ins Krankenhaus, nicht auf direktem Wege jedenfalls.

»Nein, natürlich nicht! Ich habe doch gesagt, dass es ein Unfall war. Du kannst den Cop echt auf der Arbeit lassen.« Das war nicht die letzte Diskussion über dieses Thema, denn Dad würde nicht lockerlassen, bis seine Vermutung bestätigt werden würde, dass noch jemand am Tatort gewesen war.

»Ich höre täglich Verdächtige nach Ausreden suchen und ich weiß, wenn mein eigener Sohn mir ins Gesicht lügt.«

»Es reicht!« Mum Stimme klang bestimmt, aber ein wenig schrill. »Hört auf zu streiten! Darüber können wir ein anderes Mal diskutieren, aber nicht mehr heute.«

Ihr Wort war Gesetz.

Die Besuchszeit war schon lange vorbei und ich versprach meiner Mutter, dass ich auch noch morgen hier liegen würde. Sie wollte wiederkommen und mir ein paar frische Sachen zum Anziehen mitbringen.

Die Nachtschwester kam ein paar Minuten später hereingehetzt, schaltete das Licht aus und ordnete sofortigen Schlaf an. Als hätte ich in den letzten Stunden nicht genug geschlafen. Mir blieb also nichts anderes übrig, als in die Dunkelheit zu starren und mir Gedanken darüber zu machen, was passiert war. In diesem Moment als ich dort gelegen und in den Himmel geblickt hatte, hätte ich schon beinah mit meinem Leben abgeschlossen. Es gab zwar weitaus schlimmere Arten abzutreten, aber mir war in diesem Augenblick deutlich geworden, dass es noch gar nicht Zeit für mich war, aus dieser Welt zu verschwinden. Das konnte wirklich noch nicht alles gewesen sein, was das Leben für mich bereithielt.

»Autsch.« Vor meinen Eltern hatte ich eben noch versucht, den Helden zu geben, aber die blauen Flecken ziepten unangenehm und meine Rippen schmerzten höllisch, trotz der Schmerzmittel. Vielleicht war Schlaf doch nicht die schlechteste Idee. Ich versuchte mich so gut es ging ins Kissen zu kuscheln, allerdings war es so hart wie ein Backstein. Hundert Mal wälzte ich mich von der einen auf die andere Seite, bis ich es leid war und auf dem Rücken liegen blieb. Ich freue mich schon auf mein Bett daheim.

Gott sei Dank blieb ich nur einen einzigen weiteren Tag zur Kontrolle im Krankenhaus, bis Dr. Black sicher war, dass mir nichts weiteres fehlte, außer Zeit für die Genesung. Er verschrieb mir strenge Bettruhe und schrieb mich für die nächsten Tage krank. Mum wollte die Schule in Kenntnis setzen und gleichzeitig darum bitten, dass man mir die Unterrichtsmaterialien per Mail zukommen ließ, damit ich nichts Wichtiges verpasste. Natürlich fragte ich mich, ob sich die Nachricht über meinen vermeintlichen Unfall verbreitet hatte, aber ich bezweifelte, dass ich wichtig genug war, dass sich jemand ernsthaft dafür interessierte.

Als sie mich vom Krankenhaus abholte, war ich heilfroh und freute mich daheim schon auf eine warme Dusche. Ich wollte mich für die nächsten Stunden einfach nur mit einem guten Buch oder einer spannenden Serie ins Bett kuscheln und mich von der Außenwelt abschotten. Genau das war es jetzt, was ich zur Genesung brauchte. Über alles andere würde ich mir erst wieder Gedanken machen, wenn es sich nicht mehr vermeiden ließ. Über Adam zum Beispiel.

Für die ersten Tage mochte dieser Plan ziemlich gut sein. Ich tat nicht viel, außer heiße Schokolade zu trinken, Seelenfutter zu knabbern und einen Film nach dem anderen zu schauen. Irgendwann wurde ich dem jedoch überdrüssig und mein Körper sowie Verstand schrie nach Förderung und Bewegung.

Da Mum und Dad beide arbeiten mussten und ich das Haus somit für mich alleine hatte, wusste ich kaum, was ich mit meiner überschüssigen Zeit anfangen sollte. Ein paar Tage danach räumte ich freiwillig die Küche auf und tat ähnliche Dinge für den Haushalt, die mir Mum eigentlich strengstens untersagt hatte. Ich sollte mich schonen, hatte sie gemeint. Sie tat, als wäre ich in einen Bombenangriff geraten und hätte nicht nur eine kleine Kopfverletzung erlitten. Kopfschmerzen plagten mich noch und ein paar Schmerzen an meinen Rippen, aber daran hatte ich mich mittlerweile schon fast gewöhnt.

Somit verbrachte ich die darauffolgende Woche damit, durch die langen, schmalen Flure von Moorland zu wandern und all seine Geheimnisse neu zu ergründen. Es war für mich alltäglich geworden, über den dunklen Holzboden zu wandern, an dem schon der Zahn der Zeit genagt hatte, zwischen all den unzähligen Bildern hindurch, von denen wir nur einen Bruchteil selbst aufgehängt hatten. Alte Gemälde und Fotografieren reihten sich wie ein buntes, aber schon leicht ausgeblichenes Mosaik aneinander. Ich liebte diesen muffigen Holzgeruch, den Geruch von Geschichte, den die Holzvertäfelungen verströmten. Vermutlich lebten dahinter mittlerweile ganze Horden von Holzwürmern, Mäusen und Eichhörnchen, die ihre Nester in den Wänden gebaut hatten. So wie die Fledermäuse auf dem Dachboden.

Dieser Gedanke ließ mich schließlich innehalten und ich sah zur Decke hinauf. Ich war bestimmt seit einem guten Jahrzehnt nicht mehr dort oben gewesen und auch meine Eltern mieden diese geräumige Fläche unter dem Dach, die mit allerlei Kram und Gerümpel vollgestellt war.

Bevor ich mich versah, stand ich schon unter der Luke, die man mit einem Stockhaken aufziehen musste. Es war ein ganz schöner Akt, den Haken um den Metallring zu legen, und noch schwieriger gestaltete es sich, die Bodentreppe herunterzuziehen. Der Boden knarzte und ich rechnete damit, dass mir im nächsten Moment ein Teil der Holzdecke entgegenkommen würde.

Mit wie vielen Löchern im Kopf konnte ein Mensch eigentlich leben?

Mit einem heftigen Ruck zog ich an dem Stab und ich sprang zur Seite, als die Treppe knatternd aus der Luke fiel und mit einem heftigen *Rums* auf dem Boden aufsetzte. Herunterfallende Staubmäuse brachten mich zum Husten und ich bereitete mich innerlich auf den Schwarm von Fledermäusen vor, der mir mit Sicherheit jeden Moment entgegenflog, um mein Gesicht zu zerkratzen und mich mit ihren messerscharfen Gremlinzähnen zu beißen.

Ich hatte nicht die leiseste Ahnung, was ich mir von diesem waghalsigen Abenteuer erhoffte oder was ich dort oben zu finden glaubte, aber die Not machte bekanntlich erfinderisch. Und ich litt die quälende Not der Langeweile. Die Stufen der Bodentreppe waren morsch und mir schlug das Herz bis zum Hals, als ich mich an der Decke hochziehen und den ersten Blick auf den Dachboden erhaschen konnte.

Durch das kleine Rundfenster an der gegenüberliegenden

Wand fiel ein wenig Licht und erhellte den Raum. Es dauerte ein paar Augenblicke, bis sich meine Augen an das Dämmerlicht gewöhnt hatten. Die Fläche des Dachbodens betrug bestimmt gute 40qm, vielleicht sogar mehr, die bis unter die Decke vollgestopft waren mit Kisten, Schränken und Kommoden, Bildern, einem Schaukelpferd, einer Kleiderstange mit unzähligen von Motten zerfressenen Kleidungsstücken und unzähligem weiteren Gerümpel. Das Einzige, was ich nicht finden konnte, waren Fledermäuse.

Als ich die Münze in den unterirdischen See geworfen hatte, hätte ich mir alles Mögliche wünschen können. Dass ich die Zeit zurückdrehen und Tylers Unfall verhindern konnte, dass Adam das gleiche empfand wie ich oder dass ich endlich wieder einen guten Freund fand. Stattdessen hatte ich mir die Fledermäuse im Haus weggewünscht.

Ich kletterte die letzten Stufen hinauf und tastete nach der Kette für die kleine Glühbirne. Sie flackerte zuerst kläglich, erhellte dann den weiten Raum jedoch bis in den letzten Winkel mit goldgelbem Licht.

Eigentlich wusste ich, nach was ich suchte. Dad hatte behauptet, hier ständen noch alte Sachen von Grandpa, aber wie sollte ich sie erkennen? Jedes dieser Dinge könnte ihm gehören, aber ich wollte etwas finden, das ihm wichtig gewesen war und ihm etwas bedeutet hatte.

Seitdem ich denken konnte, war Grandpa in meinem Leben gewesen und hatte mich von Geburt an bei jedem Schritt begleitet. Es hatte keine Situation und keinen Moment gegeben, wo er nicht da gewesen war. Für mich war er immer der beste Grandpa gewesen, den es geben konnte. Und jetzt wurde mir bewusst, dass ich fast nichts über das Leben wusste, das er geführt hatte, bevor er Großvater geworden war. Über seine Vergangenheit hatte er nur wenig gesprochen und ich hatte immer vermutet, dass ihn die Erinnerung an Grandma zu sehr schmerzte. Er war ein so herzlicher und offener Mensch gewesen, und dann wiederum so schweigsam und verschlossen.

Meine Schritte wirbelten den Staub auf, der sich am Boden festgesetzt hatte, und ich hinterließ frische Fußspuren wie im Schnee. Ein paar Dinge nahm ich in die Hand, musterte mich mit einem schwarzen Zylinder in einem brüchigen Spiegel, dessen Glas schon fleckig und milchig geworden war. Meine Hand berührte die knisternden Stoffe der Kleider und ein paar Motten stoben aus den Ärmeln.

Dann erfassten meine Augen etwas, das meine Aufmerksamkeit in den Bann zog. Hatte Dad nicht von Kisten gesprochen, die hier oben gelagert wurden? Das meiste Zeug stand wild und aufeinandergestapelt auf- und übereinander. Doch säuberlich verschlossen standen einige Kisten aufgereiht an einer Wand hinter einem ziemlich antik anmutenden Sekretär, dessen Zwilling sich in meinem eigenen Zimmer befand.

Charles, stand auf einigen der Kisten, andere waren mit einem Datum versehen, die restlichen trugen überhaupt keine Aufschrift.

Mein Herz schlug schnell und heftig gegen meine Brust, so aufgeregt war ich. Als ich mich in den Staub kniete und die Hände an den Deckel eines länglichen Kartons legte, hatte ich das Gefühl, etwas Verbotenes zu tun. Das hier war doch Grandpas Privatleben, vielleicht fand ich Dinge, die ich gar nicht finden sollte, gar nicht finden *wollte*. Vielleicht sogar Dinge, die ich gar nicht wissen *durfte*. Aber wer sollte schon davon erfahren? Bis Mum und Dad nach Hause kamen, würden noch ein paar Stunden vergehen und ich hätte genügend Zeit, all meine Spuren zu verwischen. Sie würden vermutlich ohnehin nicht damit rechnen, dass ich hier hochkam.

Mit einem letzten Anflug von Gewissensbissen öffnete ich den Karton und wurde gleich darauf enttäuscht. Darin befanden sich nur muffige Kleidungsstücke, darunter ein paar schwarze Lederschuhe, ein Anzug im Stil von Frank Sinatra und alles was dazugehörte, wie ein Hemd, Hosenträger, ein Gürtel, ein Hut und weiterer Kleinkram. Es schien so, als hätte Grandpa schon früher ein Faible für ordentliche Kleidung gehabt.

Ich wühlte ein bisschen in dem Karton herum, aber fand nichts mehr darin, dass mein Interesse wecken konnte, daher widmete ich mich dem nächsten, in dem ich ein paar alte Universitätsunterlagen und Aufzeichnungen fand. Die Unterlagen ließen sich ziemlich weit zurückdatieren, zu dem Zeitpunkt war Grandpa noch gar kein Doktor für Kunstgeschichte gewesen. Ein paar schwere Bildbände über die Renaissance und klassische Kunst lagen darin. Aus einem der Bände lugte ein Polaroidfoto, dessen Farben schon ganz ausgeblichen waren.

Ich zog es heraus und betrachtete es. Der Schnappschuss zeigte einen jungen Mann, der dem Fotografen fast gänzlich den Rücken zugedreht hatte, doch sein Kopf war zur Seite geneigt und er schien zu lachen. Sein Haar war hell, dunkelblond vielleicht, und er stand vor *Cenicitas*, einem Gemälde von Salvador Dalí, das einen seltsamen, gelben Klecks zeigte. Eine Kopie des Gemäldes hatte auch in Grandpas Haus gehangen. Ich wusste nicht, ob die Fotografie Grandpa zeigte, aber ich meinte mich zu erinnern, dass er auf einem Bild, auf dem er ähnlich alt gewesen sein musste, dunklere Haare gehabt hatte. Den dunklen Schopf hatte er Mum und mir schließlich vererbt. War er vielleicht der Fotograf gewesen?

Ich drehte das Foto herum und fand, was ich suchte. Schon

so lange ich denken konnte, hatte er den Spleen gehabt, alles beschriften zu müssen. Jeder Notizblock, jede Gewürzdose, sein Brillenetui, manchmal mit seinem Namen, einem Schlagwort, einem Datum oder der offiziellen Bezeichnung des Gegenstandes. Ich wusste nicht, warum er das tat, aber jeder hatte wohl so seine Macken.

SOMMER 1958, HENRY UND SEINE GROSSE
LIEBE S.F.J. DALÍ.

Der Name war mir gänzlich unbekannt. Ich konnte mich nicht daran erinnern, dass Grandpa jemals einen Henry erwähnt hatte. Vielleicht war es nur ein Bekannter oder ein Kommilitone gewesen, der ihm nicht weiter erwähnenswert schien.

1958, ein Datum, das mehr als ein halbes Jahrhundert zurücklag. So alt war mir Grandpa nie vorgekommen. Die Tatsache, dass er den zweiten Weltkrieg noch am eigenen Leib erfahren hatte, hatte ich immer ausgeblendet.

Ich legte das Foto zurück an seinen Ursprungsort und schob die Kiste beiseite, um die nächste hervorzuholen. Mit dieser schien ich einen Volltreffer gelandet zu haben.

Grandpa entpuppte sich als ein eingefleischter Stefano Salvatore und schien über Jahre hinweg Tagebuch geführt zu haben. Mich juckte es in den Fingern, die Hände danach auszustrecken und einen Blick hineinzuwerfen. Aber ich konnte doch nicht einfach in Grandpas Tagebüchern schnüffeln.

Andererseits ...

Wer sollte mich daran hindern? Mit einem letzten Blick über die Schulter legte ich das Tagebuch auf meinen Schoß. Mittlerweile saß ich im Schneidersitz vor den Kisten und versuchte keinen Schatten zu werfen, um besser lesen zu können.

Grandpas Schriftbild mit den schmalen, gebogenen Buchstaben löste einen süßen Schmerz in mir aus. Einerseits freute ich mich darüber, einen Teil von ihm in meinen Händen zu halten, und gleichzeitig vermisste ich ihn dadurch nur noch mehr.

Der erste Eintrag war vom 21. August 1953, in dem Grandpa über einige belanglose Dinge erzählte, die an der Universität passiert waren. Damals war er selbst noch Student gewesen. Er schrieb darüber, wie er sich mit den anderen aus dem Club getroffen und sie bei Gin und Zigaretten über Gott und die Welt geredet hatten. An diesem Abend waren sie alle spät zu Bett gegangen, denn keiner von ihnen hatte auf die Zeit geachtet.

Es war eine seltsame Vorstellung, dass Grandpa auch einmal jung gewesen war, ein Junge, ein Student, ein Mann, der noch keinen weißen Vollbart hatte.

Die nächsten Einträge verrieten mir, was ich schon lange vermutet hatte. In seiner Jugend war er so ganz anders gewesen als ich, obwohl wir uns immer für die gleichen Dinge interessiert hatten. Er war weltoffen und kontaktfreudig, hatte viele Freunde und liebte es, in Gesellschaft zu sein. Ich blätterte ein wenig weiter und blieb an einem Eintrag hängen, den er einige Jahre später verfasst hatte.

14. März 1958
Es sind 6 Tage vergangen, seitdem ich in Los Angeles gelandet bin und bisher habe ich keine Zeit gefunden, ein paar Zeilen zu schreiben. Die Ereignisse haben sich überschlagen und ich hatte viel zu tun. Ich möchte dennoch versuchen, dir auch weiterhin zu berichten, denn du bist mein Gedächtnis.

Meine Habseligkeiten sind mittlerweile angekommen und ich habe mich soweit in der beschaulichen Wohnung eingerichtet. Fürs Erste reicht sie für mich alleine aus, aber ich werde die Augen nach etwas Besserem aufhalten und eventuell in eine schönere Gegend ziehen, sobald ich mein erstes Gehalt bekommen habe. Meine Nachbarin, eine ältere Dame namens Sybil, hat mir bereits ihre gebackenen Süßspeisen gebracht und mich zum Kaffee eingeladen. Ich denke, ich werde ihr von nun an den Einkauf mitbringen, damit sie den weiten Weg zum Supermarkt nicht auf sich nehmen muss. Die anderen Nachbarn habe ich bisher nicht zu Gesicht bekommen.

Auch Mr. Hershey hat mich sehr nett empfangen und mich in die Arbeit eingeführt. Ich bin sehr froh darüber, dass ich die Stelle im Museum bekommen habe. Ich hoffe, mein Wissen erweitern zu können und meine Promotionsarbeit erfolgreich abzuschließen. Ich bin nun eingeschrieben als ordentlicher Student der University of California, LA. Ich möchte nicht in Selbstmitleid versinken oder an meinem Fleiß zweifeln, aber ich bin mir nicht sicher, ob ich die Promotion und den neuen Job gleichzeitig unter einen Hut bekomme. Auf einen Zuschuss von Mutter kann ich nicht hoffen, seitdem sie alleine ist. Es tut mir im Herzen weh, sie alleine zu lassen, nachdem er uns verlassen hat, aber ich brauche Abstand von den Dingen, um einen klaren Kopf zu bekommen.

Ich will nicht enden wie er.

Heute Abend, das habe ich mir vorgenommen, werde ich ausgehen und das Nachtleben unsicher machen. Ich möchte ein paar Leute aus L.A. kennenlernen, außerhalb der Arbeit. Da ich keine verbindlichen und obligatorischen Vorlesungen mehr besuche, wird es schwierig für mich sein, Anschluss zu finden. Ich werde allerdings auch weiterhin versuchen, einige offene Vorlesungen zu besuchen, um mir ein paar Anregungen für meine Arbeit einholen zu können. Einige der Professoren werden hier hochgelobt, ich bin gespannt auf ihre Vorträge und bin zuversichtlich, was das angeht.

15. März 1958

Ich wünschte, ich könnte die Nacht noch einmal wie einen Film in meinem Kopf abspielen. In meinem ganzen Leben habe ich noch nie so einen Abend erlebt. Ich bin wahrhaft in der Stadt der Engel gelandet.

Sybil empfiehl mir, an den Hafen zu gehen, wenn ich das Nachtleben in L.A. am eigenen Leib erfahren wollte. Ich habe ihren Rat befolgt, schließlich weiß ich, dass sie schon ihr ganzes Leben hier wohnt und die Stadt besser kennt als ihre Westentasche.

Ich muss zugeben, dass ich in den ersten Tagen die Südstaaten vermisst habe, mit all ihrem Charme, den Plantagenanwesen, den Ländereien, die feuchte Hitze. Hier fühle ich mich wie in einer anderen Welt. Ganz besonders deutlich habe ich das am gestrigen Abend gespürt.

Natürlich habe ich mich herausgeputzt und schnell bemerkt, dass ich im wahrsten Sinne des Wortes overdressed war. Als ich am Hafen ankam, wo die Männer hauptsächlich Blue Jeans und Lederjacken trugen, fühlte ich mich in meinem hellen Leinenanzug absolut fehl am Platz und schrecklich unwohl. Als ich eine Bar betrat, entschied ich mich kurzerhand, die Jacke und den Hut so schnell wie möglich loszuwerden und an eine Garderobe zu hängen. Wenn sie jemand mitgenommen hätte, dann wäre es mir sehr recht gewesen.

In L.A. war alles anders als in den Südstaaten. Hier waren die Menschen modern und fortgeschritten, sie feierten das Leben, die Liebe und die Lust. Hier spielte keine kleine Streichergruppe im Salon eines Herrenhauses, sondern aus dem Radio tönte das neue Lied von Elvis, zu dem sich Männer wie auch Frauen bewegten, als gäbe es kein Morgen.

An der Theke tranken einige Männer Hochprozentiges, neben

ihnen standen Frauen, die sich von ihnen Zigaretten anstecken ließen.

Es dauerte eine ganze Weile, bis ich mich an den Lärm, an die vielen Menschen und ihre Andersartigkeit gewöhnt hatte und ich fühlte mich verloren an diesem Ort, auch wenn er mich gleichermaßen faszinierte.

Als ich mich an die Bar setzte und mir etwas zu trinken bestellte, während ich all diese Leute um mich herum beobachtete, kam ich mir vor wie ein Außerirdischer von einem anderen Planeten.

Ich hätte gerne eine dieser hübschen Frauen zum Tanz aufgefordert, aber sie waren diejenigen, die die Männer wählten, daher blieb ich sitzen, um mir eine Blamage zu ersparen. Ein bisschen enttäuscht war ich schon, von mir hauptsächlich. Ich schaffte es nicht, den Mund aufzumachen und mich jemandem vorzustellen, an den regen Gesprächen teilzunehmen und Teil dieser Welt zu werden. Sonst bin ich doch auch nicht auf den Mund gefallen.

Um ein wenig Luft zu schnappen und die kühle Abendluft zu genießen, kämpfte ich mir den Weg zur Tür frei. Draußen angekommen, konnte ich auf die tiefschwarze See und die schaukelnden Schiffe blicken. Die Nacht war sternenklar und ziemlich lau für März.

»Zigarette?«

An meiner Seite stand ein Mann, der am Geländer des Stegs lehnte und rauchte.

»Danke, aber ich rauche nicht.«

Ich hatte das Gespräch schon für beendet gehalten, aber ich spürte fortwährend seinen Blick auf mir ruhen.

»Aus den Südstaaten?«

Ich drehte mich wieder zu ihm herum und musterte ihn, versuchte zu schätzen, wie alt er sein mochte. In seinen Blue Jeans und dem engen weißen Shirt im Stil von James Dean sah er wahrscheinlich jünger aus, als er tatsächlich war. Vielleicht in meinem Alter, Mitte zwanzig. Er entsprach dem Männertyp, der Frauenherzen zum Schmelzen brachte, sobald er ihnen seine ungeteilte Aufmerksamkeit zukommen ließ.

»Ist das so offensichtlich?« Er lachte und stieß sich vom Geländer ab.

»Dein Akzent.« Er zeigte auf mein Gesicht, als könnte man es mir von der Nasenspitze ablesen, wo ich herstammte. »Henry.« Er reichte mir die Hand.

»Charles ... Baudelaire.«

»So wie dieser schlechtgelaunte Dichter?«

»Genauso wie der, ja.«

»Charles also.« Er musterte mich eingehend und mir war wirklich unwohl zumute. Seine braunen Augen bohrten sich in meine und ich weiß bis jetzt nicht, ob er mir sympathisch oder überheblich vorkam. Eine gesunde Portion Selbstbewusstsein hatte er jedenfalls. Seine Hand fand ihren Weg auf meinen Kopf und er fuhr mir durch das Haar. In diesem Moment fühlte ich mich wie ein kleiner Junge, denn das hatte seit einer gefühlten Ewigkeit keiner mehr bei mir getan.

Mir wurde heiß vor Scham und vor Wut. Was erlaubte er sich?

»Lass uns etwas trinken gehen, Charles«, fügte er hinzu und seine Hand blieb in meinem Nacken liegen, während er mich zurück in die Bar lotste. Er gab mir etwas aus und kaum hatten wir das erste Glas gestürzt, wurde er redselig.

Jetzt weiß ich, dass er aus der Gegend kommt und auch hier aufgewachsen ist, dass er zwei kleinere Geschwister hat (zwei Schwestern) und dass, obwohl er in einer Werkstatt arbeitet, seine wahre Leidenschaft die Musik ist. Und er ist 26 Jahre alt. Als ich ihm erzählte, dass ich derzeit meine Doktorarbeit in Kunstgeschichte schrieb, war er ganz schön beeindruckt. Das schmeichelte mir natürlich, denn er schien sich tatsächlich dafür zu interessieren. Als ich ihm von meiner Arbeit und dem Museum erzählte, in dem ich nun arbeite, hing er mir regelrecht an den Lippen. Ich weiß nicht genau, ob er nur höflich sein wollte. Ich glaube aber, dass er gänzlich ungekünstelt war und einen sehr echten und aufrichtigen Charakter hat.

Wir werden uns erneut treffen, jedenfalls haben wir das abgemacht. Ich habe ihm meine Adresse gegeben.

Soviel dazu. Ich bin froh, über meine neue Bekanntschaft in der Stadt der Engel, hoffentlich wird das nicht das letzte Treffen gewesen sein.

Ich fühlte mich ganz komisch, nachdem ich diesen Eintrag gelesen hatte. Als wäre ich für einen kurzen Moment in eine andere Zeit eingetaucht und hätte einen Teil von Grandpas Leben miterlebt. Jetzt würde ich die übrigen Einträge erst recht lesen müssen. Ich wünschte mir plötzlich, er hätte mir all diese Dinge selbst erzählen können, aber er war immer sehr schweigsam über seine Vergangenheit gewesen. Jetzt würde ich vielleicht endlich mehr über Grandma erfahren, die ich nie kennengelernt hatte. Laut Mum war sie eine lebensfrohe Frau mit einem einnehmenden Charakter gewesen. Bisher hatte ich aber nur ihre äußerliche Schönheit auf Fotografien bewundern können. Ich war gespannt auf den ersten Eintrag, in dem er sie erwähnen würde.

23. März 1958

Ich hatte schon fast die Hoffnung aufgegeben, dass er sich noch einmal blicken lassen würde. Vor einigen Tagen hatte ich mein Glück wieder in der Bar versucht und gehofft, ihn dort anzutreffen, aber er war nicht da gewesen.

In der letzten Woche habe ich mich einleben können und es war Alltag eingekehrt. Vier Mal in der Woche arbeite ich nun im Museum und helfe dabei, die Ausstellungen zu organisieren, mit den Künstlern zu telefonieren, die Führungen zu begleiten. Hershey hat bereits meinen Fleiß und meinen Ehrgeiz gelobt, das macht mich ein bisschen stolz, schließlich habe ich auch hart gearbeitet und wer freut sich nicht über ein bisschen Lob? Ich könnte es noch zu etwas bringen, hatte er gesagt und ich hoffe, er würde damit recht behalten.

Heute morgen bin ich in der Universität gewesen, habe mit dem Doktorvater einige Thesen besprochen, die ich in meine Arbeit einbringen möchte und befand mich dann auf dem Nachhauseweg, als ich ihn auf den Treppenstufen des Wohnhauses sitzen sah. Aus einem künstlerischen Blickwinkel betrachtet, sah er schön aus, wie er da gedankenverloren saß. Er stand auf, als er mich erblickte und hob mit einem schuldbewussten Lächeln die Hand. Obgleich ich ein bisschen enttäuscht war, dass er sich nicht schon eher hatte blicken lassen, freute ich mich. Er war schließlich zu nichts verpflichtet gewesen und wir hatten nur einen einzigen netten Abend miteinander verbracht. Das hieß noch lang nichts.

»Hallo, Charles.« Seine tiefe Stimme löste auch heute ein angenehmes Summen in meiner Brust aus.

Ich antwortete ihm, dass ich nicht mit Besuch gerechnet hatte und nicht darauf eingestellt war. Ich rechnete damit, dass er protestieren würde. Aber er winkte ab, nahm mir die Tüten vom Markt aus der Hand, bei dem ich unterwegs noch eingekauft hatte und stieg wie selbstverständlich hinter mir die Treppen hinauf, als wäre er schon ein dutzend Mal hier gewesen.

»Wir sollten was essen gehen, was hältst du davon?«

Da ich nichts geplant hatte außer zu kochen und am Abend etwas zu lesen, stimmte ich ihm zu und er führte mich durch verwinkelte Gassen zu einem Diner.

»Oder wolltest du schick ausgehen, wie in den Südstaaten?«, zog er mich auf. Er musste meinen skeptischen Blick bemerkt haben. Ich hatte mir bisher nicht vorstellen können, dass das Essen in solchen Schnellimbissen besonders lecker war, aber ich sollte eines Besseren belehrt werden.

Er bestellte ein paar Dinge von der Karte und währenddessen hatte ich genügend Zeit, ihn zu ausgiebig zu mustern. Seine Andersartigkeit wirkte anziehend auf mich. Ich hatte mich nie für einen unsozialen Eigenbrötler gehalten, aber er hatte eine Art das Leben zu leben, die mich faszinierte. Als gäbe es nichts auf der Welt, das ihn erschüttern oder aus der Bahn werfen konnte.

»Erde an Charles.«

Eine Hand wandelte vor meinem Gesicht. Ich blickte auf und fühlte mich ertappt. Die Kellnerin lächelte süßlich, aber genervt, anscheinend hatte sie die Frage nach meiner Bestellung schon mehr als einmal gestellt. Ich nahm das Erstbeste, was mir auf der Karte ins Auge sprang und sie preschte zurück zum Tresen.

»Hast du gefunden, nach was du suchst?«

»Was meinst du?«, fragte ich scheinheilig.

»Du hast mich angestarrt.« Er grinste von einem Ohr bis zum anderen und stieß mich unterm Tisch sacht mit dem Fuß an.

»Habe ich nicht.«

»Ich denke schon.«

Das ging eine ganze Weile lang hin und her und er beendete die Auseinandersetzung mit einem ungezwungenen Lachen, bei dem mir ganz warm in der Brust wurde.

Bislang hatte ich immer viele Freunde gehabt, aber mit ihm ist alles anders. Er ist anders ...

Henry war also tatsächlich nicht nur ein flüchtiger Bekannter gewesen, wie es schien. Grandpa muss ihn wirklich gemocht haben, wenn er dieses Foto all die Jahre lang aufgehoben hatte. Ob sie lange Zeit befreundet gewesen waren? Und wenn ja, warum hatte er ihn nie erwähnt? War es doch nur bei einer Bekanntschaft geblieben?

Ich hatte genau das gefunden, was ich mir gewünscht hatte. Einen Teil aus Grandpas Leben, seine Erinnerungen und Gedanken, die ihn für mich jetzt in diesem Augenblick lebendig machten. Ich blätterte weiter und fragte mich, ob Mum und Dad jemals einen Blick in diese Bücher geworfen hatten.

Ein paar getrocknete Blätter fielen heraus. Ich versuchte die Seiten zu finden, zwischen denen er sie gepresst hatte und landete beim 3. Juli des gleichen Jahres.

Ich glaube, ich habe zum ersten Mal in meinem Leben jemanden gefunden, der mich zu verstehen scheint. Einen echten Freund, vielleicht sogar mehr. Einen Seelenverwandten, wenn man daran glauben möchte. Ich denke jedenfalls, dass es das Schicksal war, das uns zusammengeführt hat. Es sind bisher nur ein paar Wochen vergangen, aber ich möchte auch nicht mehr ohne ihn sein. Wir sehen uns so oft wie nur möglich, mehrere Male die Woche und tun das, was uns beliebt, als wären wir Jungs und als gäbe es kein Morgen. Wir genießen das Leben und den Sommer. Ich habe mich noch nie so lebendig gefühlt wie jetzt. Es kommt mir vor, als hätte er mir erst gezeigt, was es heißt, richtig zu leben.

4. Juli 1958
Es ist etwas passiert, über das ich nicht schweigen kann. Aber ich finde auch nicht die richtigen Worte dafür ...

Heute wurde es richtig heiß und ich konnte ihn nicht von seiner Idee abbringen, aus der Stadt zu fahren. Wir sind mit seinem Auto, einem ziemlich rostigen Pickup, auf dessen Ladefläche er zwei genauso rostige Fahrräder geworfen hatte, weit rausgefahren. Ich konnte ihn gerade noch davon abhalten, uns nach Mexiko zu kutschieren. Irgendwo zwischen L.A. und San Diego hielt er und stieg aus, um die Räder fahrtüchtig zu machen. Von der Stelle aus konnte ich das Meer sehen.

»Kannst du überhaupt Fahrrad fahren oder lernt man so etwas in den Südstaaten nicht?«, fragte er mich und sah mich mit dem üblich kessen Ausdruck in den Augen an.

»Pass auf, dass du gleich noch fahren kannst«, hatte ich erwidert. Oder so etwas Ähnliches. Vielleicht wollte ich auch nur etwas dergleichen sagen, denn in seiner Gegenwart konnte ich nicht so schlagfertig sein wie ich es für gewöhnlich war.

Er hatte das Rad an der Lenkstange festgehalten, als ich aufgestiegen war und musterte mich dabei. Ich schwankte ein wenig, weil ich mein Gleichgewicht erst noch finden musste.

»Was?« Mein Kopf muss so rot wie eine Ampel gewesen sein.

»Nichts. Ich freue mich einfach auf den Tag mit dir.«

Mit solchen Aussagen brachte er mich immer aus dem Konzept. Er war jemand, der keinen Hehl aus seinen Gefühlen machte, seine Stimmung offen zeigte und sagte, was er dachte. Ich dagegen dachte viel, aber teilte nur einen Bruchteil davon mit anderen.

Die Sonne brannte mir in den Nacken, als wir auf den ausgestorbenen Straßen am Strand entlangfuhren. Wir redeten nicht viel und genossen einfach die kühlen Brisen, die die Wellen zu uns hinübertrugen. Der Tag war einfach perfekt. Ein schwülwarmer Sommertag auf dem Fahrrad am Strand, zusammen mit der Person, die einem am liebsten war.

An einem kleinen Supermarkt hielten wir an und er beauftragte mich, auf die Räder aufzupassen – als hätte jemand diese alten Schrotträder geklaut-, um ein paar Sachen einzukaufen. Kurz darauf kam er mit einem Haufen Leckereien wieder, die er in den löchrigen Fahrradkorb legte.

»Suchen wir eine schöne Stelle, wo wir was essen können.«

»Ist dir eigentlich schon einmal aufgefallen, dass du nur ans Essen denkst?«

Ein paar Kilometer weiter hatten wir die Räder zwischen die Dünen geworfen und waren durch den warmen weißen Sand hinunter zum Strand gegangen. Es war nicht das erste Mal, dass wir zusammen am Meer waren, aber hier und heute war es irgendwie anders gewesen. Ein bisschen erinnerte mich der Ort an Gemälde der toskanischen, menschenleeren Strände mit einem endlosen Blick auf das Meer. Nur Henry und ich, wie die einzigen Menschen auf diesem Planeten.

Während ich mich in den warmen Sand warf, schien er nach etwas zu suchen. Er ging zwischen den Dünen auf und ab und sammelte trockenes Treibholz auf.

»Was hast du vor? Willst du eine Hütte bauen?«

»Nein, nur ein Feuer machen.«

»Du kannst aus dem Nichts ein Feuer entzünden? Du bist doch näher an einem Höhlenmenschen als erwartet.«

»Kann ja nicht jeder als Doktor auf die Welt kommen.«

Er schnitt mir eine Grimasse und warf mir das Holz vor die Füße. Schon einige Male hatte er behauptet, er käme sich in meiner Gegenwart nutzlos und dumm vor, weil ich auf die blöde Universität ging. Wahrscheinlich hält er mich insgeheim für überheblich und arrogant, aber weiß es gut zu verbergen. Ich will weder, dass er ein solches Bild von mir noch von sich selbst hat. Ich liebe es, dicke Bücher zu lesen, ich schreibe gerne Aufsätze und interessiere mich für Kunst ... Und anscheinend reicht das für eine Promotion aus.

Ich sah ihm dabei zu, wie er das Holz zum Brennen brachte. Gott sei Dank, denn es wurde schneller dämmrig als erwartet und es war weit und breit keine Straßenlaterne in der Nähe, die uns auch nur ein bisschen Licht gespendet hätte.

Wir brieten Würstchen auf Stöcken, aßen Brot und Käse, tranken Bier und sahen uns gemeinsam den Sonnenuntergang an. Er fand es schade, dass er keine Gitarre dabeihatte. Er konnte nicht einmal Gitarre spielen. Ich schlug ihm vor, etwas zu singen, aber er lehnte dankend ab, woraufhin wir beide lachen mussten.

»Lass uns schwimmen gehen.« Als er das sagte, war es bereits stockfinster gewesen, nur der Mond erhellte den Strand noch, wenn er mal hinter den Wolken hervorlugte. Bevor ich widersprechen konnte, hatte er sich schon bis auf die Unterhose frei gemacht und sprang mit einem Satz ins Meer. Für einen Moment war ich so perplex, dass ich ihm nur hinterherstarren konnte. Ich kann nicht leugnen, dass ich seinen Körper ausgiebig gemustert hatte. Diese Muskeln ... So halbnackt im Mondscheint sah er aus wie die Statue eines griechischen Gottes.

»Wie kalt ist es?«

»Scheiße kalt!« Er lachte trotzdem und winkte mich zu sich. Ich rang eine Weile mit mir, schließlich mussten wir noch nach Hause kommen und ich wollte nicht nass bis auf die Knochen auf dem Drahtesel zurückradeln müssen.

Aber es war so ein Moment, dem man sich nicht entziehen konnte und ich stakste wie ferngesteuert auf das Meer zu.

Er hatte recht behalten. Das Wasser war scheiße kalt.

Ich tat es ihm nach und zog mich bis auf meine Unterhose aus. Wenn ich doch nur einen solchen Körper wie er besäße, aber bisher habe ich mir nie Gedanken darum gemacht. Mein Leben fand hinter einem Schreibtisch statt, nicht an der Werkbank oder auf einem Sportplatz zwischen Fitnessgeräten. Im Gegensatz zu meinem Hirn hat mein Körper nicht viel zu tun. Bisher hatte es auch noch keinen gegeben, vor dem ich mich in dieser Weise genieren konnte. An den Abenden im Club hatten wir zusammen vor dem Kamin gesessen und über Schopenhauer und Rousseau diskutiert, die Werke von Picasso und Pollock betrachtet, aber waren nicht ein einziges Mal zusammen schwimmen gewesen. Zusammen mit Henry bin ich in eine völlig andere Welt eingetaucht.

Es kam mir filmreif vor, wie Henry dort im Licht des Mondscheines in der kleinen Bucht zwischen den Klippen schwamm und mich zu sich winkte. Wie kann man freiwillig bei Dunkelheit ins offene Meer hinausschwimmen wollen?

»Kannst du nicht schwimmen?«

Natürlich konnte ich schwimmen, ich war schließlich ein erwachsener Mann. Aber in Gegenwart von Henry kam ich mir vor wie ein Kind, schließlich behandelte er mich auch wie eins.

Ich tauchte den Körper ins kalte, pechschwarze Wasser und zog einige Bahnen um ihn herum. Ich versuchte nicht allzu sehr mit den Zähnen zu klappern, denn ich wollte nicht, dass er mich für eine Memme hielt.

Ich bin mir nicht sicher, ob ich über das schreiben soll, was als Nächstes passierte. Was, wenn jemand meine Tagebücher findet? Was, wenn überhaupt jemand davon erfährt?

Henrys Finger schlossen sich um mein Handgelenk und er zog mich an seine Brust. Eher halbherzig versuchte ich noch ihn abzuschütteln und meinte, er solle keinen Quatsch machen. Bevor ich mich versah, lagen seine Lippen auf meinen ...

Ich starrte auf Grandpas Worte und spürte, dass mir das Herz bis zum Hals schlug. Das konnte doch nur ein schlechter Scherz sein. Ich las die letzten Zeilen noch einmal, dann ein drittes Mal und ich konnte es immer noch nicht glauben. Tausend Gedanken schossen durch meinen Kopf und überschlugen sich. War Henry in meinem Grandpa verliebt gewesen und war diese Liebe erwidert worden? Warum sonst hatte er dieses Foto behalten?

Ich hoffte, die restlichen Seiten würden mir diese Fragen beantworten, doch ein Geräusch im Haus ließ mich jäh zusammenzucken.

Wie lange hatte ich hier oben gesessen? Mit immer noch klopfendem Herzen kam ich auf die Beine und stolperte zur Hühnerleiter, die ich mit zittrigen Gliedern hinunterkraxelte.

Mit einem lauten Poltern faltete sich die Treppe wie eine Ziehharmonika zusammen und verschwand in der Decke.

»Samuel?« Ich erkannte die Stimme meiner Mutter und dachte zuerst daran, einfach so zu tun, als hätte ich sie nicht gehört und mich in meinem Zimmer zu verkriechen. Doch nach kurzem Zögern ging ich zu ihr in die Küche, wo sie gerade Papiertüten voller Gemüse auf der Anrichte ablud.

Einen Moment lang musterte sie mich argwöhnisch von Kopf bis Fuß, dann zuckte ihr Mundwinkel in der Andeutung eines Lächelns. Die letzten Tage hatte Mum oft und lang geweint, irgendwann war sie jedoch zu dem Schluss gekommen, »das Leben ginge weiter.« Das klang für meine Ohren zwar hart, aber sie hatte damit etwas ausgesprochen, zu dessen Einsicht jeder Verbliebene irgendwann kommen musste. Auch wenn wir uns für unsterblich hielten und damit rechneten, dass wir mindestens hundert Jahre alt wurden, wussten wir, dass wir früher oder später alle sterben mussten. Lieber später als früher. Grandpa Charles hatte sicherlich ein erfülltes Leben gehabt, jedenfalls hatte er immer den Eindruck gemacht, er hatte viel erreicht, Menschen um sich gehabt, die ihn liebten. Mit 80 Jahren zu sterben war immer noch besser als mit 15.

Mum umrundete den Tisch und legte ihre kühle Hand auf meine Wange. Draußen schien es kalt geworden zu sein.

»Wie geht es dir?«, fragte sie und zupfte an einer Locke, die mir in die Stirn fiel.

»Besser als gestern.« Das war mittlerweile zu meiner Standardfloskel geworden. Es ging mir nicht *gut*, dafür war in der letzten Zeit zu viel passiert und ich wollte nicht lügen, schließlich merkte sie solche kläglichen Versuche meist sofort. Und ich wollte ihr nicht erklären müssen, dass da noch mehr war, abgesehen von dem Unfall und Grandpas Tod.

Natürlich dachte ich gelegentlich noch an Adam, aber es half mir, dass ich zu Hause bleiben durfte, um das Geschehene zu verarbeiten. Es wäre schlimmer und wahrscheinlich unmöglich gewesen, wenn ich ihn täglich in der Schule gesehen hätte. Die unzähligen Nachrichten auf dem Handy, die ich inzwischen ungelesen in den digitalen Papierkorb verfrachtete, reichten schon. Ich wollte nicht mit ihm darüber diskutieren oder mir weiterhin Gedanken darum machen und war einfach froh, dass nicht mehr zwischen uns passiert war. Ich hätte es bitterlich bereut, wenn Mason an noch mehr Munition gewonnen hätte, die er auf mich abfeuern konnte. Ein einziger Kuss bedeutete gar nichts ... offensichtlich.

»Wenn du doch noch mal zur Therapie gehen möchtest ...«, fing sie an, aber ich unterbrach sie mit einem vehementen Kopfschütteln.

»Die brauche ich nicht mehr.« Ich hatte den Vorsatz gefasst, dass ich es zumindest versuchen wollte, mich mit meinen Gefühlen auseinanderzusetzen. »Es geht mir gut, wirklich. «

Mum lächelte nun wirklich und widmete sich ihren Tüten. »Das freut mich zu hören. Wir sind ja auch noch da, wenn du jemanden zum Reden brauchst.«

Ja, natürlich. Welcher Pubertierende schüttete seiner Mutter das Herz aus und erzählte ihr all die Dinge, die ihn beschäftigten? Ich liebte meine Mutter sehr, aber es musste Grenzen geben.

»Ich weiß.«

»Möchtest du mir beim Kochen helfen? Dein Vater wird bald zu Hause sein.«

Ich nickte stumm. Während ich Paprika wusch und schnitt, stand sie bereits am Kochtopf und rührte fleißig darin herum. Zwischen uns hatte sich ein angenehmes Schweigen breitgemacht. Es hatte zu regnen begonnen und neben dem stetigen Geräusch des Messers, welches auf das Holzbrettchen traf, das leise Zischeln und Köcheln in den Töpfen, waren lediglich die Tropfen zu hören, die gegen die Fensterscheibe prasselten.

»Wollte dein neuer Freund dich nicht mal besuchen kommen?«

Ich seufzte hörbar und legte das Messer zur Seite, um ihr die Paprika zu reichen. Warum mussten Mütter immer solche Fragen stellen?

»Er ist nicht mein Freund, Mum.«

»Achso?« In ihrer Stimme lag ein fragender Unterton. Sie runzelte die Stirn und zog die Brauen hoch. Mir war klar, dass ihr die Antwort noch nicht genügte.

»Er hat mich nur ein einziges Mal nach Hause gefahren. Und das wars auch schon. Wir können keine Freunde sein, schließlich leben wir in zwei völlig verschiedenen Welten. Er ist Footballspieler und einer der beliebtesten Schüler und ich ...«

»Ja?«

»Ich bin eben nicht so.«

Die Tür ging auf und wir hörten ein Ächzen und Schnauben. Einen Moment später stand Dad im Türrahmen, nass bis auf die Knochen, und zog seine Dienstjacke aus. Es war immer noch ein ungewohnter Anblick, seine Waffe am Halfter zu sehen. In diesen Augenblicken musste ich mir vorstellen, wie er dazu genötigt wurde, sie zu benutzen, denn zu solchen Situationen kam es sogar in Kleinstädten wie Ravenswood sie eine war.

Mum nahm ihm die Jacke ab und gab ihm einen Kuss auf den Mund. »Geh duschen, bis dahin ist das Essen fertig.«

»Jawohl, Ma´am.« Seine Augen wanderten von ihr zu mir und er runzelte die Stirn. »Wir beide werden uns später unterhalten.«

Das klang nicht besonders erfreulich und mir schwante schon Böses. Mum warf mir einen fragenden Blick zu, aber ich zuckte nur mit den Schultern. Ich hatte nicht die leiseste Ahnung, worüber er so dringend mit mir sprechen wollte.

»Deck bitte schon einmal den Tisch, Samuel.«

Ich tat wie mir geheißen und holte drei Teller aus dem Schrank. Mir wurde einmal mehr schmerzlich bewusst, dass es nie wieder ein gemeinsames Essen mit der gesamten Familie geben würde.

Während ich mich schon an den gedeckten Tisch setzte und Mum mir reichlich auftat, kam Dad mit noch feuchtem Haar herein und setzte sich neben sie.

»Also«, brach er nach einigen endlosen Augenblicken des Schweigens die Stille, während er in seiner Paprika stocherte und mich dabei fixierte. »Es ist ja nicht so, als hätte ich nicht gewusst, dass du uns bezüglich deines - wie du es nanntest - *Unfalls* belogen hast, aber anscheinend gibt es auch noch rechtschaffende Bürger in dieser Stadt. Wenige, aber es gibt sie. Wir haben heute einen anonymen Anruf auf der Wache bekommen. In dem Telefonat stellte sich heraus, dass der Anrufer Zeuge deines *Unfalls* war und beobachten konnte, was passiert ist. Warum hast du uns nicht erzählt, was passiert ist?«

Mein Herz schlug plötzlich schneller und ich versuchte, mich von seiner polizeilichen Autorität nicht einschüchtern zu lassen. Einige Sekunden lieferten wir uns einen Starrwettkampf.

Bis jetzt klang das alles noch ziemlich schwammig. Wer sollte dieser Anrufer gewesen sein? Am Ufer war weit und breit niemand gewesen, das würde bedeuten, dass entweder Mason, Cole oder Jackson der Anrufer gewesen sein musste. Mason hätte nicht den Anstand sein Vergehen einzugestehen. Cole vielleicht? Er hatte ihn immerhin auch zurückgehalten.

»Mh nein?«, erwiderte ich langsam. Erst einmal so tun, als wüsste ich von nichts.

»Der Anrufer behauptete, dass du von einem Jungen namens Mason gestoßen wurdest. Mason Bishop, das ist der Sohn von Parrish Bishop, dem Schreiner. Kein Wunder, dass der Junge kriminell wird, wenn er ihn als Vater hat.«

Meine Mutter schien wie erstarrt, ihre Gabel, die sie eben noch zum Mund geführt hatte, schwebte förmlich in der Luft. Ihre Augen, die an meinen Vater geheftet gewesen waren, wanderten zu mir. Ich wusste nicht genau, was ich in ihrem Blick lesen konnte. Erschütterung, Entsetzen, Verwirrung?

»Ich bin gestolpert«, versicherte ich ihm noch ein letztes Mal und er seufzte genervt.

»Ich weiß, dass du niemand bist, der andere verpfeift und an den Pranger stellt, aber wenn der Anrufer die Wahrheit gesagt hat, dann haben wir es mit einer Straftat zu tun, Samuel. Und es geht nicht nur darum, dass du mein Sohn bist. Es geht darum, dass solche Menschen mit Konsequenzen rechnen müssen, wenn sie wahllos Leute auf der Straße angreifen.«

»Ist das wahr, Sammy?«, mischte sich jetzt auch Mum ein. »War er es, der dich verletzt hat?« Sie griff nach meiner Hand, als könnte sie mir mit ein wenig zwischenmenschlicher Nähe die Wahrheit entlocken.

»Ich möchte nicht, dass eine große Sache draus wird, okay? Es ist ja nichts Schlimmes passiert.« Ich wollte mir die letzten Wochen auf der Schule nicht noch zur Hölle machen lassen, und genau das würde passieren, wenn die Sache zur Polizei ging. Mason würde mich lynchen.

»War Bishop da oder nicht? Mein Gott, Samuel, lass dir nicht jedes Wort einzeln aus der Nase ziehen.« Es schien Dad wirklich ernst zu sein.

»Ja, er ist dort gewesen«, murmelte ich leise und Mum schlug die Hand vor den Mund.

Eine Weile lang aß Dad schweigend weiter. Seine Stirn war gerunzelt und seine linke Hand, die neben seinem Teller auf dem Tisch lag, war zur Faust geballt. Sein Körper war angespannt und er schien über etwas zu grübeln. Nach ein paar Minuten legte er die Gabel zur Seite und schob schließlich den leeren Teller von sich weg.

Ich kaute angestrengt auf meinem Reis und schluckte schwer, als ich ihre Blicke erneut auf mir spürte.

»Und jetzt die ganze Geschichte, Samuel. Bitte keine Lügen mehr.«

Im Grunde hatte ich nie gelogen. Ich hatte ihnen nur nicht die ganze Wahrheit erzählt und einzelne Details ausgelassen. Zählte das schon als Lüge? Für einen Polizisten wahrscheinlich schon.

»Nach Grandpas Trauerfeier bin ich vom Friedhof an den Fluss gegangen.« Mum nickte zustimmend, schließlich war ich nicht gegangen, ohne ihnen Bescheid gesagt zu haben. »Irgendwann stießen Mason und seine Freunde dazu …«

»Und wie heißen diese Freunde?«, unterbrach mich Dad. Er war jetzt absolut in seinem Polizistenmodus und ich hatte keine Chance mehr, mich seinem Verhör zu entziehen.

»Cole Cunningham und Jackson Thomas.«, erwiderte ich

langsam, als könnte ich damit irgendetwas aufhalten, was er ins Rollen gebracht hatte. Wenn ich ihm die ganze Wahrheit erzählte, dann säßen wir wahrscheinlich schon gleich morgen alle auf der Wache.

»Was ist dann passiert?« Gedanklich schien er sich Notizen zu machen und das übliche Protokoll zu führen.

Ich zuckte leicht mit den Schultern und versuchte mich daran zu erinnern, was genau danach passiert war. Ich konnte und wollte meinen Eltern nichts davon preisgeben, was Mason erzählt hatte. Sie mussten nichts von der ganzen Sache mit Adam wissen, schließlich gab es da auch kaum etwas zu sagen, bis auf die Tatsache, dass ich ihn sehr gerne gehabt hatte und das genau der Punkt gewesen war, mit dem man mich am meisten hatte verletzen können.

Das hier war bestimmt nicht die Situation, um den Eltern zu beichten, dass man Gefühle für einen anderen Jungen entwickelt hatte. Das war eine ganz andere Geschichte.

»Da gibt es nicht viel zu sagen. Er wollte mich provozieren, dann hat er mich gestoßen und ich bin gestolpert. Wahrscheinlich habe ich mir den Kopf an einem Stein angeschlagen.«

»Du hast Prellungen, Samuel! Waren das etwa auch Steine?«

»Dad, bitte. Mason und ich, wir können uns einfach nicht leiden. Es war nicht das erste Mal, dass wir aneinandergeraten sind.« Das klang beinah so, als wäre ich ihm körperlich gleichgestellt. Ich wäre nie auf die Idee gekommen, mich gegen ihn zur Wehr zu setzen.

»Er hat dich geschlagen, nicht wahr? Und sicher war es nicht das erste Mal gewesen. Solche Jungen wie Mason Bishop einer ist, kenne ich ganz genau.« Für ihn schien der Fall gelöst zu sein. Als er aufstand, drückte er Mums Schulter und umrundete den Tisch. Seine Hand fand ihren Weg auf meinen pochenden Kopf und er beugte sich hinunter, um seinen Mund auf meinen Schopf zu drücken. »Danke, dass du ehrlich zu uns warst, Sam. Du bist ein guter Junge und möchtest nicht, dass es zu einer großen Sache wird. Aber es ist eine große Sache. Du hattest Glück, dass du nur mit ein paar Blessuren davongekommen bist. Diese Jungen gehören für ihre Tat bestraft. So will es das Gesetz und so will ich es ... als dein Vater.«

Ich schluckte schwer, als ich sah, dass Mum mit sich zu kämpfen schien, um nicht in Tränen auszubrechen. Ich legte die Hand auf ihre, drückte sie leicht, um sie zu beruhigen und versuchte es mit einem Lächeln.

»Und was passiert jetzt?«, wollte ich wissen.

»Wir werden dich offiziell zur Aussage aufs Revier vorladen. Mason und die anderen werden ebenfalls eine Einladung bekommen. Da es sich um den Tatbestand einer Körperverletzung handelt, wird die Sache wohl vor Gericht gehen.«

»Nein, Dad, bitte. Ist das nicht ein bisschen übertrieben?« Ich hatte genau gewusst, dass so etwas die Folge sein würde, wenn ich die Wahrheit sagte. Jetzt war meine schlimmste Befürchtung eingetroffen. Wenn Mason aufs Revier geladen werden würde, würde er mir die Hölle heiß machen.

»Darüber ist nicht mehr zu diskutieren, Samuel. Hilf deiner Mutter, das Geschirr in die Spülmaschine zu räumen, ich werde telefonieren.« Auf der Schwelle zum Flur machte er Halt und drehte sich noch einmal um. »Ab morgen wirst du auch wieder zu Schule gehen. Ich möchte nicht, dass du dich hier ewig einschließt und versteckst.«

Dad hatte recht. Ich konnte mich nicht ewig in meinem Zimmer verbarrikadieren, schließlich war ich ein Teil dieser Welt.

Für den Rest des Tages blieb meine Mutter stumm. Es tat mir leid, dass ich ihr schon wieder Sorgen bereitete und sie sich Gedanken über mich machen musste. Sie warf mir gelegentlich Blicke zu, die ich nicht ganz zu deuten wusste. Vielleicht fragte sie sich, warum mir solcherlei Dinge widerfuhren. Die Frage stellte ich mir auch, aber was brachte es schon, sich Gedanken darüber zu machen. Man musste die Dinge nehmen, wie sie eben kamen, mittlerweile hatte auch ich das gelernt.

Kapitel 10

Fast zwei Wochen war ich der Schule nun durch Grandpas Tod und meinen eigenen Unfall ferngeblieben. Was mich am meisten daran störte, nun wieder den Unterricht besuchen zu müssen, war die Tatsache, dass ich dadurch kaum mehr einen günstigen Augenblick finden würde, in Grandpas Tagebücher zu schauen. Und das wurmte mich enorm. In der letzten Nacht hatte ich kaum ein Auge zu tun können, weil meine Gedanken nur um das kreisten, was er geschrieben hatte. Dieser Lebensabschnitt war wohl keiner, den er vor anderen so einfach offenbart hatte. Es juckte mich so sehr in den Fingern, Mum danach zu fragen, ob ihr der Name bekannt vorkam, aber eine solche Frage, würde sie nur neugierig machen.

Ein weiterer Grund war natürlich, dass ich nicht auf Adam treffen wollte und noch weniger auf Mason. Mein Leben wurde maßgeblich von drei Männern beeinflusst, deren Handlungsstränge mehr oder weniger miteinander verknüpft waren. Wenn Mason es nicht auf mich abgesehen hätte, wäre die ganze Sache mit Adam nicht passiert. Wenn Grandpa nicht gestorben wäre, hätte es meinen Unfall nicht gegeben und die ganze Farce wäre nicht aufgeflogen.

Das waren die Gedanken, die ich mir machte, während ich durch den Schnee zur Schule stapfte. In der Nacht zuvor hatte es geschneit und eine dicke, weiße Decke der Stille hatte sich über die Stadt gelegt. Die einzigen Geräusche waren meine knirschenden Schritte und das Rascheln meiner dicken Winterjacke, in der ich mich fühlte wie ein Marshmallow, hin und wieder das Knirschen der Reifen eines vorbeifahrenden Autos. So früh im Jahr hatte es seit Ewigkeiten nicht mehr geschneit, aber ich freute mich ein bisschen über den Jahreszeitenwechsel.

Ich konnte jeder Jahreszeit etwas abgewinnen, aber mir war der Winter vielleicht die liebste. Im Winter beäugte einen niemand schief, wenn man lieber zu Hause blieb, als rauszugehen und man musste sich keine Ausreden einfallen lassen, warum man den Sonnenschein nicht an der frischen Luft genießen wollte. Erstens konnte ich die Sonne auch von meinem Zimmer aus sehen, und wenn mich der Wunsch nach Frischluft überkam, hatte ich immer noch die Möglichkeit in den Genuss des weitläufigen Gartens von Moorland zu kommen. Viel mehr brauchte ich nicht, um glücklich zu sein.

»Hey Samuel, schön, dass du wieder da bist. Geht es dir besser?«

Am Eingang der Schule stand eine Gruppe Mädchen, die sich angeregt unterhalten hatten, bis ich an ihnen vorbeigegangen war. Mein Blick glitt über ihre Gesichter und blieb an einem dunkelhaarigen Mädchen hängen, deren Haut weiß wie der Schnee war und ihre Augen so dunkel wie das Gefieder einer Krähe. Chloe hatte für einige Monate lang im Literaturkurs neben mir gesessen und ich hatte hin und wieder einige Worte mit ihr gewechselt. Ich hätte allerdings nicht damit gerechnet, dass sie sich an meinen Namen erinnerte.

»Mir geht es gut, vielen Dank.« Das Gerücht über meinen Krankenhausaufenthalt schien sich schnell verbreitet zu haben und ich fragte mich, wieviel die Leute hier wussten.

»Das ist schön. Mr. Green ist ohne dich schon fast verzweifelt.« Sie schenkte mir ein Lächeln, als sie ihren Freundinnen in die Schule hinein folgte und ließ mich ein bisschen perplex zurück.

Der Stundenplan sagte, dass ich in der ersten Stunde Mathe bei Mr. Brown hatte. Das Schlimme daran war nicht, dass nicht nur Gleichungen auf mich warteten, die mir die Welt zu erklären versuchten, sondern auch Adam.

Als ich den Klassenraum betrat, ging ein Raunen durch die Menge. Einige grüßten mich und ich erwiderte ihr Hallo mit einem Stirnrunzeln.

Als ich meine Bücher herausholte und den schweren Wälzer voller algebraischer Gleichungen auf das Pult fallen ließ, betrat, dicht gefolgt von Mr. Brown, auch Adam den Klassenraum. Teilnahmslos schweiften seine Augen über die Köpfe hinweg, bis er an mir hängen blieb. Einen sehr langen Augenblick sahen wir einander nur an, bis ich den Blick löste und auf den mitgenommen aussehenden Bucheinband starrte.

»Schlagen Sie keine Wurzeln und setzen Sie sich doch endlich, Mr. Lookwood.«

Adam schulterte seine Tasche und sah mich mit einem Ausdruck der Enttäuschung, des Mitleids und des Unverständnisses in den Augen an. Jedenfalls bildete ich mir das ein. Vielleicht war er gar nicht in der Lage solche Dinge zu empfinden, denn wie Mason schon bemerkt hatte, er war ein verdammt guter Schauspieler.

Ich ärgerte mich darüber, dass mein Herz bei seinem Anblick schneller schlug und mein Gesicht ganz heiß wurde.

Kaum hatte der Unterricht begonnen, drang ein leises Summen aus meiner Jackentasche und ich spürte ein Vibrieren. Unauffällig tastete ich nach dem Handy und entsperrte den Bildschirm.

Bitte lass uns nach der Stunde miteinander reden.

Ich spürte Adams starrenden Blick in meinem Nacken und wagte es nicht, mich nach ihm umzudrehen. Am liebsten würde ich ihn einfach für die nächsten Monate ignorieren, dann hätte ich mich allerdings kein Stück gebessert. Ich wollte versuchen, mich den Dingen zu stellen, mir anhören, was er zu sagen hatte, obgleich ich davon überzeugt war, dass es eigentlich nichts mehr zu sagen gab.

In Ordnung.

Seine Antwort kam keine Sekunde später:

Danke.

Der Unterricht zog sich zäh dahin und ich war froh darum, denn das Aufeinandertreffen mit Adam rückte mit jeder Minute näher. Mr. Brown ließ es sich nicht nehmen, uns eine umfangreiche Hausaufgabe zu geben, die mit einem genervten Stöhnen der Klasse quittiert wurde. Ich ließ mir betont viel Zeit damit, meine Bücher und Hefte in der Tasche zu verstauen. Adam hatte den Raum schon verlassen und ich hatte die Hoffnung, dass er es sich anders überlegt hatte.

»Wie geht es Ihnen, Samuel?« Mr. Brown wischte die Gleichungen auf der Tafel weg und drehte sich zu mir herum. Unter seinem bauschigen Schnurrbart zeichnete sich ein freundliches Lächeln ab. Er war sympathischer als der Großteil der Mathematiklehrer, die ich bisher kennengelernt hatte, und hatte eine vertrauenserweckende Art.

»Es geht mir gut, danke.«

»Man sagte uns, dass sie einen Unfall hatten und im Krankenhaus lagen. Mussten Sie operiert werden?«

»Es waren ein paar Stiche nötig, um das Loch in meinem Kopf zu nähen. Ich bin gestürzt.« Solange noch niemand aufs Revier geladen wurde und die Polizei meinen Beschuldigungen nicht nachgegangen war, würde ich bei dieser Version der Geschichte bleiben.

»Sie sollten besser auf sich achtgeben. Ich kann es mir nicht leisten, Sie als vorbildlichen Schüler zu verlieren. Lassen Sie mich nicht mit dieser Horde von intellektuell Obdachlosen allein zurück.« Er zwinkerte mir zu und gab mir einen Klaps auf den Rücken. War das irgendwie ein Ding von Männern seines Alters? »Sputen Sie sich, sonst bleiben für Sie in der Mensa nur noch die letzten verkohlten Fischstäbchen übrig.«

Ob Lehrer ein Gespür dafür hatten, dass man ein sozial Geächteter in der Sozialordnung der Schule war? Ein Außenseiter? Außerhalb von was eigentlich?

Meine Hoffnung, Adam hätte seine Meinung geändert, wurde zerstört, als ich ihn an die Wand gelehnt im Flur stehen sah.

»Hey.« Er lächelte nicht und mir wurde der Ernst der Lage klar. »Lass uns einen freien Raum suchen.« Er wandte mir den Rücken zu und stapfte voran.

Schweigend ging ich hinter ihm her und wir bahnten uns den Weg durch die Schülermassen, die uns entgegenkamen und sich zur Mensa durchschlugen.

»Hier rein.« Er zog die Tür zu den Kunsträumen auf und wartete darauf, dass ich eintrat.

Ich schlurfte über die Schwelle und stand wie ein Depp planlos zwischen den Leinwänden, auf denen verschiedene Stillleben abgebildet waren. Meine Hände wurden ganz schwitzig und ich steckte sie in die Taschen meines Hoodies. Natürlich würde er gleich versuchen, sich herauszureden und mir irgendwelche Ausreden auftischen.

Er ließ seine Tasche zu Boden gleiten und lehnte sich an einen der Tische, der vollgestellt war mit Pinseln, Wasserbechern und Acryltuben. Einen Moment lang sagte niemand etwas und der einzige hörbare Laut war der tropfende Wasserhahn in der Ecke des Raumes.

»Ich habe mit Hannah Schluss gemacht.«

Ein wenig verdattert war ich schon. Damit hatte ich nicht gerechnet. Ich wollte mir gar nicht vorstellen, was in den letzten Tagen losgewesen sein muss, wenn sich solche Neuigkeiten in der Schule verbreiteten. Hatte es eine große Szene in den Schulgängen gegeben oder hatten sie sich einvernehmlich voneinander getrennt? Letzteres konnte ich mir kaum vorstellen, wenn man die Tatsache bedachte, dass Hannah immer den Eindruck gemacht hatte, als würde sie sehr an Adam hängen.

»Herzlichen Glückwunsch?« Ich wusste nicht recht, was ich darauf erwidern sollte. Sein Tonfall hatte nicht unbedingt traurig über diese Tatsache geklungen, eher sachlich. An jenem Abend hatte er mir gegenüber schon erwähnt, dass er sie im Grunde gar nicht liebte.

Darauf folgte erneut ein endloses Schweigen. Er knetete unablässig seine Hände, aber nahm den Blick nicht von mir.

»War das alles, was du mir sagen wolltest?« Ich machte einen Schritt in Richtung Tür, als er sich vom Tisch abstieß und das Schloss herumdrehte. Mir wurde mulmig zumute. Adam war nicht wie Mason, er hatte sicherlich nicht vor, handgreiflich zu werden, aber ... was wusste ich schon über ihn? Die Zeit, die wir miteinander verbracht hatten, war eine Lüge gewesen und er hatte mir all diese Dinge nur erzählt, um mich zu täuschen. Erfolgreich, schließlich war ich darauf hereingefallen.

»Lauf nicht wieder einfach weg. Ich bin noch nicht fertig.«

»Okay.«

Er fuhr sich mit der Hand durch den Schopf und ich kam nicht umhin mich zu fragen, was hinter seiner gerunzelten Stirn vorging. Schon vorher war es schwer für mich gewesen, ihn einzuschätzen, mittlerweile war mir alles an ihm ein Rätsel.

»Ich weiß, ich habe nicht das Recht dazu, aber ich bin wütend. Und enttäuscht.«

Er war wütend und enttäuscht?

»Ich habe dir bestimmt hundert Nachrichten geschickt und du hast sie nicht einmal gelesen«, warf er mir vor.

Anfangs hatte ich sie mir noch angesehen, irgendwann hatte ich sie direkt gelöscht. Sie bestanden hauptsächlich aus der Bitte, ihm endlich zu schreiben und ihm zu sagen, ob es mir gut ginge.

»Ich habe mir Sorgen um dich gemacht. Als ich erfahren habe, dass Mason dir alles erzählt hat, wollte ich dich im Krankenhaus besuchen, aber sie haben mich nicht zu dir gelassen und in den Tagen darauf warst du schon entlassen worden. Es ist alles anders, als du denkst.«

»Ich verstehe nicht …« Jetzt kamen die Floskeln, die ich erwartet hatte, aber warum klang er dabei so aufrichtig? Mason hatte mir sicherlich keine Lügen erzählt, dafür passte alles viel zu gut zusammen.

»Dann lass mich es dir bitte erklären.« Er trat einen Schritt auf mich zu, aber ich verschränkte die Arme vor der Brust und wandte den Blick ab, um ihm verstehen zu geben, dass ich nicht bereit war, mit ihm auf Tuchfüllung zu gehen. »Vor ein paar Wochen saßen wir zusammen an unserem Tisch in der Mensa und haben über dich geredet. Du saßt wie immer an deinem Platz und hast ganz allein dein Mittagessen gegessen. Mason meinte, wir sollten wetten. Der Gewinner wäre derjenige, der es schafft, deine Freundschaft zu gewinnen.«

»Ja, davon habe ich bereits gehört. Und du hast diese Wette mit ihm abgeschlossen.« Ob es dabei auch einen Gewinn gegeben hatte? »Um was habt ihr gewettet? Geld?«

Er seufzte hörbar und nickte langsam. »Ich weiß, was du von mir denken musst. Aber so ist es nicht. Und ich habe dieses Geld auch nicht angenommen!«

Ich wusste nicht, ob ich ihm glauben sollte, aber ich antwortete nicht, um mir auch den Rest seiner Geschichte anzuhören. Mein Schweigen schien ihn zu ermutigen, denn er setzte erneut zum Sprechen an.

»Ich bin nicht der Beste darin, sich zu entschuldigen und ich weiß genau, dass keine Entschuldigung der Welt für das, was ich getan habe, ausreicht. Aber all das, was ich zu dir gesagt habe, war nicht gelogen. Ich habe immer nach einem Weg gesucht, mit dir ins Gespräch zu kommen und versucht, dich für mich zu gewinnen. Als Mason auf diese Idee kam, erschien es mir als einfachste Lösung, mit dir reden zu können, ohne dass er dumme Fragen stellt. Das war feige, ich weiß, aber ich bin nicht so mutig wie du. Du spielst eben in einer ganz anderen Liga als ich.« Er sah mich mit großen Augen an und wartete wohl darauf, dass ich etwas dazu sagte, ich wusste nur nicht was. Seine Worte lösten gemischte Gefühle in mir aus.

»Kannst du mir verzeihen?«

Konnte ich das? Ich mochte ihn viel zu sehr, als dass ich böse auf ihn sein konnte, aber er hatte mich wirklich verletzt. Solche Dinge ließen sich nicht rückgängig machen, aber wir alle hatten eine zweite Chance verdient. Es brach mir keinen Zacken aus der Krone, wenn ich seine Entschuldigung annahm.

»Ist schon vergessen.«

Ganz zufrieden schien er mit meiner Antwort allerdings nicht zu sein. »Ist es möglich, dass wir von vorn anfangen und wir beide dieses Mal mit offenen Karten spielen?«

»Ich habe dich niemals angelogen«, entgegnete ich und runzelte die Stirn. Ich fühlte mich in die Ecke gedrängt und wollte einfach nur noch weg, mich irgendwo verkriechen. »Ich weiß nicht, was du von mir verlangst, Adam. Wenn du nur hören wolltest, dass ich nicht sauer auf dich bin und deine Entschuldigung annehme ... Gut, dann hast du ja jetzt, was du wolltest. Du brauchst dich nicht schuldig zu fühlen. Aber was um Gottes willen willst du noch von mir?«

»Das, was ich die ganze Zeit über wollte!« Wir sahen einander unverwandt in die Augen, während das stetige Tropfen des Wasserhahns die Stille durchdrang. »Dich.«

Ein paar Sekunden lang stand die Welt still. Mein Herz flatterte wild wie ein kleiner Vogel.

»Ich weiß, dass du mir nicht glauben kannst. Daran bin ich zum größten Teil selbst schuld. Ich hab´s einfach verspielt. Wenn du nichts mehr mit mir zu tun haben willst, dann werde ich das akzeptieren, aber du würdest mich glücklich machen, wenn du mir noch eine Chance geben würdest, um es dir zu beweisen.«

»Was zu beweisen?«, fragte ich zurück und spürte wie trocken mein Hals in den letzten Minuten geworden war. Jetzt umspielte ein Lächeln die perfekten Konturen seiner Lippen.

»Dass ich dich liebe.«

Kapitel 11

Ich kann mich nicht genau daran erinnern, wie mich meine Füße nach Hause getragen hatten. Das Adrenalin hatte in meinen Adern gepumpt und schien meine Sinne vernebelt zu haben, als ich Adams weiche Handinnenfläche an meinem Nacken gespürt hatte, seinen Daumen, der sanft über meine oberen Halswirbel strich …

Seitdem fühlte ich mich, als würde ich auf Watte gehen und ich konnte keinen klaren Gedanken fassen. Tausend wirre Fragen gingen mir durch den Kopf, auf keine von ihnen wusste ich eine Antwort. In diesem Moment wünschte ich mir einen Freund, dem ich mich hätte anvertrauen können, der Rat für mich wusste. Tyler hätte mir zur Seite gestanden.

Das L-Wort lag mir auf der Zunge, aber ich traute mich nicht, es laut auszusprechen. Ich spürte ein warmes Ziehen in meinem Bauch, wenn Adam mich mit seinen gewittergrauen Augen ansah, wenn er die Hand nach mir ausstreckte, wenn er mich bei meinem Namen nannte. Aber so einfach war das alles nicht, auch wenn ich tief in mir drinnen den Wunsch verspürte, diesen Gefühlen einfach nachzugeben.

Zielstrebig ging ich die leeren Flure von Moorland entlang bis ich unter der Dachbodenluke stand, deren Leiter ich dieses Mal gekonnt herunterließ. Die letzten Tage war Mum ständig im

Haus herumgewuselt und hatte mich unablässig im Auge behalten, da war es mir schier unmöglich gewesen, heimlich auf den Dachboden zu steigen und Grandpas Geheimnissen nachzugehen. Ich wollte einfach vor meinem Leben und den Problemen, dass es mit sich brachte, davonlaufen. Für den Moment jedenfalls. Den Wunsch, den ich hatte, mich ihm anzuvertrauen und seinem weisen und tröstenden Rat zu lauschen, konnte er mir nicht mehr erfüllen. Dafür wollte ich wenigstens in seinen Erinnerungen schwelgen und herausfinden, wie er die Situation damals gelöst hatte, die meiner gar nicht so unähnlich war. Grandpa hatte schließlich immer Rat gewusst. Adam hatte mich genau wie Henry ihn mit einem Kuss überrascht.

Ich schob die Kartons zur Seite und kramte nach dem in Leder eingebundenen Tagebuch meines Großvaters, das ich ganz weit hinten verstaut hatte.

7. Juli 1958

Wir haben uns seit einigen Tagen nicht mehr gesprochen. Ich weiß nicht, was ich ihm sagen soll. Nachdem er mich geküsst hat, war der Zauber des Abends zerstört gewesen. Ich konnte das Wort nicht mehr an ihn richten, ich wollte ihn nicht einmal mehr ansehen. Einige Male setzte er zu einer Erklärung für sein Verhalten oder vielleicht sogar zu einer Entschuldigung an, aber er scheiterte bei jedem Versuch kläglich.

Schweigend lud er die Räder auf die Ladefläche und wir fuhren zurück in die Stadt, wo er mich vor der Wohnung absetzte, ebenfalls wortlos.

Was hat er sich dabei gedacht? Wir hatten uns in der letzten Zeit miteinander angefreundet und ich muss zugeben, dass ich noch nie einen Freund wie Henry hatte. An einigen Tagen saßen wir einfach auf dem Dach, tranken ein Bier und sahen über die Dächer hinweg. In diesen Momenten kam es mir vor, als verstünden wir uns ohne Worte.

Und jetzt verstehe ich rein gar nichts mehr.

Er ist ein Mann, ich bin ein Mann. Männer küssen sich nicht, außer ...

Was, wenn ich die Nähe, die er zu mir gesucht hat, völlig falsch interpretiert habe? Was, wenn er einer dieser Männer ist, die sich in Männer verlieben? Es ist nicht so, als würde ich solche Dinge nicht gutheißen, denn jeder sollte den lieben, den er will. Die meisten Leute denken jedoch anders darüber, selbst in Los Angeles.

Vielleicht hat dieser Kuss auch gar keine Bedeutung, vielleicht war er aus dem Moment heraus geboren worden. Denn dieser Augenblick der Zweisamkeit im vom Mondschein getauchten Meer war wirklich etwas Besonderes und unvergesslich gewesen. Ein Kuss ist möglicherweise nur seine Art, Freude auszudrücken und bedarf keiner weiteren Worte. Hoffentlich sieht er das genauso. Ich will ihn nicht verlieren.

11.Juli 1958

Ich habe recht behalten. Wir haben kein Wort mehr darüber verloren. Heute Morgen stand er nach ein paar Tagen Funkstille vor der Haustür und hat so getan, als wäre nie etwas gewesen. Er lächelte, wie er es stets tut, und drückte mir eine Tüte frischer Sonntagsbrötchen in die Arme, als er an mir vorbei in die Wohnung trat.

»Ich bin froh, dass ich immer dich besuche. Meine Wohnung ist ein Saustall im Vergleich hierzu.« Er machte eine ausladende Geste durch meine spärlich eingerichtete Wohnung, während er zwei Tassen und Teller aus dem Serviceschrank holte. Er kommt so oft zu Besuch, dass er sich mittlerweile gut selbst zurechtfindet.

Ich bin tatsächlich noch nie in seiner Wohnung gewesen. Er hatte mir einmal die Straße und die Hausnummer genannt, aber bisher habe ich mich noch nie dazu durchringen können, ihn zu besuchen. Ich will nicht in seine Privatsphäre eindringen. Stattdessen lasse ich es mir lieber gefallen, dass er sich hier häuslich einrichtet und sogar seine Wäsche bei mir wäscht. Seine Waschmaschine ist kaputt, jedenfalls behauptet er das.

»Ich habe ein Paar Socken mitgebracht, die ich waschen muss, wenn du nichts dagegen hast.«

»Ich sollte einen Münzeinwurf einbauen. Warum gehst du nicht in den Waschsalon?«

Er lachte und schüttelte den Kopf, als hätte ich einen Witz gerissen. Tatsächlich kann ich ihn mir schwer vorstellen, wie er auf einem billigen Klapphocker zwischen alten Damen sitzt und in Klatschblättern stöbert.

Wir saßen ziemlich lang am Küchentisch, aßen die Brötchen, tranken frischen Kaffee, den er aufgegossen hatte und unterhielten uns darüber, was wir in der nächsten Zeit tun wollten.

Vor ein paar Wochen haben wir zusammen eine Liste geschrieben, auf der wir Dinge gesammelt haben, die wir zusammen erleben wollen. Sie ist ziemlich lang geworden. Ich habe vorgeschlagen, dass wir ein paar der Dinge wegstreichen könnten, aber Henry hatte widersprochen und etwas gesagt, über das ich nur gelächelt hatte. Er meinte, er will so viel Zeit mit mir verbringen, wie nur möglich. Seit dem, was vor einigen Tagen passiert ist, habe ich ein paar Bedenken was diese Worte angeht.

»Gehst du eigentlich nur mir auf die Nerven oder gibt es da noch andere?« Bisher hat er nicht den Eindruck gemacht, als hätte er viele beste Freunde, dabei kennt er Hinz und Kunz.

»Nur dir.« Er zwinkerte mir zu, wie er es zu tun pflegte, und gab mir einen Klaps auf den Rücken. Das ist irgendwie sein Ding.

»Oder wäre es dir lieber, wenn ich meine Wochenenden mit jemand anderem verbringe?«

»Einem Mädchen vielleicht.«

Anders als die meisten Männer in unserem Alter verliert er herzlich wenig Worte über die Damenwelt, und in den letzten Monaten habe ich nicht ein einziges Mal beobachten können, dass er den Versuch gemacht hat mit einer Frau anzubandeln. Vielleicht ist er sehr wählerisch. Dabei habe ich schon so oft beobachten können, wie sich ihm die Frauen an den Hals werfen und sich ihm anbieten. Er lässt eine nach der anderen abblitzen und erntet dadurch meist neidische Blicke der restlichen Männer in den Bars, in denen wir uns gelegentlich rumtreiben.

»Was soll ich mit einem Mädchen anfangen?«

»Du willst doch nicht bis an dein Lebensende allein bleiben, oder nicht?«

Der Blick, den er mir daraufhin zuwarf, war so durchdringend, dass sich mir die Nackenhaare aufstellten. Ich habe den Kuss immer und immer wieder Revue passieren lassen und das Schlimme daran ist nicht, dass ich ständig daran denken muss, sondern dass ich mich dabei ertappe, wie ich mir wünsche, dass er es noch einmal wagt. Welcher normale Mann wünscht sich sowas?

»Habe ich das behauptet?«

Manchmal stört es mich, wenn er mich unentwegt ansieht und mir dabei mitten ins Herz zu blicken scheint. Vor ihm fühle ich mich nackt und ich hoffe nur, dass er diese Schwäche nicht gegen mich richtet. Henry ist zu meinem besten Freund geworden, in kürzester Zeit, und wenn mich jemand verletzen kann, dann ist es er.

»Warum brauche ich eine Frau? Wir haben doch uns.«

»Das kannst du doch nicht vergleichen.«

Manchmal weiß ich nicht, wie ernst ich ihn nehmen soll, denn es gibt Situationen, in denen er sich wie ein kleiner Junge benimmt, dabei ist er sogar älter als ich.

»Kann ich nicht?«

Das Gespräch schlug eine seltsame Bahn ein und ich ahnte, dass er mir etwas sagen wollte, was zwischen uns bisher unausgesprochen geblieben war.

Je mehr ich aus dem Tagebuch las, desto weniger konnte ich mich davon losreißen. Grandpas Sicht auf die Dinge war natürlich sehr subjektiv, aber Henry schien ihn wirklich sehr gern gehabt zu haben. Dabei machte der junge Charles nicht den Eindruck, als wäre er schon früher der einnehmende und charismatische Mann gewesen, den ich immer in ihm gesehen hatte. Er schien ein zurückhaltender, in sich gekehrter junger Mann gewesen zu sein, der sich nur zögerlich auf andere einließ. Vielleicht hatte er diese Charakterzüge an mich weitergegeben.

Ob ich erfahren würde, was aus Henry geworden war? Die Freundschaft zwischen ihnen war besonders gewesen und solche Freunde fand man nicht sehr oft in seinem Leben. Das wusste ich wohl besser als jeder andere. Warum aber hatte Grandpa Henry nie mit auch nur einem Wort erwähnt? Je weiter ich las, desto mehr hatte ich das Gefühl, ihn nie wirklich gekannt zu haben.

23. Juli 1958

Er hat mir Blumen gekauft.

Nicht solche, die man an einer billigen Tankstelle um die Ecke für ein paar Groschen erstehen kann, sondern einen Bund blauer Schwertlilien mit einem weißen Kraut dazwischen, dessen Name ich nicht kenne. Blumen sind hübsch anzusehen, aber ich kann nicht behaupten, dass ich sie besonders gerne mag.

»Warum kaufst du mir Blumen?«

»Weil diese Wohnung ein bisschen mehr Leben braucht. Du wohnst hier seit Monaten und hier siehts aus, als wärst du auf dem Sprung. Muss ich mir Sorgen machen, dass du wegziehst?«

»Und dann hältst du Schnittblumen für die richtige Lösung? Du hättest dich für eine Topfpflanze entscheiden sollen.«

Er zog eine Grimasse und sah zu, wie ich nach einem geeigneten Gefäß für die Blumen suchte. Blumenvasen oder dergleichen besitze ich nicht, deshalb stellte ich sie in eine alte Milchkanne. Ein wackliges Konstrukt, denn die Stiele der Iriden sind einen guten halben Meter lang.

Henry beobachtete mich dabei schweigend, während er sich am offenen Fenster eine Zigarette anzündete. Ich kann es nicht leiden, wenn er raucht, aber es ist schwer einen Mann in Los Angeles zu finden, der keine Schwäche für guten Tabak hat. Ich tröste mich damit, dass er ein Gelegenheitsraucher ist und ein Päckchen Zigaretten gut zwei oder drei Wochen mit sich rumträgt, bis er sich ein neues kauft.

»Wir wollten auf den Jahrmarkt. Du bist noch nicht einmal angezogen.«

»Ich habe auch noch andere Dinge zu erledigen, als deinen Unterhalter zu spielen, Henry ... Sind wir nicht auch etwas zu alt für Jahrmärkte?«

»Du bist in den letzten Tagen immer angefressen und grantig. Welche Laus ist dir bitte über die Leber gelaufen?«

Die Frage war berechtigt, aber ich habe keine Antwort darauf.

Wenn er mir sein schalkhaftes Lächeln zuwirft, möchte ich ihm die Gurgel umdrehen, weil ich mich zunehmend davon provoziert fühle, aber wenn er dann die Stirn über mein Verhalten runzelt, möchte ich mich gleich darauf dafür entschuldigen. Mit allem was er tut, hat er mich in der Hand und das nervt mich gewaltig.

»Keine. Ich ziehe mich schon an«, gab ich kleinlaut zurück und zog mir frische Kleidung an. Mittlerweile habe ich mich modisch an das urbane Leben angepasst und komme mir nicht mehr vor wie ein bunter Hund. Kurz darauf verließen wir die Wohnung.

»Dein erster Jahrmarkt in Los Angeles oder dein erster Jahrmarkt jemals?« Die miese Stimmung hatten wir in der Wohnung gelassen und in Henrys Körper schien wieder der Geist eines fünfzehnjährigen, abenteuerlichen Jungen zu stecken.

Meine Antwort wurde vom Stimmengewirr der Menge verschluckt, in die wir eingetaucht waren. Er ging dicht an meiner Seite und die goldenen Härchen auf seinem Arm kitzelten meine Haut. Ich hasse es, dass ich ihn berühren möchte und ich hasse es noch mehr, dass ich diesem Verlangen nicht widerstehen kann. Wie zufällig streiften meine Finger seine Handinnenfläche und ... verflucht, sie ist genauso weich wie ich befürchtet habe. Dabei habe ich immer gedacht, die Hände eines Mechanikers seien rau und schwielig.

Man sollte nicht meinen, dass ich promoviere, denn ich fühle mich momentan wie ein kopfloser Narr.

Wir kauften uns eine Menge zu essen, Zuckerwatte, kandierte Nüsse, mit Schokolade überzogene Äpfel, Dinge, von denen man genug Karies für zwei Leben bekommt. Und wir tranken. Bier, Gewürzwein, hochprozentige und grell leuchtende Shots. Davor und danach fuhren wir Riesenrad, schauten ein paar kleinwüchsigen Akrobaten zu und schossen ein paar Pappbecher am Schießstand. Ich war erfolglos, Henry dagegen gewann einen Goldfisch, den er mir gleich darauf in die Hand drückte.

»Wenn du ihn nicht willst, schenk ihn doch einem Kind«, protestierte ich.

»Ich schenke ihn aber dir!«

»Was soll ich damit?«

»Kümmere dich einfach um ihn. In China ist er ein Symbol des Glücks, wenn du ihn in Zukunft anschaust und traurig sein solltest, kannst du an heute zurückdenken.«

Es gibt Momente, in denen er solche Dinge sagt und ich mich frage, ob er sie wirklich ernst meint. Aber ob ernsthaft oder nicht, er hat dennoch recht. Heute bin ich wirklich glücklich gewesen.

Henry schien ihn wirklich gemocht zu haben, mehr als nur als guten Freund. Und Grandpa hatte diesen Verdacht ebenfalls gehegt, mehr noch, er hatte ähnliche Gefühle verspürt. Gefühle, die mir gar nicht so fremd waren.

Ich wollte das Buch nicht aus den Händen legen, aber ein Blick auf die Uhr verriet mir, dass wir kurz vor fünf hatten, das hieß, bald würde Mum nach Hause kommen und das Essen vom Vortag aufwärmen. Ein wenig Zeit für einen letzten Eintrag sollte aber noch bleiben.

2. August 1958

Heute hat sich die harte Arbeit für das Museum bezahlt gemacht. Die Vernissage, an der ich seit Monaten gearbeitet habe, war ein voller Erfolg gewesen und der Dekan hatte mir wie ein Vater auf die Schulter geklopft. Es hat mich eine Menge Zeit und Kraft gekostet, die Kunstwerke zu besorgen und den Künstler wieder und wieder anzurufen, um Einzelheiten mit ihm zu klären. Er macht nicht den gewissenhaftesten und zuverlässigsten Eindruck, aber darum brauche ich mir jetzt keine Sorgen mehr zu machen.

Es waren eine Unzahl an Einladungen rausgegangen und die Gästeliste war im Endeffekt länger geworden als geplant, aber die Spenden an das Museum und die verkauften Kunstwerke hatten nicht nur den Kurator und den Künstler selbst erfreut.

»Wenn Sie weiterhin so fleißig sind, dann wird Ihnen wohl

nichts im Weg stehen, das Museum zu übernehmen, sobald ich in Rente bin«, hatte er gemeint.

Ich weiß nicht einmal, ob ich das überhaupt möchte, aber es wären natürlich glänzende Aussichten. Menschen würden immer Kunstwerke schaffen und Museen würde es wahrscheinlich ewig geben.

Nur mit einer Sache hätte ich heute nicht gerechnet. Als ich mir einen Weg durch die schwatzenden Grüppchen der High Society bahnte, entdeckte ich plötzlich Henry. Mir den Rücken zugewandt, betrachtete er eines der Gemälde und nippte an einem Glas Champagner.

Es ist mir ein bisschen unangenehm gewesen, die hübsche Nichte von Mr. Moore einfach stehen zu lassen, aber ich hätte meinen besten Freund ja wohl kaum ignorieren können.

»Was machst du hier?« Ich bin froh, dass er wenigstens heute auf seine legeren Blue Jeans verzichtet hatte und einen Anzug trug. Und was für einen ... Es war beängstigend, wie viel Kraft es mich gekostet hat, den Blick von seinem wohlproportionierten Körper loszureißen. Sein dunkelblondes Haar trug er heute frisiert und gescheitelt, sonst sah es immer so aus, als wäre er gerade aus dem Bett gefallen. Er duftete nach Rasierwasser und einem herben Parfum, das ich an anderen Tagen noch nie so deutlich wahrgenommen hatte.

»Du hast wohl vergessen mich einzuladen«, begrüßte er mich ohne jeglichen Unterton in der Stimme, obwohl meine Frage wohl deutlich gemacht hatte, dass sein Kommen nicht geplant gewesen war.

»Wie bist du reingekommen?«

»Ich habe gesagt, ich gehöre zu dir. War das falsch?«

Ich wusste nicht genau, was ich in diesem Moment fühlte oder hätte fühlen sollen. Ich war ein bisschen überrumpelt, weil er einfach unaufgefordert aufgetaucht war, andererseits fand ich es sehr aufmerksam und gleichzeitig tat er mir ein wenig leid. Ich wollte ihn nicht außen vor lassen. Trotzdem – die geladenen Gäste waren Prominente, Journalisten, Professoren, reiche Erben, die High Society von L.A ...

»Schämst du dich wegen mir? Weil ich kein reicher Pinkel bin und nur an Autos rumschraube?«

Manchmal kommt es mir vor, als könnte er meine Gedanken lesen, das ist beängstigend, besonders, wenn er mit seiner Vermutung genau ins Schwarze trifft. Ich hatte ihn ja einladen wollen, aber die Befürchtung davor, dass er in irgendein Fettnäpfchen treten würde oder die Leute vor den Kopf stoßen könnte, war zu groß gewesen. Ich fühlte mich schrecklich deswegen. Henry ist der erste echte Freund, den ich bislang hatte und ich wollte ihn nicht vergraulen.

»Nein, natürlich nicht! Es tut mir leid. Ich hatte viel um die Ohren. Ich freue mich, dass du gekommen bist.« Für einen kurzen Moment griff ich nach seiner Hand und drückte sie sacht, worüber er sich sichtlich freute, denn er lächelte und schien fürs Erste besänftigt. »Du siehst gut aus. Du solltest öfter einen Anzug tragen.«

»Nee, ich bin nicht so der Typ für formelle Klamotten.«

Dabei kann ich mir sowas an ihm richtig gut vorstellen. In einer militärischen Position und der dazugehörigen Uniform würde er verdammt gut aussehen und die Frauen würden sich ihm sittenlos vor die Füße werfen.

»Ich würde dich heute Abend gerne mit zu mir nehmen«, meinte er wenig später.

Bei diesen Worten hatte mein Herz einen Purzelbaum geschlagen.

Zunächst schien der Abend noch ganz gut zu werden, er hatte sich mit vielen Leuten unterhalten und ich musste zu meiner

Überraschung feststellen, dass er außerordentliche Manieren besaß und sich darin verstand, Konversation zu führen. Es gab kaum eine Frau, die ihn nicht mit ihren Blicken auszog, aber ich konnte es ihnen nicht verdenken, denn heute Abend sah er aus wie das Abbild eines griechischen Gottes.

»Sie müssen Charles sein.«

Eine kleine, feengleiche Hand streckte sich mir entgegen und meine Augen richteten sich auf das Gesicht, zu dem sie gehörte. Sie stellte sich mir als Adaline vor und verfiel sogleich in Begeisterungsstürme für die Ausstellung. Sie behauptete, ihr würde die Auswahl der Bilder gut gefallen und sie hätte gehört, dass ich diesen frischen Wind in das Museum gebracht hatte, woraufhin ich mich höflich bei ihr bedankte. Sie machte nicht den Eindruck, als wollte sie mich alsbald aus der Unterhaltung entlassen.

»Ich hoffe, Sie besuchen uns nun öfter?«

»Nicht wegen der Kunstwerke.« Ihr Lächeln war kess und gleichermaßen mädchenhaft. Für einen Moment sah es so aus, als wäre sie selbst über ihre offensiv-aggressive Herangehensweise überrascht. Das peinliche Schweigen, was darauffolgte, füllte sie mit einem leisen Lachen. »Es tut mir leid. So war das nicht gemeint ...«

»Das habe ich schon befürchtet.« Mir wäre nie im Traum eingefallen, ein so hübsches Mädchen anzusprechen.

Adaline ist ein wenig kleiner als ich, ihre Nasenspitze reicht mir vielleicht bis ans Kinn. Ihre Haut ist hell und steht in einem malerischen Kontrast zu ihrem kupfernen Haar, das in Wellen ihr Gesicht einrahmt. Braune Augen, die einen aufgeweckten, klugen und gewitzten Eindruck machen, werden von langen Wimpern umrahmt. Ihr roter Mund besitzt fein geschwungene Linien. Allein wenn ich jetzt noch an ihre Lippen denke ...

»Haben Sie schon den Künstler kennengelernt?«

»Ja.« Sie machte eine wegwerfende Handbewegung und ihre Mundwinkel kräuselten sich zu einem schalkhaften Lächeln. »Ich muss den Künstler ja nicht mögen, um die Bilder zu bewundern.«

Wir konnten uns ungezwungen eine ganze Weile lang unterhalten und sie erzählte mir, dass sie in Begleitung ihres Vaters war, der eine Hotelkette führte, die schon sein eigener Vater gegründet hatte. Irgendwann verzogen wir uns auf die Terrasse, wo das Gespräch schnell intimer wurde und sie mir anvertraute, dass sie zurzeit noch für ihn arbeitet, doch davon träumt, sich weit weg in einer kleinen Stadt niederzulassen.

Ob sie das Stadtleben nicht vermissen würde, fragte ich sie, doch sie schüttelte ihren Kopf und die roten Locken sprangen auf und ab.

»Hier versteckst du dich!« Henry trat auf die Terrasse und bedachte Adaline mit einem abschätzigen Blick. Vielleicht waren sie einander schon bekanntgemacht worden.

»Ich möchte Sie nicht aufhalten, Charles.« Ihr Lächeln war so zauberhaft. Mir wurde ganz warm in der Brust, als sie es mir schenkte und ihre schlanken Finger flüchtig meinen Arm streiften.

»Ich würde Sie gerne wiedersehen, Adaline.« Sowas machte ich eigentlich sonst nie, aber dieses Mal konnte ich es nicht unversucht lassen. Sie strahlte über das ganze Gesicht und reichte mir einen kleinen Zettel, auf dem sie zuvor ihre Adresse notiert hatte.

Henry schien über diese glücklichen Aussichten gar nicht erfreut und kaum, dass sie um die Ecke verschwunden war, schnaubte er verächtlich. »Ist das dein Ernst?«

»Warum sollte es das nicht sein?«

»Findest du nicht, dass es für einen recht zweifelhaften Charakter einer Frau spricht, wenn sie sich den Männern regelrecht an den Hals wirft?«

»Sie ist mir nicht um den Hals gefallen, sie hat sich mir lediglich vorgestellt. Es gibt wohl denkbar schlimmere Dinge, die man auf einer Gesellschaft tun kann, als sich einander vorzustellen. Oder hast du dich mir damals auch vor die Füße geworfen, als du mich vor der Bar angesprochen hast?«

Seine Miene verdüsterte sich und seine Laune schien für diesen Abend verdorben worden zu sein.

»Mach das was du willst. Wenn du es für das Richtige hältst«, murrte er und drehte sich auf dem Absatz um, um mir den Rücken zu kehren und einfach zu gehen.

Ein wenig perplex über seinen Abgang blieb ich zurück. Ich hatte mit unzähligen Leuten an diesem Abend gesprochen, aber ausgerechnet Adaline konnte er nicht leiden. Ich will mir von dieser recht flüchtigen Bekanntschaft nicht zu viel versprechen, aber ich wage zu behaupten, dass da etwas zwischen uns gewesen war, etwas Besonderes. Ein Funken. Und ich bin mir fast sicher, dass sie ihn auch gespürt hat.

Ich bin auch nur ein Mensch und will nicht mehr und nicht weniger als die meisten von ihnen. Mich verlieben. Einen stinknormalen Job ausüben, ein stinknormales Haus bauen, in einer stinknormalen Stadt leben. Ein stinknormales Leben eben.

Was ich nicht will, ist diesen Gefühlen nachzugeben, die in mir schlummern und die auflodern, wenn Henry mir diese vielsagenden, wissenden und gleichzeitig fragenden Blicke zuwirft. Weiß er, wie ich fühle und hat mich deshalb geküsst? Hat er nur herausfinden wollen, wie ich reagiere, wenn er mir das gibt, wonach ich mich mit jeder Faser meines Körpers sehne?

Alles, wonach ich mich verzehre liegt auf der anderen Seite der Angst, aber ich bin zu schwach, um mich ihr zu stellen.

Die Stimme meiner Mutter ließ mich zusammenzucken. Das Adrenalin schoss mir durch die Adern und mit zittrigen Händen schloss ich das Tagebuch, um es ganz unten im Karton zu verstauen.

»Bist du auf dem Dachboden?«

Mist. Ich hörte ein Knarzen der Dielen ganz in der Nähe, was darauf schließen ließ, dass sie unten am Rand der Leiter stehen musste.

»Moment, ich komme sofort.« Ich schob den Karton zurück an Ort und Stelle und schaltete die Glühlampe aus. Sie gab einen hellen Ton von sich und einen Moment später war es auch schon finster auf dem Dachboden.

Ich ließ die Tagebücher zurück, aber ich nahm die Erinnerungen Grandpas mit.

»Was hast du da oben gemacht? Hast du nicht immer behauptet, dort oben wären Fledermäuse?« Ich spürte ihren Blick auf mir, als ich die Leiter hinunterkletterte und die Luke schloss.

»Ich habe mir ein paar von Grandpas alten Sachen angeschaut«, antwortete ich ehrlich.

Ihr Mundwinkel zuckte und sie strich mir wie gewohnt über den Kopf, als wäre ich erst sieben.

»Du vermisst ihn, nicht wahr?«

»Ja, sehr.«

Wie fast jeden Abend saßen wir ein paar Minuten später am Tisch und aßen gemeinsam. In den letzten Tagen hatte ich mich oft gefragt, ob sie bemerkte oder spürte, was in mir vorging. Vielleicht hatte sie ja eine Antwort auf all meine Fragen.

»Erzählst du mir etwas über ihn?« Damals hatte er mir selbst immer viele Geschichten erzählt, die meisten von ihnen waren erfunden und für kleine, abenteuerliche Jungs erdacht worden, die Erlebnisse von Piraten und Rittern hören wollten. Bis vor einigen

Monaten hatte ich noch geglaubt, mir bliebe noch unendlich viel Zeit, mir Geschichten aus Grandpas eigenem Leben anzuhören.

»Hm …«, machte sie und blickte aus dem Fenster. »Was würdest du denn gerne hören?«

Ich dachte immer noch über die Worte nach, die ich als letztes gelesen hatte und die, wüsste ich nicht, dass sie von ihm selbst geschrieben worden waren, ich ihm niemals zugesprochen hätte. Er war alles andere als stinknormal. Aber es machte den Eindruck, als wäre er zu seinem Lebensabend auch nicht mehr der Gleiche gewesen, der er damals gewesen war.

Stinknormal zu sein hieß in der Menge abzutauchen, ungesehen unter der Oberfläche zu schwimmen. Sein Aussehen, sein Verhalten, Moorland und ebenso sein neues Haus, die Bindung zu jedem einzelnen Menschen und seine Art das Leben wertzuschätzen, das alles war weit entfernt von normal, schlicht und nullachtfünfzehn.

»Wie war er so als Dad?« Ich wusste, dass es ihr schwerfallen würde, über ihn zu reden, aber mittlerweile hatte ich gelernt, dass es besser war, seinen Gefühlen Ausdruck zu verleihen, ihnen ein Ventil zu geben, in egal welcher Form. Sie zu leugnen und zu verschweigen ließ sie nicht verschwinden.

Einige Momente lang war sie in Gedanken versunken und schien ihre Worte sorgsam zu wählen. »Er war liebevoll und fürsorglich, wie er dir auch ein Großvater war. Natürlich hat er immer schon viel gearbeitet, so kennst du ihn ja, sein Beruf war nicht einfach nur ein Job für ihn, sondern seine Berufung. Das zu tun, was einem das Herz sagt, solche Dinge hat er mir beigebracht. Deswegen habe ich mich gegen den Rat meiner Mutter gewendet und bin statt Juristin lieber Künstlerin geworden. Diese Entscheidung habe ich niemals bereut. Aber ich denke …«, und dann machte sie eine sehr lange Pause, die mich befürchten ließ, dass ich niemals erfahren würde, wie dieser Satz endete. »Ich denke, er hat selbst erst einige falsche Entscheidungen treffen müssen, um zu dieser Erkenntnis zu gelangen. Manchmal wurde er ganz still und schien sich über Dinge Gedanken zu machen, von denen deine Großmutter und ich nicht die leiseste Ahnung hatten. Obwohl er so offen und herzlich war, hatte ich häufig das Gefühl, ihn nie richtig zu kennen, als gäbe es eine Seite an ihm, die mir völlig fremd ist.«

Ich verstand, was sie damit meinte und ich war mir fast sicher, dass sie Grandpas Vergangenheit auch nur lückenhaft kannte. Aber es fühlte sich nicht richtig an, ihr davon zu erzählen, was ich in den Tagebüchern gelesen hatte, schließlich war es auch nicht richtig, dass ich sie einfach aufgeschlagen hatte und nun in seinen Erinnerungen herumstocherte. Die Tagebücher lagen nicht grundlos dort oben in der letzten Ecke des Dachbodens mit einer dicken Staubschicht überzogen, als hätte man sie seit Jahrzehnten einfach dort vergessen.

»Haben sie sich sehr geliebt, er und Grandma?«

»Ohja, das haben sie.« Mums Augen begannen zu leuchten, als hinge sie irgendwelchen schönen Erinnerungen nach, die sie vor meiner Geburt gesammelt hatte, als die selbst noch ein Kind gewesen war. »Er war immer zuvorkommend und sehr liebevoll. Freitags nach der Arbeit hat er ihr immer kleine Aufmerksamkeiten aus der Stadt mitgebracht, Blumen oder Pralinen. Wenn er sie ansah, dann lag darin ein Ausdruck von Ehrfurcht, als würde er etwas Kostbares betrachten ...«

Möglicherweise war es zwischen Grandpa und Grandma tatsächlich Liebe auf den ersten Blick gewesen. Ich konnte mich auch geirrt haben, dass Henry und der junge Charles vielleicht ...

Der Gedanke war auf so viele Weisen absurd und gleichzeitig beruhigend. Was, wenn ich nicht der erste in dieser Familie war, der solche Gefühle hegte und ein innerliches Gefecht mit sich führte? Ein Kampf zwischen all diesen Gedanken und Gefühlen, zwischen Richtig und Falsch, zwischen Ich und Gesellschaft.

»Mum …« Auf einmal hatte ich das drängende Bedürfnis, mich endlich jemandem anzuvertrauen. Wenn Tyler noch hier gewesen wäre, dann wäre er wahrscheinlich der Erste gewesen, mit dem ich über solche Gefühle gesprochen hätte. Aber Tyler war nun einmal nicht mehr hier, ebenso wenig Grandpa.

»Ja, Sammy?« Ihre Stimme wurde so sanft und butterweich, dass ich mich am liebsten an ihrer Schulter angelehnt hätte.

»Ich hab dich lieb!«

Wir sahen einander an und ihre Augen glitzerten gefährlich. Für einen Moment hatte ich die fürchterliche Ahnung, dass sie anfangen würde zu weinen, dann jedoch lächelte sie und drückte meine Hand. Dass solch simple Worte, die mir so schwerfällig über die Lippen kamen, eine solche Wirkung bei ihr hatten, hätte ich niemals vermutet. Sie wusste doch eigentlich, dass ich sie lieb hatte …

»Das tut wirklich gut zu hören, Sammy.« Früher hatte ich diesen Kosenamen immer nur zähneknirschend hingenommen, aber aus ihrem Mund klang das jetzt wie eine zärtliche Liebkosung. Warum hatte ich die letzten Jahre solche Scheuklappen auf den Augen gehabt? »Wenn es irgendetwas gibt, über das du mit mir oder deinem Dad reden möchtest … du weißt, dass du immer zu uns kommen kannst, nicht wahr?«

Ihr Blick verriet mir, dass sie etwas wusste, zumindest etwas ahnte. Wäre es ein Schock für sie zu hören, dass ihr einziger Sohn *schwul* war? Das würde immerhin bedeuten, dass ich die Familie niemals mit leiblichen Kindern fortführen konnte, und dabei hatte sie schon einige Male betont, dass sie gerne auch irgendwann einmal *Grandma* genannt werden würde.

»Ja, ich versuche es.« Das war die ehrlichste Antwort, die ich ihr zurzeit geben konnte.

Nachdem wir gemeinsam die Küche aufgeräumt hatten, trudelte irgendwann auch Dad ein und hielt mir mit freudiger Miene einen braunen Umschlag vor die Nase.

»Was ist das?«

»Deine Einladung zur persönlichen Aussage auf dem Revier«, antwortete er und nahm den Kaffee an, den Mum ihm gerade reichte. Sie schien über seine Worte kein bisschen überrascht. Wahrscheinlich hatten sie sich schon darüber unterhalten, wie in dieser Sache zu verfahren sei und sich darauf geeinigt, dass ein Ermittlungsverfahren der einzig richtige Weg war.

Ich allerdings gab nur einen gequälten Laut von mir. Noch mehr Trubel konnte ich eigentlich nicht gebrauchen, andererseits konnte ich nachvollziehen, dass sowas nicht ungestraft bleiben sollte. Dort draußen gab es tausende Sams und abertausende Masons, und hunderte Sams von ihnen nahmen sich jährlich das Leben, weil sie unter dem Joch zusammenbrachen, dass das Mobbing ihnen auferlegt hatte. Er musste sich dafür verantworten, was er getan hatte, denn ich hatte mir diese Verletzungen nicht selbst zugefügt. Ich war nicht das Problem, Mason hatte mich nur zu einem gemacht. Dieses Mal wollte ich stark sein und beweisen, dass es nur Gerechtigkeit geben konnte, wenn man für sich selbst einstand.

Kapitel 12

Den ganzen Samstag über hatte ich Mum dabei geholfen, den Vorgarten mit weihnachtlicher Deko zu schmücken, die wir zunächst einmal in mühevoller Arbeit aus dem Keller hatten holen müssen. Dort unten stand genug Dekoration für mindestens zwei weitere Häuser. Und während ich mit kleinen roten Weihnachtskugeln geschmückte Tannengirlanden über den Kamin und im Hauseingang drapierte, konnte ich mir genügend Gedanken darüber machen, was ich in den letzten Tagen erfahren hatte.

Henry und Grandpa hatte eine enge Freundschaft verbunden, doch allein durch seine Aufzeichnungen glaubte ich, unausgesprochene Probleme in ihrer Beziehung zu finden. Henry schien niemand gewesen zu sein, der Grandpa vor den Kopf hatte stoßen wollen, dabei war es doch offensichtlich gewesen, selbst für mich, und das sollte schon etwas heißen, dass er mehr als nur Freundschaft für ihn empfunden hatte. Und Grandpa wiederrum erschien mir genauso unschlüssig gewesen zu sein, wie ich mich momentan fühlte. Einerseits konnte er nicht leugnen, dass es da den gewissen Funken zwischen ihnen gab, andererseits wollte er ihm nicht nachgeben. 1958 Gefühle für einen Mann zu haben, war weder ein sicheres noch gern gesehenes Unterfangen gewesen.

Die Frage war nur ... Was genau hielt *mich* noch auf? Adam hatte alles getan, was er hätte tun können. Zugegebenermaßen hatte er nicht den optimalen Weg dafür gewählt, aber niemand war perfekt und die zweite Chance hatte ich ihm zugesichert. Er hatte mir seine Liebe gestanden und mir sein Herz geschenkt. Außer meinem Zweifel daran, dass es tatsächlich jemanden geben konnte, der solche Gefühle für mich hegte und meiner Angst, selbst welche zuzulassen, sollte uns nichts mehr im Weg stehen.

»Ich würde gerne jemanden besuchen gehen. Kann ich dich mit dem Rest alleine lassen?« Die Frage kam mir so spontan über die Lippen, dass ich über mich selbst überrascht war. Ich war gewillt, etwas an meinem Leben zu ändern, schließlich war ich derjenige, der den Füller in der Hand hielt und das Drehbuch dafür schrieb.

Mum war nicht minder erstaunt und sah von ihrer Arbeit vom Türkranz auf, den sie gerade mit kleinen Schleifen und Kugeln dekorierte.

»Zu wem möchtest du denn?«

»Adam. Ich hatte ganz vergessen, dass ich ihm versprochen hatte, am Wochenende bei ihm vorbeizuschauen.« Das war zwar nur die halbe Wahrheit, aber ich hoffte darauf, dass sie mich eher aus unserer Weihnachtselfenarbeit entlassen würde, wenn sie erfuhr, dass es sich um ein Versprechen handelte, das ich nicht brechen wollte.

Kaum waren die Worte draußen, leuchteten ihre Augen auf und sie lächelte verschmitzt, als sie sich wieder viel zu enthusiastisch ihrem Kranz widmete. »Aber sicher, mein Schatz, geh ruhig. Wir sind ja schon fast fertig.«

Nur der Rentierschlitten im Garten fehlte noch, aber das war das alljährliche Vergnügen meines Vaters.

»In Ordnung, danke.«

Ich ging noch einmal hoch in mein Zimmer, putzte meine Zähne und begutachtete mich im Spiegel. Wie der letzte Heckenpenner wollte ich nicht bei ihm aufkreuzen, wenn ich ihn schon einmal überraschte. Mit frischen Klamotten und ein bisschen Parfum, das Dad mir vor einigen Monaten zum Geburtstag geschenkt hatte, fühlte ich mich bereit, ihm gegenüberzutreten.

Das Haus, welches vor mir emporragte, war so anders als Moorland, doch es ähnelte in vielerlei Hinsicht Grandpas Haus. Hinter so vielen gläsernen Fassaden würde ich mich niemals wohlfühlen, denn dahinter konnte man sich nicht verstecken, egal wie angestrengt man es versuchen würde. Ich würde immer einen geschlossenen Raum brauchen, in dem ich mich zurückziehen, meinen Gedanken freien Lauf lassen konnte und ich ganz für mich allein war. Ich fragte mich, was man mit einem solchen Haus ausdrücken wollte, dass zu allen Seiten hin große Glasfronten hatte. Selbst von hier draußen konnte ich die geometrisch angeordneten Wandbilder sehen, die sehr abstrakt aussahen. Sicherlich waren sie sehr teuer gewesen, genau wie das luxuriöse Mobiliar und die an langen Ketten hängenden Deckenlampen. Dieser ganze flache Würfel von Haus machte einen so futuristischen Eindruck auf mich, dass ich nicht überrascht gewesen wäre, wenn es gleich abhob.

Und hier lebte also Adam. Der einzige Hinweis, der darauf schließen ließ, war der rote Chevy in der offenen Garage. Seine Felgen funkelten mir zu und ich dachte augenblicklich an die Momente zurück, die wir in diesem Wagen miteinander verbracht hatten.

Was war nur in mich gefahren?

Mit schwitzigen Händen drückte ich die goldglänzende, polierte Klingel und ein heller Klang ertönte. Ich blickte nach unten auf meine Füße, die nervös auf der Fußmatte scharrten und stellte mir die Frage, ob ich auch nur einen Krümel Staub in diesem Haus finden würde. Im Gegensatz dazu war Moorland das reinste Schlachtfeld.

Durch das Fenster hindurch sah ich schon von Weitem, dass eine rundliche Frau mit dunklen Locken angetrippelt kam und mir die Tür öffnete.

»Hola, junger Mann.«

Warum wunderte es mich kein bisschen, dass man hier eine mexikanische Hausangestellte hatte?

»Wer ist das, Maria?« Eine Stimme mit leicht schrillem Unterton ertönte aus dem Off und ich vermutete stark, dass es sich hierbei um die Haus*herrin* handelte.

Maria musterte mich eingehend und zwinkerte mir dann freundlich zu. Sie hatte warme braune Augen und machte einen mütterlichen Eindruck, ganz anders als die hochgewachsene Frau mit eingefrorenen Gesichtszügen, die soeben neben ihr aufgetaucht war und mich ebenfalls beäugte.

»Mein Name ist Samuel. Ich bin ein Schulfreund von Adam«, stellte ich mich artig vor und streckte ihr die Hand entgegen, die sie betrachtete wie etwas Lästiges, das ihr zuwider war.

»Er ist oben.« Sie gestikulierte, als wollte sie eine zudringliche Fliege verscheuchen und stolzierte auf ihren hohen Schuhen zurück in das Zimmer, aus dem sie gekommen war. Auf dem blankpolierten Marmorboden klangen die Absätze ihrer schwarzen High Heels wie ein stetiges Stakkato.

»Sie ist *speziell*«, flüsterte mir Maria zu und ich musste grinsen, auch wenn es nicht besonders witzig war, wenn man es genau nahm. Schließlich handelte es sich bei dieser Frau um Adams Mutter. »Ich zeige dir sein Zimmer.«

»Vielen Dank.« Für mich war Höflichkeit selbstverständlich, aber sie schien sich darüber zu freuen. Viel Dankbarkeit durfte man von Mrs. Lookwood wohl nicht erwarten.

Irgendwo im Haus spielte ein Klavier, nichts anderes hätte ich auch erwartet. Vermutlich waren hier nur CDs von klassischen Komponisten und italienische Operetten erlaubt. Während wir die große, runde Treppe bestiegen, glitt meine Hand über das kalte Metall des Treppengeländers. Meine Augen versuchten irgendeine kleine Unebenheit, einen Makel oder etwas Staub auszumachen, aber ich konnte nichts erkennen.

Die Musik wurde im ersten Obergeschoss lauter. Wir standen nun in einem sterilen weißen Gang, in dem ein langer schwarzweißer Läufer ausgerollt worden war. Hätte ich doch nur meine Schuhe unten stehen lassen. Links und rechts an den Wänden hing jeweils eine Reihe Bilder, aber keine Familienfotos, sondern wieder lediglich irgendwelche abstrakten Formen. Hier hätte jeder aber auch niemand leben können. Nichts in diesem Haus erschien mir persönlich. Hier war es kalt und ich fühlte mich wie in einem Krankenhaus. »Gleich hier.« Maria deutete auf die weiße Tür am Ende des Ganges und nickte mir ermutigend zu. Sie wusste wahrscheinlich genauso gut wie ich, dass ich nichts hier verloren hatte. Ob Adam oft Besuch von seinen Freunden bekam, die dann ebenfalls diesen klinisch weißen, keimfreien Flur entlang mussten? »Geh nur!«

»Vielen Dank.« Während ich noch unschlüssig ein paar Sekunden lang auf der Stelle stehen blieb, hatte sie sich längst umgedreht und war ins Erdgeschoss zurückgekehrt.

Mit schweren Schritten legte ich die letzten Meter zurück und stand schließlich unmittelbar vor dem Raum, aus dem nun deutlich die Musik zu hören war. Meine letzte Chance einfach umzukehren und so zu tun, als wäre ich nie hier gewesen, vertat ich, als ich die Hand hob und mit vor Aufregung schlotternden Beinen und einem wild hämmernden Herzen anklopfte.

Die Musik verstummte augenblicklich.

»Ja?«

Sollte ich einfach die Tür öffnen oder ihm zuvor sagen, wer hier draußen stand? Der Gedanke daran, dass er vielleicht Dinge tat, die ich nicht sehen sollte, kam mir erst, nachdem ich die Klinke schon hinuntergedrückt und die Tür aufgestoßen hatte.

Es war, als würde ich eine eigene kleine Welt betreten. Es prasselten dutzende Eindrücke auf einmal auf mich ein und ich hatte Mühe, sie alle auf einmal zu verarbeiten. Als Erstes fiel mir die Größe seines Zimmers auf. Es war sicher doppelt, wenn nicht sogar dreimal so groß wie meines auf Moorland. Die Wände waren auch hier reinweiß, doch hingen deutlich mehr Bilder, Fotos und allerlei Krimskrams daran. Auf den Regalen standen ein paar Bücher, ein Football, einige Pokale, die er in sportlichen Wettkämpfen gewonnen zu haben schien, und weiterer Kleinkram. Mein Mobiliar war im Gegensatz zu seinem wohl eher in Puppenhausgröße. Das Holzbett war fast viereckig und ich vermutete stark, dass ich mich zu allen Seiten hin hätte ausstrecken können und doch würde keins meiner Gliedmaße über die Kante ragen. Der mit Ornamenten reich verzierte Schrank stand an der gegenüberliegenden Wand. Eine Schranktür stand einen Spalt breit offen und enthüllte das Chaos, was sich dahinter verbarg.

Aber das, was meine Aufmerksamkeit am meisten in seinen Bann zog, war Adam, der an einem schwarz glänzenden Klavier saß.

Adams Augen begegneten meinen und seine Pupillen weiteten sich. Für einen ewig langen Moment starrten wir einander schweigend an und keiner schien so recht zu wissen, was er sagen sollte. Während ich versuchte, die richtigen Worte zu finden, sah er so aus, als müsste er sich von einem gewaltigen Schrecken erholen.

»Hi«, meinte ich dann und kam mir auf einmal unfassbar dumm vor.

»Samuel.«

Wie steif und altbacken mir dieser Name auf einmal vorkam. Keiner, der mich wirklich gernhatte, nannte mich eigentlich so. Und Adam behauptete, er würde mich mögen. Nein, er hatte von Liebe gesprochen.

Er war verliebt in mich.

In *mich*!

Es fiel mir immer noch schwer, das zu glauben, aber ich mochte die Gefühle, die er in mir auslöste. Wie mein Herz auf einmal ganz groß wurde und mir bis zum Hals schlug, dieses kribblige Gefühl im Bauch.

Bevor mich der Mut wieder verlassen konnte, schritt ich über die Schwelle, durchquerte das Zimmer und ließ mich auf den Klavierhocken neben ihn sinken. Sein Knie stieß an meines und ich spürte sogleich die Wärme, die sein Körper ausstrahlte. In mir wuchs stetig der Drang, ihn berühren zu wollen, je näher ich ihm kam.

Derweil sah er mich immer noch an wie eine Erscheinung.

»Du kannst mich auch Sam nennen«, bot ich an und unterbrach den Augenkontakt, indem ich das Gesicht abwendete. Mit der Fingerspitze fuhr ich beinah ehrfürchtig über die schwarzweiße Klaviatur und stellte mir vor, wie seine Hände eben noch diese wunderbaren Klänge erzeugt hatten, die mir durch Mark und Bein gefahren waren. »Ich wusste nicht, dass du Klavier spielst.«

»Was ... was machst du hier?« Seine Stimmte war nicht ganz so fest wie üblich.

»Ich weiß es nicht«, gab ich ihm die ehrliche Antwort. Ich tat selten etwas, ohne mir den Kopf darüber zu zerbrechen. Heute aber wollte ich den Rat befolgen, den Grandpa Mum gegeben hatte. »Ich wollte dich einfach sehen.«

Seine Hand, die er auf dem Schenkel zur Faust geballt hatte, zuckte nervös. Ich wünschte mir gerade nichts sehnlicher, als seine Gedanken lesen zu können. Freute er sich, dass ich hier war, auch wenn ich ihn damit überrumpelt hatte?

Meine Hand wanderte von den Klaviertasten auf seinen Schenkel und ich legte sie über seine verkrampften Finger, was ihn augenblicklich zur Salzsäule erstarren ließ und plötzlich packte mich die Unsicherheit. Obwohl sich sein Körper so warm anfühlte, war seine Hand ganz kalt.

»Ist es überhaupt okay, dass ich hier bin?«, brach ich vorsichtig unser Schweigen.

»Ob es okay ist?« Er drehte die Hand und seine Finger verflochten sich mit meinen. Er schien sich endlich aus der Erstarrung lösen zu können und ein Lächeln stahl sich auf seine Lippen. »Du glaubst gar nicht, wie oft ich mir diesen Augenblick vorgestellt habe.«

Adams Ehrlichkeit war entwaffnend.

»Ich muss gestehen …«, fing ich langsam an und wusste nicht, wie ich mich ausdrücken sollte, ohne wie ein totaler Depp dazustehen. »Ich habe auch an dich gedacht. Aber von diesen Dingen habe ich nicht viel Ahnung.«

Diese Dinge. Damit meinte ich im Grunde alles, was hier in diesem Moment zwischen uns ablief. Gefühle, Zärtlichkeiten, Liebe.

»Ich hätte nicht erwartet, dass du nach all dem …«

Ich wusste, worauf er hinauswollte und drückte seine Hand, um ihn zu unterbrechen. »Lass uns nicht mehr davon anfangen, in Ordnung? Die Sache ist vergessen. Du kannst mir zeigen, wer du wirklich bist – und im Gegenzug dafür zeige ich dir, wer ich bin.«

»Wir fangen also bei null an?«

»Ja, alles auf Anfang. Fast jedenfalls.« Das hier fühlte sich so unwirklich an, als befände ich mich mitten in einem Film. »Aber vorher möchte ich mich noch bei dir entschuldigen. Ich war nicht fair zu dir. Seit Tylers Tod ...« Bisher hatte ich neben Grandpa, Mum und dem Psychologen mit niemanden über ihn gesprochen. »Als er gestorben ist ... ich weiß auch nicht. Ich hatte das Gefühl, als wäre ich nicht mehr ich selbst. Als wäre ein Teil von mir mit ihm verschwunden. Es war einfach so schrecklich. Nach seiner Beerdigung habe ich mir geschworen, dass ich mich nie wieder so fühlen möchte und dass ich am besten einfach nie wieder irgendetwas fühle, um nicht vom Leben enttäuscht zu werden.«

Er zog seine Hand unter meiner hervor und ich befürchtete schon, zu ehrlich gewesen zu sein. Menschen wollten meist nicht, dass man ihnen die Wahrheit sagte, auch wenn sie es behaupteten. Wer wollte sich denn schon mit den Problemen eines anderen auseinandersetzen, schließlich hatte jeder selbst genug um die Ohren.

Doch zu meiner Überraschung wanderte seine Hand an meine Halsbeuge und sein Daumen fuhr die Kontur meines Kiefers entlang. »Ich weiß nicht, warum gerade dir so etwas widerfahren muss. Erst Tyler und dann auch noch dein Großvater.«

Ich schüttelte leicht den Kopf und meine Wange schmiegte sich dabei ganz wie von selbst an seine Handfläche.

»Magst du mir etwas vorspielen?«, fragte ich, um das Thema zu wechseln und uns auf andere Gedanken zu bringen. »Du hast wirklich viele versteckte Hobbys, das sieht man dir gar nicht an.«

»Weil du dachtest, ich sei der oberflächliche Footballspieler, der nicht bis drei zählen kann und den ganzen Tag nur daran denkt, gewisse Dinge mit seiner heißen, blonden Freundin tun zu können?«, schlussfolgerte er und traf damit ziemlich genau ins Schwarze.

»Ja, irgendwie schon.«

»Das trifft mich ziemlich tief«, meinte er mit einem schiefen Lächeln und schüttelte belustigt den Kopf. »Ich dachte, es wäre besser die Person vorzugeben zu sein, die man von mir erwartet. Ich habe dich und Tyler immer beneidet. Ihr wart unzertrennlich und es hat immer den Eindruck gemacht, als würdet ihr euch blind vertrauen können. Einen solchen Freund hatte ich nie gehabt.«

»Und?« Ich rückte, sofern das möglich war, auf dem schmalen Hocker noch ein bisschen näher an ihn heran und drückte eine der weißen Tasten hinunter. »Nachdem was ich aus dem Flur hören konnte, scheinst du ja ein richtiger Chopin zu sein?«

»Ich habe schon ziemlich früh angefangen, Klavier zu spielen. Damals mussten mich meine Eltern noch dazu nötigen, aber sobald ich die grundlegenden Dinge beherrschte, fing es an, mir Spaß zu machen. Seitdem ist mir die Musik ziemlich wichtig geworden«, erklärte er und lächelte dann. »Chopin also.«

Seine Finger glitten über die Klaviatur und er spielte erstklassig. Fehlerfrei und mit viel Gefühl. Die Töne gingen mir nicht nur tief unter die Haut, sondern auch direkt ins Herz. Eine Weile blieb ich neben ihm sitzen und sah ihm zu, dann erhob ich mich, um eine Runde durch sein Zimmer zu drehen. Auch wenn er diesem Zimmer eine persönliche Note verliehen hatte, herrschten hier die gleichen sterilen Voraussetzungen wie im Rest des Hauses. Kein Staubkorn lag auf den Regalen, kein Fussel in der Ecke und es ließen sich auch keine dreckigen Socken neben dem Bett finden, das so ordentlich wie in einem Hotel überzogen worden war. Wo war die kleine Tafel Schokolade auf den Kissen? Mit Sicherheit war Maria auch für die Ordnung und Sauberkeit in seinem Zimmer verantwortlich und er musste sich nicht selbstständig darum kümmern.

In jenem Moment, als die Musik verklang, ließ ich mich aufs Bett fallen und sank tief in die Matratze ein. Die Vorstellung hier mit ihm zu liegen ...

Ich hörte, wie er den Hocker wegschob und das Zimmer durchquerte, dann breitete sich auch schon sein Schatten über mir aus.

»Du hattest erzählt, dass ihr kein Paar mehr seid«, sagte ich in die Stille hinein.

»Sind wir nicht mehr«, bestätigte er und setzte sich auf die Bettkante.

»Wie hat sie es aufgenommen?« Ich konnte mir gut vorstellen, dass sie nicht begeistert darüber gewesen war. Den wahren Grund hatte er ihr wohl nicht verraten, sonst hätte das Gerücht schon längst die Runde gemacht.

Er zuckte unwillig mit den Schultern und lehnte sich zurück, um sich auf die Ellbogen zu stützen. »Wir waren ziemlich lang zusammen, jedenfalls für so eine Highschoolliebe. Im Grunde wussten wir aber schon immer, dass wir die Trennung nur aus Bequemlichkeitsgründen vor uns hergeschoben haben. Sie war zwar nicht sonderlich begeistert, aber es ist nicht so, als hätte sie eine Szene gemacht. Warum interessiert dich das?«

»Ich weiß nicht.« Mir gingen einfach viele Fragen durch den Kopf auf die ich Antworten suchte. »Warst du denn schon einmal in einen Jungen verliebt?«

»Nein, du bist der Erste.«

Seine prompte und ehrliche Antwort ließ mir die Röte ins Gesicht kriechen und mir wurde ganz heiß.

»Und du?«

press-
Logistics Michael Zurek Transporte

112 St. Ösen

Seil

16 Klemmhülsen

---

10 X Dachrinnen aufh

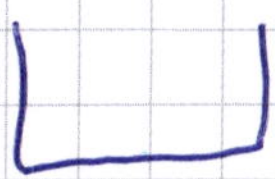

Telefon: +49 (0) 911 - 490 420 70
Telefax: +49 (0) 911 - 596 99 550
www.xpress-logistics.de
info@xpress-logistics.de

Weil er so ehrlich zu mir gewesen war, war es nur fair, wenn ich ebenfalls versuchte so ehrlich wie nur möglich zu sein, was mir nicht leichtfiel, denn manchmal war ich mir ja selbst ein Rätsel.

»Nein. Ich war aber auch noch nie in ein Mädchen verliebt.«

»Und was empfindest du für mich?«

»Wird das ein Verhör?« Mir hämmerte das Herz hörbar bis zum Hals und ich wandte den Kopf ab. Meine Wange schmiegte sich dabei an die weiche Decke, die nach Waschmittel und seinem Parfum duftete. Der Stoff raschelte, als er sich ebenfalls auf den Rücken fallen ließ, und so lagen wir minutenlang einfach nur schweigend nebeneinander. Obwohl ich sehr aufgeregt war, hatte ich noch nie so sehr die Gesellschaft und Nähe eines Menschen genossen. Seine Hand tastete nach meiner und er zog ein bisschen daran, bis ich etwas näher rutschte und sich unsere Körper berührten. Mir wurde ganz schlecht vor Aufregung, als er sich über mich beugte und mir in die Augen blickte.

»Wir müssen nichts überstürzten. Du sagst an, was für dich in Ordnung ist und wir können uns alle Zeit der Welt lassen.«

Warum war er so verständnisvoll und geduldig mit mir? Jeder andere hätte schon längst aufgegeben und jemanden wie mich fallen gelassen wie eine heiße Kartoffel.

»Du hast gesagt, du bist ... verliebt in mich.« Gott dieses Wort wollte mir kaum über die Lippen kommen. »Aber warum? Ich bin unbeliebt, sehe nicht gut aus, ich kann nichts Besonderes. Du könntest doch jeden haben. Warum suchst du dir nicht jemanden, der so ist wie du?«

Er grub die Hände in mein Haar und drehte eine Locke zwischen Daumen und Zeigefinger. »Ich will nicht *jemanden*, ich will dich. Und für mich bist du ziemlich besonders.«

Mir wurde ganz warm in der Brust und ich musste lächeln.

Ich begann zu verstehen, warum ständig alle um mich herum romantische Bücher lasen und schnulzige Filme anschauten. Verliebt sein fühlte sich gut an, als würde es einfach alles besser machen, als wäre alles möglich. Das musste wohl die sinnbildliche Wolke Sieben sein, auf der ich mich gerade befand.

Ich nahm meinen ganzen Mut zusammen, obwohl mein Herz mir beinah aus der Brust sprang, und nahm sein Gesicht zwischen meine Hände. Ich streichelte mit den Fingern seine Wangen, sein Kinn und seine Lippen, wie er es bisher nur bei mir getan hatte.

»Danke«, flüsterte ich.

»Wofür?«

Unsere Nasenspitzen berührten sich und ich spürte seinen warmen Atem auf den Lippen. Meine Hände glitten in seinen Nacken und schlangen sich um ihn herum. Ich wollte ihn festhalten und nicht mehr loslassen.

»Dafür, dass du mich nicht aufgegeben hast, für die Liebe ... einfach für alles.«

Noch als ich die Haustür aufschloss und über die Türschwelle von Moorland schwebte, war mir ganz schwindelig vor Glück. Adam und ich hatten einfach stundenlang auf dem Bett gelegen, hatten uns allerlei Sachen erzählt, so dicht beieinander gelegen wie es nur möglich war und es hatte sich so richtig wie selten etwas in meinem Leben angefühlt.

Im Flur zog ich die Schuhe aus und befürchtete schon, dass Mum und Dad mich abfangen würden, doch an der Schlüsselkommode fand ich eine Notiz mit der Nachricht, dass sie mit Jenna und Michael, einem befreundeten Ehepaar, zum Tennis gegangen waren.

Das war mein Stichwort! Heute hatte ich wohl einen Lauf.

Ich schüttelte meine Jacke und Tasche von mir ab und erklomm so schnell wie möglich die Stufen in den obersten Stock. Mittlerweile war ich ziemlich geübt darin, die Treppe zum Dachboden hinunterzulassen und die Hühnerleiter emporzustaksen. Nach dem, was ich heute erlebt hatte, musste ich wissen, wie es mit Grandpa weitergangen war. Schon der erste Satz zeigte, wie eng Grandpas Schicksal mit meinem verflochten war.

27. August 1958

Diese Gefühle rauben mir noch den Verstand. Ich habe bereits einige Male versucht, Henry anzurufen, doch er geht nicht ans Telefon, er ist auch nicht mehr hier gewesen. Habe ich etwas falsch gemacht? Die Befürchtung, ihm könnte etwas passiert sein, habe ich bereits aus dem Weg räumen können. Gestern bin ich wie zufällig an der Werkstatt vorbeigegangen, in der er arbeitet und dort habe ich ihn gesehen. Das weiße Shirt hatte Ölflecken und er hat gestresst ausgesehen. Vielleicht befindet er sich in einer schweren Phase und ich wollte nichts lieber tun, als ihm beizustehen.

Ich vermisse ihn, ich vermisse sein Lächeln, seine dummen Witze, seine Stimme, die Art und Weise wie ich mich fühle, wenn er bei mir ist. Ich vermisse ihn so sehr, dass mein ganzer Körper schmerzt. Ich weiß, wie das klingt und das macht mir Angst. Was würde mein Vater dazu sagen?

Möglicherweise hat Henry auch irgendetwas geahnt und will deswegen nichts mehr mit mir zu tun haben. Aber er war doch derjenige, der mir Blumen geschenkt hat ... der mich geküsst hat. Was, wenn ich nur ein Experiment für ihn gewesen bin? Vielleicht ist er neugierig gewesen, wie es mit einem Mann sein könnte. Er hat mich umgarnt, war aufmerksam und hat es darauf angelegt, dass ich mich in ihn verliebe ... Und jetzt ist er aus meinem Leben verschwunden, als hätte es ihn nie gegeben.

Neben diesen schlechten Nachrichten gibt es allerdings auch gute. Gestern Abend habe ich Adaline ausgeführt. Es fühlt sich nicht richtig an, dass sie eine Lücke füllt, die eigentlich für jemand anderen bestimmt ist, aber ich habe die Zeit mit ihr trotzdem genossen. Sie ist eine wunderschöne, intelligente Frau und ich habe das Gefühl, dass wir uns auf einer Wellenlänge befinden. Genau darum wurde der gestrige Abend auch sehr lang. Es gab tausende Themen, über die wir uns unterhalten konnten und diskutiert haben. Sie vertritt ihre eigene Meinung und sagt nicht nur Ja und Amen, um ihr Gegenüber zufrieden zu stellen. Wir haben in einer kleinen Bar gegessen und zu einem Song von Elvis getanzt. Blue Moon of Kentucky. Ich bin mir ziemlich sicher, dass ich mich, wenn ich alt bin, noch an ihr wehendes Haar und ihr flatterndes Kleid erinnern kann. Spät am Abend habe ich sie dann nach Hause gefahren und mich auf der Veranda von ihr verabschiedet. Bevor ihr Vater die Tür öffnen konnte, hat sie mir einen Kuss auf die Wange gegeben und meine Hände gedrückt. Sie will mich wiedersehen.

Die Einträge wurden immer seltener und fanden in längeren Abständen zueinander statt. Meist waren es nur kurze Vermerke über Termine oder wichtige Ereignisse im Museum, die stattgefunden hatten. Zu dem Zeitpunkt schienen er und Adaline schon ein Paar gewesen zu sein, denn das »ich« in seinen Einträgen wurde immer öfter durch ein »wir« ersetzt. Ich hatte den Eindruck, als vertraute er sich nicht einmal mehr seinem privaten Tagebuch an, denn über Gefühle und Gedanken schrieb er nur noch gelegentlich. Ich wusste nicht genau warum, aber diese Einträge machten mich zunehmend trauriger.

21. September 1958
Das Auto, welches ich vor einigen Wochen gekauft habe, scheint

den ersten Defekt zu haben. Adalines Vater hat mich noch davor gewarnt, einen Gebrauchtwagen zu kaufen, aber es erscheint mir unökologisch, ein neues zu kaufen, wenn ein Gebrauchtwagen ebenfalls gute Dienste erweisen kann. In der Theorie jedenfalls …

Ich war froh, dass es kein Totalschaden war und ich somit eine gute Ausrede hatte, in die Werkstatt zu fahren, in der Henry arbeitet. Vorgestern war ich schon einmal dort gewesen. Fast eine halbe Stunde habe ich auf der anderen Straßenseite gewartet, um zu sehen, ob er arbeitet und musste dann wieder nach Hause fahren, weil er wohl frei gehabt hatte. Meine Befürchtung, er hätte vielleicht die Arbeitsstelle gewechselt, wurde mir aber heute genommen, als ich noch einmal dort gewesen war.

Als ich gerade auf den Hof fuhr, kam er aus der Garage, um einen Kunden zu begrüßen, dann stieg ich jedoch aus und sein Lächeln schien zu gefrieren. Ich weiß nicht, was ich ihm getan habe, dass er sich so abweisend mir gegenüber benimmt.

»Wir haben jetzt ein Auto?« Henry war nie der Typ für überflüssige Begrüßungsfloskeln gewesen.

»Eins mit Startschwierigkeiten.«

»Ich werde ihn mir anschauen. Du brauchst in der Zwischenzeit nicht hier zu bleiben. Es wird vielleicht eine halbe Stunde dauern, dann kann ich dir sagen, was repariert werden muss und wie lange es dauern wird.«

Vor einigen Monaten hätte er mir wahrscheinlich ein Bier in die Hand gedrückt, mich auf einen Stuhl gesetzt und mir alles erzählt, was er in den letzten vierundzwanzig Stunden erlebt hatte. Aber es gab kein »uns« mehr. Er hat mir den Rücken gekehrt, ohne dass ich den Grund dafür kenne.

»Ich bleibe.«

Seine Antwort war ein missmutiges Stirnrunzeln gewesen. Einige Minuten hatte er sich den Wagen schweigend angesehen, von außen, von innen, dann hat er die Motorhaube aufgemacht und den Kopf hineingesteckt, den Motor angelassen und so weiter. Ich stand in der ganzen Zeit daneben und habe ihn dabei beobachtet.

Sein weißes Shirt hatte zahlreiche Ölflecken und war für meinen Geschmack viel zu eng. Allerdings habe ich auch nicht einen so definierten Körper wie er. Als er sich gebeugt hatte, rutschte es einige Zentimeter hoch und entblößte die nackte, gebräunte Haut darunter. Warum fallen mir solche Dinge auf? Wie kann ich solche Gedanken vermeiden?

Er hatte meinen Blick bemerkt und die senkrechte Falte zwischen seinen Brauen war nur noch tiefer geworden.

»Die Batterie ist schwach, nichts weiter.«

»Und was machen wir dagegen?« Von Autos habe ich nicht die geringste Ahnung und handwerklich begabt war ich noch nie gewesen.

»Ich werde sie aufladen und dann solltest er dir keine Schwierigkeiten mehr beim Start machen.«

»Henry?« Ich hatte es einfach nicht mehr ausgehalten. Der blöde Wagen war doch nur eine Ausrede gewesen, um endlich die Aussprache mit ihm zu suchen. »Was ist los zwischen uns? Warum sehen wir uns nicht mehr? Ich dachte, wir sind Freunde.« Während ich sprach, hatte er mir den Rücken gekehrt und irgendwelche verschiedenfarbigen Zangen an etwas in der Motorhaube gesteckt.

»Hatte in letzter Zeit einfach viel um die Ohren.«

»Und das hättest du mir nicht einfach sagen können?« Er log mir ins Gesicht. Hatte er geglaubt, ich würde es nicht merken oder war es ihm schlichtweg egal? »Du bist mein bester Freund und ich habe ... ein Recht darauf Zeit mit dir zu verbringen.« Natürlich war mir im gleichen Moment klargeworden, wie kindisch ich mich anhörte. »Oder sind wir keine Freunde mehr? Wenn ich etwas falsch gemacht habe, dann gib mir noch eine Chance und ich verspreche dir, dass ich mich bessern werde.« Ich hatte gebettelt und mich angehört wie ein fünfjähriges Kind im Spielwarenladen, aber ich bereue es nicht. Ich bin nicht sonderlich gut darin, meine Gefühle auszudrücken und meist stoße ich die Menschen vor den Kopf, ich will versuchen, das zu ändern. In den letzten Monaten hatte ich das Gefühl gehabt, Henry wäre der einzige Mensch auf dieser Welt, der mich versteht und der mich so akzeptiert, wie ich bin ... Ich würde diesen Menschen nicht einfach so ziehen lassen.

Eine gefühlte Ewigkeit lang hatte er geschwiegen, bis er schließlich die Motorhaube zuschlug und mich musterte, als wollte er den Wahrheitsgehalt meiner Worte prüfen.

»Hast du mich vermisst?«

»Mehr als jemals jemand anderen.«

Zum ersten Mal seit Wochen habe ich ihn wieder lächeln gesehen.

Ich überflog die nächsten Einträge, die sich allesamt mit dem Museum und neuen Forschungen befassten. In ein paar Sätzen hatte er abgehandelt, dass er erfolgreich promoviert hatte und er sich nun überlegen musste, wie es weitergehen sollte. Weder über Adaline noch über Henry verlor er viele Worte, bis zum Eintrag vom 7. Dezember.

Mr. Weston hatte mir einen unmissverständlichen Wink mit dem Zaunpfahl gegeben. Es war unschicklich, die Tochter eines reichen Mannes monatelang auszuführen und ihr immer noch keinen Antrag gemacht zu haben. Bisher habe ich mir noch gar keine Gedanken über das Heiraten gemacht, aber er hat wohl recht. Wenn ich die Familie nicht vor den Kopf stoßen und sie nicht enttäuschen möchte, dann komme ich nicht drumherum, ihr einen Antrag zu machen. Ich weiß nicht, ob ich der Richtige dafür bin – fürs Heiraten, eine Familie zu gründen, ein Vater zu sein. Aber wenn ich mit einer Frau mein Leben teilen will, dann ist es Adaline.

15. Januar 1959

Ich habe lange nicht mehr geschrieben, denn es gibt viele Vorbereitungen zu treffen. Am zweiten Weihnachtsabend, wir saßen nach dem üppigen Festessen in einer gemütlichen Runde im Haus der Westons vor dem Kamin, habe ich Adaline einen Antrag gemacht. Vor Freude und vermutlich auch vor Überraschung hatte sie unter den wohlwollenden Augen ihres Vaters geweint und sich den silbernen Verlobungsring an den Finger stecken lassen. Jede Frau sagt wohl bei einem Diamanten ja, egal wie groß er auch sein mag, hatte die Juwelierin behauptet und damit recht behalten.

Nun gilt es, die Hochzeitsvorbereitungen vorzunehmen. Wir wünschen uns eine kleine Feier im engsten Kreis, aber Mr. Weston sprach von einer Prestigeangelegenheit, die er finanziell regeln würde. Es ist nicht so, als wollte ich keine große Hochzeit feiern, weil mir die finanziellen Mittel dazu fehlten, aber wir hatten uns darauf geeinigt, dass es unser Tag werden soll, den wir ohne großen Trubel genießen wollen. Ihr Vater und auch ihre Mutter scheinen jedoch anderer Meinung zu sein. Der einzige Grund warum sie mir ihre Tochter überhaupt ohne schlechtes Gewissen überlassen, ist wahrscheinlich darin begründet, dass ich einmal erwähnt habe, meine Großeltern hätten ein kleines Vermögen aus Europa mitgebracht, als sie im letzten Jahrhundert nach Amerika kamen, um sich hier ein neues Leben aufzubauen. Dass französisches Blut durch meine Adern floss, beunruhigte sie dennoch, schließlich sagte man den Franzosen nach sie seien Taugenichtse und Casanovas. Mrs. Weston beschwichtigte ihren Mann damit, dass meine Mutter schließlich Südstaatlerin sei und damit auch »gutes, altes« amerikanisches Blut in meinen Adern floss. Ich will gar nicht genau wissen, was sie versucht hatte, damit anzudeuten. Adaline macht keinen Hehl daraus, ihren Eltern in solchen Dingen zu widersprechen und ich bin froh darüber, dass sie ihre konservativen und teils rassistischen Ansichten in keiner Weise teilt, sogar vehement ablehnt. Ihre Tochter sei nun einmal »unverbesserlich« und »täte gut darin, die modernen Ansichten nicht für allzu bare Münze zu nehmen.« Möglicherweise hoffen sie auch darauf, dass ich ihre Tochter zurück auf den rechten, traditionsverbundenen und bourgeoisen Weg des Spießbürgertums zurückführe. Meine Mutter wäre sicherlich ganz angetan von den Westons.

Ein Problem gibt es allerdings noch. Bisher habe ich Henry nichts von unserer Verlobung gesagt. Nach unserer Aussprache in der Werkstatt schien eigentlich alles wieder beim Alten zu sein, allerdings gibt er sich keine große Mühe zu verheimlichen, dass er nichts von Adaline und den Westons hält.

Er könnte nichts mit ihr anfangen und würde auch nicht nachvollziehen, was ich in ihr sehe, waren seine Worte gewesen.

Dabei gibt es nichts, was ich mir mehr zu dieser Hochzeit wünsche, als dass er mein Trauzeuge wird. Auch wenn ich seine Antipathie gegenüber Adaline für unbegründet halte, sollte es ihm doch wenigstens daran gelegen sein, mir diesen Wunsch zu erfüllen. Schließlich ist er mein engster Freund. Oder verlange ich zu viel?

Den ledernen Einband an die Brust gepresst, ließ ich mich auf den Rücken fallen und starrte an die mit Spinnenweben übersäte Decke des Dachbodens. Jedes Mal, wenn ich in diesen Einträgen versank und in die Geschichte, die sie erzählten, eintauchte, vergaß ich beinah, dass es sich nicht um solche handelte. Das hier waren keine fiktiven Gedankenspinnereien und Fantasiewelten, sondern das Leben meines Großvaters und es gab viele Stellen, die mich mitnahmen und nachdenklich machten. Hätte er doch nur ein einziges Mal ein Wort darüber verloren und mich wissen lassen, was damals vorgefallen war.

Ich hielt das Buch über meinen Kopf und blätterte durch die letzten Seiten. Nur ein paar wenige Einträge lagen noch vor mir und ein weiteres Tagebuch gab es nicht. Wenn ich in diesen nicht herausfinden konnte, was geschehen war, dann würde ich es nie erfahren, schließlich war niemand mehr übriggeblieben, der mir davon erzählen konnte. Ein bisschen Angst hatte ich schon vor dem, was vielleicht noch auf mich wartete. Ein Zurück gab es jedoch nicht mehr. Ich würde es bereuen, wenn ich die letzten Seiten nicht lesen und so tun würde, als hätte ich nie etwas davon erfahren.

24. Januar 1959

Ich erkenne ihn nicht mehr wieder. Ich habe das Gefühl, nicht zu wissen, wer er wirklich ist und was er denkt. Er stellt mich vor vollendete Tatsachen, ohne sich darüber im Klaren zu sein, dass er mir eine Erklärung schuldig ist. Der Vollständigkeit halber werde ich von vorne beginnen. Ich hatte mich wirklich auf den gestrigen Abend gefreut, an dem wir in eine Bar gehen wollten, damit ich ihm von meiner Neuigkeit berichten konnte. Am Telefon sagte ich ihm, es gäbe etwas Wichtiges, worüber ich mit ihm reden musste und sein zuvor noch mürrisches Verhalten wandelte sich schlagartig.

Als ich zur vereinbarten Uhrzeit eintraf, stand er bereits vor der Bar, aus der die Töne von Diana dröhnten, und es machte den

Eindruck, als hätte er sich zur Feier des Tages besonders herausgeputzt. In seiner Weste und dem blaugesteiften Hemd darunter, bei dem die oberen beiden Knöpfe offenstanden, sah er an diesem Abend weniger wie James Dean aus, aber dafür umso umwerfender.

Ich fühle mich immer schuldig, wenn ich ihn betrachte und spüre, wie mein Herz wild zu flattern beginnt und ich ein seltsames Ziehen in der Magengegend verspüre. Aber wahrscheinlich war ich einfach nur aufgeregt, ihm die Neuigkeit zu überbringen und ihm die Frage zu stellen, die mir so viel bedeutet hatte.

»Bist du versehentlich in einen Herrenausstatter gestolpert?«, hatte ich ihn begrüßt und einen Moment später lag seine warme Hand in meiner. Er hatte einen wirklich festen Händedruck, mit dem er einen ein paar wenige Zentimeter an sich heranzog.

»Du sagtest, du hättest etwas Wichtiges zu besprechen. Feierliche Anlässe bedürfen feierlicher Anzüge.«

»Sicher, dass du es nicht einfach darauf anlegst, nicht ohne eine Begleitung nach Hause zu gehen?« Einige Frauen warfen ihm schon wieder schmachtende Blicke zu, aber er beachtete sie nicht.

»Was wollen wir trinken?«

»Gin.«

»Manchmal bist du ein richtiger Spießer, weißt du das«, meinte er und bestellte sich selbst ein Bier. »Sicher, dass du nicht lieber im Plaza einchecken willst, um dort im Ledersessel vor einem knisternden Feuer deinen Gin schlürfen zu können, in Gesellschaft von Hochwohlgeborenen?« Ich weiß, dass er diese Sticheleien nicht ernst meinen konnte, denn Geld war in unserer Freundschaft nie ein Thema gewesen. Er weiß zwar, dass ich nicht aus armen Verhältnissen stamme, aber solche Dinge kamen kaum einmal in unseren Unterhaltungen zur Sprache. Was sollte es auch ändern?

»Wie geht es dir, Henry? Was macht die Arbeit?«

Sein Lächeln ließ die Erde für mich jedes Mal ein kleines bisschen langsamer drehen.

»Wie solls mir schon gehen? Du bist die einzige Abwechslung in meinem Alltag.«

Beinah hätte ich mich an meinem Gin verschluckt, den ich ein bisschen rascher als gewollt hinunterkippte. Mein Husten konnte ich halbwegs glaubwürdig in einem Räuspern tarnen.

Dass er ein paar mehr Freunde brauchte, wenn er Abwechslung wollte, hatte ich ihm geraten und somit kam ich mit meinem Small Talk noch ein wenig länger um das leidige Thema herum. Ich hatte die Hoffnung, dass die Neuigkeit meiner anstehenden Hochzeit für ihn leichter verdaulich wäre, wenn er schon das dritte oder vierte Bier geleert hätte. Ein guter Trinker bin ich jedoch nie gewesen, und daher war es mir schwergefallen, ihn zum Trinken zu animieren, während ich mich selbst davor drückte.

»Du sagtest etwas von Neuigkeiten … Oder war das nur eine fade Ausrede, um mit mir trinken zu gehen?« Seine Hand, die er wie gewöhnlich in meinem Nacken abgelegt hatte, seine Finger, die an meinen Haarspitzen zupften, lösten ein mulmiges Gefühl in mir aus. Ich hielt es für den richtigen Moment, es ihm endlich zu sagen …

»Ich möchte dich um etwas bitten. Es ist ein großer Gefallen und es würde mir sehr viel bedeuten, wenn du dich einverstanden erklärst.« Innerlich hatte ich mich schon auf das vorbereitet, was kommen würde.

»Mach´s nicht so spannend, okay? Du weißt ohnehin, dass ich dir kaum einen Wunsch abschlagen kann.«

Erst nach einem tiefen Atemzug fand ich meine Sprache wieder. »Es ist schon ein paar Wochen her, da habe ich … Nun, du weiß, dass ich das Gefühl habe, in Adaline die richtige Frau fürs Leben gefunden zu haben ... Wir sind verlobt. Und ich möchte dich darum bitten, dass du mein Trauzeuge wirst.« Außer meiner Mutter wird vermutlich niemand zu dieser Hochzeit kommen, schließlich ist kaum noch jemand von der Familie übriggeblieben. Und in Los Angeles habe ich bisher zwar eine Menge Bekanntschaften gemacht, aber er zählte zu meinen engsten Vertrauten.

Ich kann nicht genau beschreiben, was sich in diesem Moment in seinem Gesicht abspielte und wie sich die Atmosphäre, die zwischen uns herrschte, veränderte. Nach einem ewig langen Moment, in dem die Worte bei ihm anzukommen schienen, herrschte ein bedrückendes Schweigen zwischen uns. Ruckartig hatte er seine Hand von meinem Rücken gezogen, als hätte er sich verbrannt.

»Du heiratest.« Aus seinem Mund hatte es wie ein Urteil geklungen, das man über mich gefällt hatte. »Du wirst sie heiraten.« Mit Augen, die gläsern geworden waren, hatte er die leere Flasche vor sich angestarrt und sich dann auf der Theke abgestützt. Sein Gesicht war ganz fahl, als wäre ihm von einem zum anderen Moment schlecht geworden.

Mit seiner Jacke über der Schulter hatte er sich den Weg durch die Bar ins Freie gesucht und mich wie einen Depp sitzen gelassen. Es dauerte einige Sekunden, bis ich registriert hatte, was zuvor passiert war, dann schaffte ich es, mich aus meiner Starre zu lösen und ihm zu folgen. Es war dunkel geworden, der Pier war voller Menschen, die feierten, tranken. Paare in enger Umarmung, die ihre Hände nicht voneinander lassen konnten und sich unablässig küssten. Es war schwer gewesen, ihn zwischen all diesen Menschen auszumachen, aber ich habe ihn an einer Wand gelehnt gefunden, während er sich mit fahrigen Bewegungen eine Zigarette ansteckte und einen tiefen Zug nahm. In der letzten Zeit hatte ich ihn kaum rauchen gesehen.

Ich hatte ihn gefragt, ob alles in Ordnung sei und er antwortete nur mit einem Schnauben. »Bringt es dich so auf, dass Adaline und ich heiraten werden?«, erlaubte ich mir dann die Frage. Sein Blick ließ mir das Blut in den Adern gefrieren.

Er stieß sich von der schmutzigen Wand des Ladens ab, drehte mir den Rücken zu und verschwand in den dunklen Gassen.

»Henry«, rief ich ihm nach, aber er machte keine Anstalten, auf mich warten zu wollen.

Wie es das Schicksal wollte, öffnete der Himmel in diesem Moment seine Schleusen und ließ ein Platzregen auf uns nieder. Das Regenwasser, das sich schnell in großen Mengen auf dem Boden sammelte, spritzte zu allen Seiten, als ich versuchte, ihn einzuholen und am Arm zu packen.

Wasser rann ihm über die glatte Haut, verlor sich in seinem Bart und tropfte ihm auf die Brust. Seine Augen waren rot als hätte er ...

»Was zum Teufel ist los mit dir?«

»Ich kann nicht dein verfluchter ... dein Trauzeuge werden.« Er schüttelte mich ab und fuhr sich mit einer Hand durch das nasse Haar.

»Wer soll es dann werden? Du bist mein bester Freund ... Ich habe dich noch nie um etwas gebeten, Henry. Ich verstehe es nicht! Was hindert dich daran, mir diesen Wunsch zu erfüllen.«

In dieser Sekunde, als er mir unverwandt und schweigend in die Augen blickte, war mir alles klar und es fiel mir wie Schuppen von den Augen. Was bisher nur eine kurzweilige Ahnung gewesen war, vielleicht sogar eine Befürchtung, stellte sich als nichts anderes als die reine Wahrheit heraus. Mein Herz klopfte wild in meiner Brust und es erschien mir unmöglich, die richtigen Worte dafür zu finden, stattdessen trat ich einen Schritt zurück, um Abstand zwischen uns zu bringen. Zu wissen, was in ihm vorgehen musste, machte es schwerer zu ertragen, wenn ich ihm so nah war, wenn ich ihn berühren und an mich ziehen wollte.

»Verstehst du jetzt?«

Wenn es wirklich so war, dann wollte ich es wenigstens aus seinem eigenen Mund hören. Er sollte die Worte aussprechen. Dass die Berührungen zwischen uns nicht nur bei mir Herzklopfen auslöste, dass nicht nur ich mir gewünscht hatte, dass er noch ein zweites Mal den Versuch gewagt hätte, mich zu küssen, dass er so auf die Hochzeit reagierte, weil er eifersüchtig war. Wollte er an Adalines Stelle sein?

Wie war es ihm nur möglich, diese Gefühle zuzulassen und ihnen nachzugeben? Wir lebten in einer Gesellschaft, die solche Dinge, Gefühle und Zärtlichkeit zwischen zwei Männern, niemals tolerieren, geschweige denn gutheißen würde. Wenn sich die Menschen irgendwann einmal von Gottes Wort loslösen konnten, in dem deutlich geschrieben stand, dass es ein Gräuel für einen Mann sei, bei einem anderen Mann wie bei einer Frau zu liegen, dann würden sie vielleicht erkennen, dass Liebe niemals falsch war.

Ich bin nicht so stark wie Henry und kann diese Gefühle in mir ohne weiteres akzeptieren, wenn die Welt um mich herum es nicht tut. Männer wie er ... wie ich ... wurden immer noch strafrechtlich verfolgt und meist erwartet sie Schlimmeres als eine Freiheitsstrafe. Das wollte ich ihm und auch mir ersparen ... und solange ich es nicht laut aussprach, wenn niemand davon wusste, solange entsprach es auch nicht der Wahrheit.

Seine Stimme war kaum lauter als das Prasseln des Regens. »Du bist alles, was ich je wollte.«

Seine Worte rissen mir sinnbildlich das Herz aus der Brust und es fiel mir niemals in meinem Leben schwerer als an diesem Tag, den erbitterten Kampf zwischen Verstand und Gefühl stillschweigend in mir auszutragen. Mein Leben mit Adaline zu verbringen, das erwartet man von mir als akzeptabler, amerikanischer Bürger. Sie ist eine wundervolle, schöne Frau, die meine Interessen teilt und mit der ich stundenlange Gespräche führen kann. Ein wahrer Engel und im Grunde zu gut für einen Mann mit solchen Gedanken. Ich liebe sie aufrichtig, aber es ist eine andere Art von Liebe, die ich für Henry empfinde.

»Ich kann dir nicht das geben, was du dir wünschst, Henry.«

Für einen kurzen Augenblick glaubte ich, Protest in seinen Augen aufblitzen zu sehen. Er regte sich, aber schien sich nicht dazu durchringen zu können, den Arm nach mir auszustrecken.

»Ich hatte das Gefühl, da wäre etwas zwischen uns gewesen.«

»Dieses Etwas ist Freundschaft. Ich habe dir nie zu verstehen gegeben, dass ich etwas möchte, das darüber hinausgeht.« Ich fühlte mich schlecht dabei, zu lügen, als würde diese schwarze Qualle von Verrat und Unwahrheit in meinem Bauch immer größer und größer werden. Vielleicht bin ich sogar daran schuld, dass solche Gefühle in ihm hochgekommen waren, weil ich ihm solche Signale gesendet hatte.

»Verstehe.« Seine Stimme bebte, doch er blieb ungewöhnlich beherrscht. »Bitte erzähl keinem davon.«

Mir würde es nicht einmal im Traum einfallen, etwas zu tun, das ihm schaden könnte. Sein Geheimnis ist bei mir genauso sicher wie es mein eigenes ist. Niemand wird jemals davon erfahren. Ich werde es mit in mein Grab nehmen.

16. März 1959

Unsere letzten Tage in Los Angeles brechen an. Als Ehepaar, das wir uns nun nennen können, haben wir gemeinsam den Entschluss gefasst, die Stadt zu verlassen und das ruhigere Leben zu suchen. Es gibt nichts mehr in der Stadt der Engel, was uns halten kann, und solange ich einen davon mit mir nehmen kann, fühle ich mich nicht ganz so allein.

Das Haus in West Virginia, welches sich wohl schon seit Jahrzehnten im Familienbesitz befindet und welches meine Mutter uns als Hochzeitsgeschenk überlassen hat, scheint genau der richtige Platz für uns zu sein.

Weniger begeistert waren Mr. und Mrs. Weston, als wir ihnen unsere Entscheidung vortrugen und sie einsehen mussten, dass sich ihre Tochter ein Leben tausende Kilometer weit weg von ihnen aufbauen will. Sie ließen sich jedoch rasch besänftigen, als sie hörten, dass ich in einer nahegelegenen Universität eine Anstellung als Professor in der dortigen Fakultät für Kunstwissenschaften antreten würde.

Es sind noch genau vier Tage, bis wir der Stadt den Rücken kehren und die weite Reise antreten werden. Ein Teil unserer Habseligkeiten wurde bereits gepackt und befindet sich derzeit schon auf dem Weg in unsere neue Heimat. Bisher haben wir nur eine alte Fotografie von dem Haus gesehen, die meine Mum auf der Hochzeitsfeier herumgereicht hatte, damit sie jeder begutachten konnte. Adaline hatte sich schlagartig, Hals über Kopf sozusagen, in die viktorianische Villa verliebt und es hatte nichts gegeben, was sie hätte umstimmen können, dieses Haus zu ihrem neuen Domizil zu ernennen. Es ist mehr als groß genug für zwei Personen, mit einem gewaltigen Garten, den wir niemals allein bepflanzen können, aber in ihren Augen genau richtig für die Kinder, die sie sich sehnlichst wünscht.

17. März 1959

Es ist nicht so, als würde ich mich darüber wundern, dass ich ihn seit diesem Tag im Januar nicht mehr gesehen habe. Viele Dinge waren unausgesprochen geblieben und vermutlich wollte er sich wie auch mir weitere unangenehme Momente ersparen. Es hat mich nicht überrascht, dass er nicht zur Hochzeit erschienen war, obwohl ich ihm eine Einladung geschickt hatte. Letztlich war ein Cousin von Adaline, den ich nur ein paar Mal zuvor flüchtig gesehen habe, zu meinem Trauzeugen geworden und hatte die Heiratsurkunde unterschrieben.

Dann stand er heute auf einmal vor der Tür, gerade als wir die letzten Koffer aus meiner Wohnung schafften und ins Auto luden.

»Es tut mir leid, dass ich nicht zu eurer Hochzeit kommen konnte«, begrüßte er Adaline und reichte ihr einen üppigen Strauß Blumen, der ihn sicherlich ein kleines Vermögen gekostet hatte. »Ich musste unerwartet auf der Arbeit einspringen, aber ich bin sicher, du warst eine bezaubernde Braut.« Mit einem Blick in meine Richtung, gab er ihr zu verstehen, dass er unter vier Augen mit mir reden wollte.

Den Strauß farbenfroher Calendula vor der Brust tragend, warf sie uns einen letzten Blick zu und ging dann die Treppe hinunter, um im Auto auf mich zu warten.

Ich weiß nicht, ob Adaline etwas geahnt hat, vielleicht hat sie auch einfach nur Stillschweigen bewahrt und darauf gewartet, dass wir irgendwann die Stadt verlassen würden ...

Schließlich blieben Henry und ich alleine in der nun fast leeren Wohnung zurück und schwiegen eine Weile. Einen Teil der Sachen würde ich für den Nachmieter zurücklassen und ihm den Zweitschlüssel, den ich in den letzten Tagen behalten hatte, in den Briefkasten werfen.

»Bist du glücklich?«

Die gesamte Situation kam mir so unwirklich und surreal vor. Er reagierte genau so, wie ich es prophezeit hatte, indem er einfach so tat, als wäre nie etwas passiert.

»Ich denke schon«, gab ich zurück und folgte ihm mit den Augen, als er durch die leere Wohnung ging und vielleicht dabei an all die Momente dachte, die wir gemeinsam hier drinnen verbracht hatten. Sein Blick blieb an dem Goldfisch hängen, den ich zum Transport in einen stabilen, mit Wasser gefüllten Plastikbeutel gelegt hatte.

»Wo geht's denn hin?«

»West Virginia. Ich habe eine Stelle als Professor an einer Universität angenommen.«

Er stieß einen anerkennenden Pfiff aus und verschränkte die Arme vor der Brust, als wollte er damit eventuelle Gefühle zurückhalten, die aufkommen könnten. »Ganz schön weit weg.«

Ich versuchte zu ergründen, was wohl hinter seiner Stirn vorging, aber ich hatte Henry nie wirklich verstanden und in den letzten Minuten unserer Freundschaft würde sich diese Tatsache auch wohl nicht mehr ändern.

Ich bezweifle, dass wir uns je wiedersehen werden. Sobald ich in Moorland angekommen bin, werde ich all die Erinnerungen an L.A. in einer dunklen Ecke deponieren und am besten nie wieder hervorholen.

»Ich werde auch nicht mehr lange bleiben ... Ich habe mich rekrutieren lassen.«

»Du gehst zurück in die Army?« Ich konnte nicht glauben, was ich hörte. Er hatte sich zwar hin und wieder einmal darüber beklagt, dass er seinen Job in der Werkstatt wohl nicht ewig behalten wollte, aber die wenigsten Männer hatten eine solche Todessehnsucht, dass sie ihren Dienst länger als nötig antraten. Nach dem Krieg war immer vor dem Krieg, und Amerika hatte derzeit mit einigen Konflikten zu kämpfen, nicht gerade die beste Zeit, um Soldat in der US Army zu werden.

Mein Hals war so trocken, dass ich kaum ein Wort herausbrachte. Ich hatte das beklemmende Gefühl, dass er es aus hauptsächlich einem Grund tat. »Wirst du im Ausland stationiert?«

»Vielleicht. In Los Angeles hält mich jedenfalls nichts mehr. Und dich wie es aussieht ebenfalls nicht.« Die kühle Resignation, mit der er unseren Umzug zur Kenntnis genommen hatte, ließ mir das Herz schwer werden. Aber ich habe es ja nicht anders gewollt …

Die letzten Strahlen der Abendsonne fielen durch das Fenster und plötzlich lächelte er. »Wir hatten ein gutes Jahr, nicht wahr?«

»Ein unvergessliches.« So ist es leider. Es würde schwer werden die Erinnerungen an meinen besten Freund in L.A. zurückzulassen, um ein neues Leben als neuer Mensch zu beginnen.

Er lehnte am Fensterbrett und warf einen Blick hinaus. In diesem Moment, einem kurzen Augenblick, in dem seine Fassade von ihm abfiel, er sich unbeobachtet fühlte, erkannte ich etwas Düsteres und Einsames in seinen Augen. So sah ein Mann aus, dessen Herz gebrochen worden war.

»Deine Ehefrau wartet auf dich. Es ist Zeit Abschied zu nehmen.« Er drückte sich vom Fenster ab und streckte mir die Hand entgegen. Ein Handschlag sollte es also sein, der das Ende unserer Freundschaft besiegelte.

Ich reichte ihm meine Hand und meine Finger hielten seine so fest, als wollte ich nicht zulassen, dass wir beide diese Wohnung gleich verlassen und in verschiedene Richtungen fahren würden. Mir schnürte es die Kehle zu.

»Danke für deine Freundschaft. Ich hoffe, du findest das, wonach du suchst, Charles.«

Ich wünschte, dieser Moment hätte ewig angedauert, aber auch er musste enden und ich schloss die Haustür hinter uns. Ich brachte kein Wort mehr über die Lippen, als ich ins Auto stieg, wo Adaline schon auf mich wartete, den Blumenstrauß auf dem

Schoß, während Henry vor dem Haus stehen blieb, die Hände in den Taschen, und darauf wartete, dass ich den Wagen anließ.

Im Rückspiegel wurde er immer kleiner, und erst als wir um die nächste Ecke bogen, verschwand er aus dem Spiegel und damit auch aus meinem Leben.

Adaline beobachtete mich mit ihren wachsamen Augen und legte ihre Hand auf meine.

21. März 1959
Mein letzter Eintrag, den ich jemals schreiben werde. Wir sind in Ravenswood angekommen, einer kleinen, verschlafenen Stadt, und das Haus ist sogar noch schöner als auf der Fotografie. Da es schon seit Ewigkeiten im Familienbesitz ist und meiner Familie, wie Mutter behauptet hatte, als Ferienhaus gedient hatte, waren kaum Renovierungsarbeiten nötig. Ich bin sicher, dass wir hier erfüllt und zufrieden zusammen alt werden können.

Alles befindet sich in einem einwandfreien und bewohnbaren Zustand, nur der Garten ist der reinste Dschungel. Die Erde ist hart und verwurzelt, mit einem Meer von fliederfarbenem Heidekraut übersät. Ein großer Brunnen, auf dessen Wasseroberfläche weiße Seerosen schwimmen, steht dort und lässt sich mit einer Pumpe in Betrieb nehmen. Diesen Ort habe ich zu meinem liebsten auf Moorland ernannt. Dort sitze ich nun auf der alten Bank zwischen den Zypressen, beobachte den einsamen Goldfisch, der im Brunnen sein neues Zuhause gefunden hat und denke an Henrys Worte: »Wenn du ihn in Zukunft anschaust und traurig sein solltest, kannst du an heute zurückdenken …«

Erst als die schwarze Tinte verwischte und die Buchstaben der sauberen Handschrift meines Großvaters ineinander verschwammen, spürte ich die Tränen auf meinen Wangen. Ich blätterte weiter, aber dort war kein Eintrag mehr zu finden. Nur eine Fotografie. Sie zeigte Henry und Grandpa, Arm in Arm und sie lachten.

Ich konnte und wollte nicht glauben, dass es ein solches Ende genommen hatte. All diese Gedanken, Gefühle und Erinnerungen hatte er jahrzehntelang in sich vergraben und mit niemandem darüber gesprochen. Ich konnte nicht darüber urteilen, ob er damals richtig oder falsch gehandelt hatte, in dieser Zeit herrschten andere Sitten und andere Regeln. Grandpa war nie mutlos oder schwach gewesen, es musste ihm eine Heidenangst gemacht haben, wenn selbst er nicht zu seinen Gefühlen hatte stehen können. Ich war mir sicher, dass er Grandma sehr geliebt hatte, vielleicht nur auf eine ganz andere Weise als Henry.

Kapitel 13

Es war eigenartig, wie sich plötzlich alles gewandelt hatte. Statt still zu stehen, wie sie es früher getan hatte, raste die Zeit plötzlich an mir vorbei und ich hatte das Gefühl, dass sie mir durch die Finger rann wie Sand. Kaum hatte ich mich versehen, waren Wochen vergangen und die wichtigsten Prüfungen lagen bereits hinter uns.

Wir hatten die meisten Nachmittage damit verbracht, stundenlang zu lernen und hatten ein kleines Diner am Stadtrand mit schachbrettfarbigem Boden zu unserem persönlichen Lerndomizil erklärt. Dort saßen wir Stunde um Stunde, tranken übersüßte Erdbeermilkshakes und trichterten uns gegenseitig den prüfungsrelevanten Stoff in die Köpfe. Mit wir meinte ich Adam und mich. Es gab nur wenige Tage in der Woche, an denen wir uns nicht sahen, und dennoch hatte er Rücksicht auf meine Bitte genommen, es langsam angehen zu lassen. Nicht nur, dass ich in letzter Zeit so viele Erkenntnisse gewonnen hatte, ich hatte so viel über mich selbst erfahren und war mir darüber klargeworden, wer und wie ich sein wollte, dass ich mich wie neu geboren fühlte.

Seine Tagebücher zu lesen, hatte mir geholfen, mich selbst zu finden und mir deutlich zu machen, was ich mir für mich selbst wünschte. Ich jedoch wollte nicht in vielleicht siebzig Jahren sterben und Tagebücher zurücklassen, die einen ähnlichen Wortlaut hatten. Ich wollte endlich ich sein. Möglicherweise war ich auch nur mutig genug, diesen Schritt zu gehen, weil ich Adam an meiner Seite hatte und der mir das Gefühl gab, das Richtige zu tun. Und obwohl ich so dankbar war, dass die Tagebücher mir geholfen hatten, mir dies bewusst zu machen, stimmte mich das Wissen, das ich über Grandpas Leben gewonnen hatte, traurig. Ich würde nie erfahren, ob er Henry in all den Jahren vermisst hatte und ob er glaubte, die richtige Entscheidung für sich getroffen zu haben.

Ich hatte es jedenfalls und meinen neuen Lebensabschnitt mit einem Termin beim Tätowierer gefeiert, natürlich mit dem Einverständnis meiner Eltern. Adam hatte neben mir gesessen und meine Hand gehalten, als die Nadel mir die schwarze Tinte unter die Haut gestochen hatte. Nun zierte ein kleines, unscheinbares Semikolon, in dem doch so viel Bedeutungskraft steckte, die Innenseite meines Handgelenks.

In den letzten Wochen hatten wir viel Zeit miteinander verbracht. Ich war froh darüber, dass Adam mir trotz allem genügend Freiraum gab, um mich langsam an all das heranzutasten, um das Neue kennenzulernen, was ich mir selbst bisher verweigert hatte. Aber es fühlte sich auch unglaublich gut an, wenn er seine Finger unter dem Tisch des Diners mit meinen verflocht und mit dem Daumen über meinen Handrücken streichelte.

So wie in diesem Augenblick.

»Ich habe heute Mason im Park gesehen. Er scheint in seiner Aufgabe ja richtig aufzugehen«, durchbrach er unser Brainstorming.

Anfang Februar war es gewesen, als mein *Fall* vor Gericht gegangen war, nachdem unsere Aussagen auf dem Revier aufgenommen worden waren. Da man es für besser gehalten hatte, dass ein anderer Polizist, der nicht mit mir verwandt war, meine

Aussage aufnahm, saß ich Bob, einem alten Freund meines Dads, gegenüber und hatte ihm den Sachverhalt mit allen Einzelheiten, an die ich mich noch hatte erinnern können, geschildert. In der Zeit, die zwischen Aussage und Anhörung gelegen hatte, war Mason ungewohnt ruhig geworden. Es schien so, als hätte er sich nicht den kleinsten Fehltritt mehr erlauben wollen. Die Gerüchte hatten sich, wie so oft, schnell an der Schule verbreitet und es hieß, dass sein Vater getobt hatte, als der Brief zur Vorladung bei ihnen eingetroffen war.

So wie in CSI Miami lief die Anhörung dann aber nicht ab und die Richterin war eine nette, ältere Dame gewesen, die sich den Fall geduldig angehört hatte. Letztendlich mussten sich die Geschworenen jedoch entscheiden und sprachen sich gegen Mason aus. Es gab keine Entschuldigung für das, was er getan hatte. Aufgrund seiner Minderjährigkeit, schließlich wurde er erst Mitte dieses Jahres 18, belief sich seine Strafe auf eine Vielzahl von Sozialstunden, die er damit verbringen musste, im Park Müll aufzulesen. Cole und Jackson durften sich einige Tage lang zu ihm gesellen.

Mason war vielleicht ein Arschloch, womöglich hatte dieses Verhalten aber Gründe. Allerdings war es auch nicht richtig, wenn er Schwächere dafür verletzte und ihnen das Leben zur Hölle machte. Sicher hatte ich mich darüber gefreut, dass er am Ende doch noch seine Quittung bekommen hatte. Als ich jedoch gesehen hatte, wie sein Vater in auf dem Parkplatz vor dem Gerichtsgebäude angeschrien und ihn grob ins Auto bugsierte, hatte das dem Ganzen einen bitteren Beigeschmack verliehen. Deswegen konnte ich trotz allem nicht verhindern, dass ich ein kleines bisschen Mitleid für ihn empfand.

»Ich weiß, du machst dir immer noch Vorwürfe, aber er bekommt das, was er verdient. Du hättest tot sein können. Und was hätte ich dann gemacht?«

»Übertreib nicht.« Ich drückte Adams Hand und verdrehte die Augen. Wäre ich Idiot nicht mit meinem Kopf auf einem Stein gelandet, hätte ich wahrscheinlich nicht einmal ins Krankenhaus gemusst. »Lass uns Schluss machen für heute. Es ist schon spät.«

»Gut. Ich zahle noch und fahre dich dann heim.« Das war zur Routine geworden, auch wenn ich ihn jedes Mal bat, sich keine Umstände zu machen. Es wurde mir auch immer etwas mulmig zumute, wenn der auffällig rote Chevy vor Moorland parkte und damit alle Blicke auf sich zog.

Gesagt, getan. Wir sammelten unsere Unterlagen zusammen und stiegen ins Auto, in dem ich mich wie immer tief in den Sitz sinken ließ und den Geruch von Leder in mich aufsog. Die Strecke mochte nicht lang sein, doch während wir Abend für Abend die leeren Straßen von Ravenswood entlangfuhren und irgendein Song im Radio lief, glaubte ich stets, wir würden uns auf einem Roadtrip befinden.

Manchmal war das Leben halt doch wie in einem Video eines kitschigen Indie-Songs. Erinnerungen, aufgenommen von einer alten Kamera, flackernde Bilder, in rotes Sommerabendlicht getaucht, auf einem Projektor an die Wand geworfen.

Meine traumhafte Sequenz war in dem Moment vorbei, als wir just in dem Augenblick vor dem Haus vorfuhren, als meine Eltern vor der Einfahrt parkten.

»Mist.« Meine Mutter würde Adam sicher in ein Gespräch verwickeln, wenn sie ihn in die Finger bekam. Bisher hatte ich es immer vermeiden können, dass sie sich begegneten, und ich behauptete ihnen gegenüber immer, dass ich mit einem Schulkameraden lernte. Im Grunde sagte ich damit nicht zu viel und nicht zu wenig. Mum war einfach aus dem Häuschen, dass ich nicht mehr alleine zu Hause rumsaß und als Einsiedler lebte. Sie hatte schon mehr als einmal betont, dass sie Adam endlich kennenlernen wollte.

»Deine Eltern?« Adam verrenkte sich den Kopf, als er versuchte, einen Blick in die Auffahrt zu werfen.

»Ja.« Meine Hand fand seine und ich hielt sie für einen Augenblick fest. »Wir sehen uns morgen.« Es könnte so einfach sein, mich einfach zu ihm hinüberzulehnen und ihm einen Kuss zu geben, aber es gab viele Gründe, die dagegensprachen. Erstens war es für mich noch gar nicht so einfach, zweitens wusste ich nicht, ob er das überhaupt wollte und drittens hatte ich heute meine Eltern als gute Ausrede, die dagegensprach, es hier und jetzt zu tun. Was, wenn sie uns sahen? Bisher hatte ich noch mit keinem Wort erwähnt, was Sache war.

»Sam?!«

Ich hörte die Stimme, die nach mir rief und das Klackern von hohen Schuhen, die nur meiner Mutter gehören konnten. Im nächsten Moment tauchte sie schon neben dem Auto auf und beugte sich zum offenen Fenster hinunter.

»Hallo Jungs.«

Mittlerweile sah sie etwas besser aus und war zu ihrer alten Frische zurückgekehrt. Sie war wieder zu der hübschen, lebendigen Frau geworden, die sie einst gewesen war, auch wenn der Verlust ihres Vaters sie getroffen hatte.

Bevor ich es verhindern konnte, stieg Adam wie der geborene Gentleman aus und reichte ihr die Hand, um sie zu begrüßen.

Ich warf die Autotür zu und beobachtete wie Mum ihn mit ihrem Blick von oben bis unten abscannte, um sich zu versichern, dass er der richtige Umgang für mich war.

»Schön, Sie kennenzulernen. Mein Name ist Adam. Ich bin ein Freund von Sam«, stellte er sich artig vor und wurde schlagartig von der Präsenz meines Vaters eingeschüchtert, der plötzlich neben ihr aufgetaucht war.

»Ein Freund also«, erwiderte meine Mutter mit einem Lächeln und sah zwischen uns hin und her.

»Mr. Baudelaire.« Adam streckte ihm die Hand entgegen und Dad ergriff sie zögerlich und mit zusammengezogenen Brauen. Entweder bemerkte Adam nicht, dass er alles andere als erfreut war, ihn zu sehen oder er ließ sich nichts anmerken.

»Du solltest zum Essen bleiben, Adam. Es gibt französisches Ragout nach altem Familienrezept. Ich hoffe, du bist kein Vegetarier.« Im Gegensatz zu Dad schien sie sich schockverliebt zu haben, denn plötzlich war sie ganz aufgeregt.

»Vielen Dank, aber ich ...«, fing er an und warf mir einen hilfesuchenden Blick zu, »... möchte keine Umstände machen.«

»Ach, Unsinn. Das macht nicht die geringsten Umstände. Ich möchte endlich Sams Freunde kennenlernen. Sonst bringt er ja nie jemanden mit nach Hause.«

Mit einem beklemmenden Gefühl in der Brust stieg ich die Stufen der Veranda hinter Adam empor und sah dabei zu, wie er über die Schwelle trat. Moorland war meine bisher uneingenommene Festung gewesen, hier hatte ich mich sicher gefühlt vor der Welt da draußen.

Als Adam mir jedoch einen Blick über die Schulter zuwarf und mit einem leisen Lächeln federleicht meine Hand mit seiner streifte, wusste ich, dass er zu einem Teil meines Lebens geworden war und dass es in diesem Moment nichts geben konnte, was richtiger war.

Wir saßen um den Esstisch herum, während Dad das Ragout auf die Teller schöpfte. Währenddessen warf er Adam immer wieder argwöhnische Blicke zu, aber er schien sich nicht allzu sehr davon beeindrucken zu lassen. Stattdessen gab er höfliche und wohlüberlegte Antworten auf die Fragen, die Dad stellte.

»Du hast wahrscheinlich vor, nach deinem Abschluss aufs College zu gehen?«

»Ja, Sir. Auf die West Liberty.«

Sir. Ich konnte mich nicht daran erinnern, dass ihn jemand zuvor schon einmal so genannt hatte, aber es schien Dad sichtlich zu gefallen, denn sein Mundwinkel zuckte und er schmunzelte. »So wie Sam also.«

»Es wäre doch schön, wenn Samuel einen Freund hat, wenn er schon so weit von zu Hause weg sein muss«, warf Mum ein und setzte uns die Teller vor.

Beim Anblick des aufgetürmten Ragouts strahlte Adam und man sah ihm förmlich das Wasser im Mund zusammenlaufen.

Sein Kommentar, dass es fantastisch aussähe, kochte auch Mum weich und als wäre sie nicht schon haltlos in Adam verliebt, gab es spätestens jetzt kein Zurück mehr für sie.

»Sicher kochen deine Eltern auch gut«, entgegnete sie mit einem mädchenhaften Lächeln und leichter Röte auf den Wangen.

»Eher nicht. Sie arbeiten viel.« Kaum war es ausgesprochen, schien er seine Worte auch schon zu bereuen. Er hatte nur das Offensichtliche ausgesprochen, allerdings war mir in letzter Zeit klargeworden, dass seine Familie nicht zu seinen Lieblingsthemen gehörte.

»Ich würde mich freuen, wenn du von nun an öfter zu Besuch kommen würdest. Ich koche gerne große Portionen, falls unerwartet Besuch kommt. Es ist immer genug zum Essen im Haus.« Mum hatte sich schon immer darin verstanden, jemandem das Gefühl zu vermitteln, er sei herzlich willkommen. Diese Eigenschaft liebte ich so an ihr.

»Vielen Dank, das würde ich sehr gern.«

Ich hätte angenommen, dass das Essen gezwungen und in Schweigen gehüllt verlaufen würde, doch das Gegenteil war der Fall. Nachdem sich Adam für Dads Baseballpokale, die er in der Jugend gesammelt hatte, zu interessieren schien und sie sich ausgelassen über aktuelle Spielstände austauschten, konnte auch Dad sein anfängliches Misstrauen vergessen und war plötzlich Feuer und Flamme für Adam. Er schien wohl einzusehen, dass er Adam mögen konnte, ohne ein Fan von den Lockwoods zu sein. Ein Kind suchte sich seine Eltern schließlich nicht aus.

»Er ist wirklich ein netter und anständiger Junge. Du musst ihn gernhaben, wenn er es ist, mit dem du dich in letzter Zeit so häufig triffst.« Einen solchen Kommentar hatte ich schon befürchtet, als Adam nach dem Essen die Küche verließ, um zur Toilette zu gehen. Er hatte sich überschwänglich für die Mahlzeit bedankt und behauptet, er hätte noch nie so gut gegessen.

Der Unterton in ihrer Stimme machte mich ein bisschen nervös. Ein wissendes Lächeln umspielte ihre Lippen und ich hatte die Hoffnung, dass ich mein kleines Geheimnis gar nicht mehr so lang für mich behalten musste. Ich würde ihnen bald von den Gefühlen erzählen, die Adam und ich füreinander hatten. Ich würde sie nicht verschweigen wie Grandpa es getan hatte, denn ich war sicher, dass Mum und Dad mich nach wie vor lieben würden und ich immer ihr Sohn blieb, komme was wolle.

Jetzt, wo er schon einmal den Fuß über die Schwelle dieses Hauses gesetzt hatte, beharrte Adam natürlich darauf, dass er auch mein Zimmer sehen wollte.

Gemeinsam gingen wir die breiten, mit Teppich ausgelegten und mit Bildern behangenen Flure von Moorland entlang und kamen nur schleichend voran, denn immer wieder blieb er stehen, um die alten Fotografien und Gemälde zu betrachten.

»Euer Haus ist so anders als unseres. Hier steckt so viel Leben drin, so viel Geschichte.«

Wie recht er damit doch hatte.

Er blieb vor der Tür am Ende des Ganges im obersten Stock stehen und legte die Hand an den Türknauf. »Darf ich?«

Nickend sah ich dabei zu, wie er die letzte Mauer zu meinem Leben einriss und eintrat. Er wäre nicht hier, wenn ich es nicht wollen und ihm nicht vertrauen würde. Er war derjenige, der mein Herz höherschlagen ließ, den ich liebte, der mir dabei half, ich selbst zu sein.

Ich hatte schon einige glückliche Momente in diesem Haus, besonders in diesem Zimmer verbracht, schließlich war hier der Ort für mich gewesen, an dem ich mich nicht verstecken musste. Aber gerade jetzt in diesem Augenblick schlug mein Herz besonders hoch und ich konnte mein Glück kaum fassen, als er seinen Blick durch den Raum gleiten ließ und die beklebten Wände, die vollgestellten Regale, den unordentlichen Schreibtisch betrachtete, als hätte er ein Heiligtum betreten.

»Danke, dass ich hier sein darf.«

Seine Augen fielen auf den blauen Band auf meinem Nachttisch und er lächelte. Ich wusste ganz genau, dass er daran dachte, wie wir uns in der Buchhandlung getroffen hatten. Dieser Moment hatte wirklich so einiges verändert.

Ich trat hinter ihn und schob meine Hand in seine. Mein Herz schlug wild in meiner Brust, aber ein Blick in sein Gesicht nahm mir einen Teil der Aufregung.

»Ich muss dir noch etwas geben«, wiederholte ich seine Worte von damals und ließ meine Hände in seinen Nacken gleiten, um ihn ein klein wenig zu mir herunter zu ziehen. Er hielt ganz still, sein Blick glitt von meinen Augen tiefer hinab und sein Mundwinkel zuckte, doch er schwieg.

Als meine Lippen auf seine trafen, schlang er die Arme um mich, als wollte er mich nie wieder loslassen. Ich hoffte, das würde er auch nicht. Seine weiche Haut, sein Duft, sein Atem, der gegen meine Lippen schlug, benebelten meine Sinne und füllten mich aus mit einem Gefühl von Glück und Zufriedenheit. Das Herz in meiner Brust fühlte sich mit einem Mal so warm und groß an und gab mir einmal mehr zu verstehen, dass ich Adam haltlos und unumkehrbar verfallen war.

Nach dem Kuss, der kein Ende zu haben schien, denn sein Mund fand immer wieder den meinen, standen wir Arm in Arm mitten im Raum. Mein Kopf lag an seiner Halsbeuge, ich sog den Duft seines Parfums in mich auf, der das ganze Zimmer erfüllte, und er wiegte uns leicht hin und her.

»Wer ist das?«, hörte ich ihn fragen und ich brauchte seinen Augen nicht zu folgen, um zu wissen, wen er meinte. Das Bild von Henry und Grandpa, das ich dort oben zwischen den verstaubten Seiten gefunden hatte, stand auf meinem Schreibtisch und sollte mich von nun an daran erinnern, dass ich auf der Welt war, um ich selbst zu sein, nicht der, den andere in mir sahen.

»Das erzähle ich dir ein anderes Mal.«

Während die Abendsonne über Moorland hing und die letzten warmen Sonnenstrahlen durch die Baumwipfel fielen, standen wir vor dem Fenster und blickten hinunter in den Garten. Im Brunnen konnte ich unter den Seerosenblättern ein paar orangerote Flecken erkennen, die dort im Wasser ihre Bahnen zogen. Und in diesem Moment erkannte ich, wie glücklich ich war.

Danksagung

An dieser Stelle möchte ich den Menschen danken, ohne die dieses Manuskript wohl irgendwann auf dem Dachboden zwischen alten Fotos und Tagebüchern verstaubt wäre. Sie alle waren mir während des Schreibens eine große Hilfe und sollen hier Erwähnung finden.

Danke, Jenni, dass du dich dazu bereit erklärt hast, meine Testleserin zu werden. Es ist nicht selbstverständlich, dass du dir die Zeit dafür genommen hast. Deine Ratschläge und Tipps sind nicht nur unverzichtbar gewesen, sie haben mir auch den notwendigen Mut gegeben, das Manuskript bei einem Verlag einzureichen.

Das erste Leserbild zu Semikolon habe ich von dir bekommen, Kadda. Wie du im Café saßest, mit deinem E-Reader auf dem Schoß, hat mich so unglaublich stolz gemacht. Goldfisch Sami hängt nun übrigens an meinem Rucksack und ist zu meinem ständigen Begleiter geworden.

Auch »meine« Community möchte ich nicht unerwähnt lassen. Wie viele Nachrichten ich von euch bekommen habe, als ich nach interessierten Testlesern gesucht habe, macht mich noch heute ein bisschen sprachlos.

Großer Dank gilt auch meinen Eltern und meinem Bruder.

»Du solltest ein Buch schreiben«, sagte mein Vater dutzende

Male, dabei wusste er nicht, dass das fertige Manuskript schon auf meinem Schreibtisch lag.

Hätte ich dich, René, nicht vor einer kleinen Ewigkeit kennengelernt, hätte ich dieses Buch vermutlich niemals geschrieben. Danke dafür, dass du mir immer wieder Mut machst, wenn uns Steine in den Weg gelegt werden. Dafür, dass du mir sagst, wie stolz du auf mich bist und dass du mich immer wieder zum Lachen bringen kannst, auch wenn mir gar nicht zum Lachen zumute ist. Du bist meine größte Inspiration, mein bester Freund, mein Herz.